AS ÚLTIMAS SOBREVIVENTES

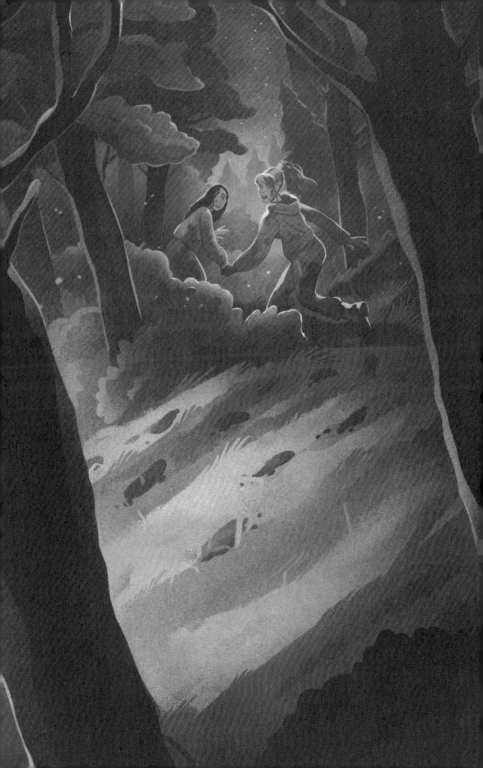

JENNIFER DUGAN

AS ÚLTIMAS SOBREVIVENTES

Tradução
Vanessa Raposo

Copyright © 2023 by Jennifer Dugan
Copyright da tradução © 2024 by Editora Globo S.A.

Publicado originalmente por G.P. Putnam's Sons, um selo da Penguin Random House LLC.

Publicado mediante acordo com Pippin Properties, Inc. através da Rights People, London.

Os direitos morais do autor foram assegurados. Todos os direitos reservados. Nenhuma parte desta edição pode ser utilizada ou reproduzida — em qualquer meio ou forma, seja mecânico ou eletrônico, fotocópia, gravação etc. — nem apropriada ou estocada em sistema de banco de dados sem a expressa autorização da editora.

Título original: *The Last Girls Standing*

Editora responsável **Paula Drummond**
Editora de produção **Agatha Machado**
Assistentes editoriais **Giselle Brito e Mariana Gonçalves**
Preparação de texto **Ana Gabriela Mano**
Revisão **Ana Sara Holandino**
Diagramação **Carolinne de Oliveira**
Projeto gráfico original **Laboratório Secreto**
Ilustração e design de capa **Taíssa Maia**

Texto fixado conforme as regras do Acordo Ortográfico da Língua Portuguesa (Decreto Legislativo nº 54, de 1995)

CIP-BRASIL. CATALOGAÇÃO NA PUBLICAÇÃO
SINDICATO NACIONAL DOS EDITORES DE LIVROS, RJ

D912u

    Dugan, Jennifer
        As últimas sobreviventes / Jennifer Dugan ; tradução Vanessa Raposo.
    - 1. ed. - Rio de Janeiro : Alt, 2024.

    Tradução de: The last girls standing
    ISBN 978-65-85348-41-6

    1. Ficção americana. I. Raposo, Vanessa. II. Título.

24-87736   CDD: 813
                                                    CDU: 82-3(73)

Meri Gleice Rodrigues de Souza - Bibliotecária - CRB-7/6439

1ª edição, 2024

Direitos de edição em língua portuguesa para o Brasil
adquiridos por Editora Globo S.A.
R. Marquês de Pombal, 25
20.230-240 – Rio de Janeiro – RJ – Brasil
www.globolivros.com.br

Para Joe, por sempre me deixar escolher o filme

Um

Foram necessários dezesseis pontos para suturar o ferimento na parte interna do antebraço de Sloan.

Dezesseis fios, costurados através de sua pele por mãos cuidadosas envoltas em látex, enquanto palavras sussurradas prometiam: "Está tudo bem. Você está segura agora." Como se alguém realmente pudesse afirmar isso.

Sloan se lembrava de como a dor foi diminuindo até virar um incômodo insignificante à medida que os médicos trabalhavam, uma pressão e um repuxar que ela sabia que poderiam doer, deveriam doer, *haviam* doído antes de tudo se dissolver em um turbilhão de sirenes, luzes e antisséptico hospitalar. Dezesseis pontos que a mantinham de pé enquanto ela não era capaz de se sustentar sozinha.

— Sloan — chamou uma voz que soava distante e submersa.

Sloan a ignorou, escolhendo, em vez disso, encarar a linha rosa enrugada que percorria seu antebraço. Traçou a cicatriz com o dedo, observando especialmente o ponto em que se cruzava com a peculiar marca de pele em relevo que tinha

AS ÚLTIMAS SOBREVIVENTES 7

sobre o pulso. Sua mãe dizia ser um sinal de nascença, mas Sloan nunca vira outra marca de nascença como aquela. Não que alguém tivesse como saber ao certo. Quando sua família a adotou aos quatro anos, a marca, seja lá o que for, já existia. Os assistentes sociais não sabiam de nada e os pais biológicos de Sloan já eram falecidos havia muito tempo — uma única foto Polaroid e um sussurro urgente de "lembre-se de quem você é" foram tudo o que deixaram para a filha. Ninguém poderia perguntar nem tão pouco responder qualquer coisa.

— Sloan — chamou a voz novamente.

Dessa vez, Sloan voltou sua atenção à mulher sentada à frente dela.

— Beth — respondeu, imitando o tom da terapeuta. Se é que dava para chamá-la assim. Beth era uma dessas hipnoterapeutas meio médiuns do movimento Nova Era que sua mãe havia arranjado depois que Sloan se recusou a falar com os médicos que a assistente social do hospital indicara. Ela nem sequer sabia se Beth era credenciada. Ou se hipnoterapeutas *podiam* ser credenciados.

— Onde você estava agora há pouco? — perguntou Beth, se esforçando para manter uma expressão neutra. Ela sempre tentava manter o semblante neutro, e raramente conseguia. Sloan nunca vira uma terapeuta com tanta dificuldade de esconder o que estava pensando, e olha que ela conheceu muitos terapeutas naquelas primeiras semanas depois do "incidente".

Sloan exibiu o sorriso debochado que era sua marca registrada.

— Aqui mesmo, nesta cadeira, me perguntando quanto mais deste belíssimo dia vou precisar perder enfiada no seu consultório.

8 JENNIFER DUGAN

Beth franziu a testa.

— Só isso? — perguntou.

— E precisa sempre ter mais?

A terapeuta se recostou em sua cadeira.

— Ajudaria na sua recuperação se tivesse mais, pelo menos de vez em quando.

A recuperação dela. Hilário. Que recuperação? Do ponto de vista de Sloan, estava mais para uma contagem regressiva. Já tinha um tempo que eles vinham aguardando, observando. Esperando que ela surtasse. Que enlouquecesse de vez. Que contasse para mais alguém além daquele primeiro policial do que se lembrava. Como tudo aconteceu. O que tinha visto. Que conseguisse reunir e expusesse as poucas memórias daquela noite para que pudessem dissecá-las como se isso fosse parte de um experimento científico.

Os pais de Sloan, Beth e todos os terapeutas, gurus e coaches motivacionais que vieram antes dela afirmavam querer "ajudar" Sloan a processar a experiência pela qual havia passado. Queriam entender. Mas ninguém seria capaz disso, a menos que estivesse lá também. Sloan olhou de relance pela janela, para o lugar onde a picape de Cherry estava estacionada, brilhando sob o sol de setembro. Como se tivesse sentido o olhar de Sloan, Cherry abriu a porta e saiu do carro, seus longos cabelos castanhos esvoaçando na brisa.

Sloan se deleitou com a imagem da outra garota, seu corpo inteiro relaxando enquanto observava a pessoa que ela mais amava no mundo se encostar de braços cruzados no veículo. Cherry era proteção, aconchego. Ela não se intrometia porque não precisava. Estava lá quando aconteceu, quando todas as pessoas morreram, exceto as duas: as últimas sobreviventes.

AS ÚLTIMAS SOBREVIVENTES 9

A perda de uma era a perda da outra. As feridas de Sloan eram as feridas de Cherry. Elas não precisavam de terapeutas, policiais ou pais bisbilhotando em sua mente — já tinham uma à outra para isso.

— Você precisa conversar sobre o que aconteceu. Me deixa te ajudar.

Sloan suspirou. Não é que não gostasse de Beth — gostava. E não é que achasse que Beth não era bem-intencionada — ela achava. Só não via utilidade em nada disso.

— Me ajudar com o quê? — perguntou baixinho.

— Sua mãe disse que seus pesadelos têm piorado. Podíamos começar por aí, fazer uma sessão mais longa e tentar reprocessar as memórias que mais têm afetado você. Talvez, assim, seja possível diminuir a carga delas. Muitos dos meus clientes anteriores se deram bem com essa abordagem, mas você precisa colaborar comigo. Não posso fazer isso por você.

— Vou pensar a respeito — disse Sloan, e logo elas voltaram a ficar em silêncio.

Sloan ficou aliviada quando o alarme do celular de Beth tocou, sinalizando o fim da consulta. A verdade é que ela não tinha certeza se queria mesmo "diminuir a carga" de suas memórias. Se queria reprocessá-las ou compartilhá-las com outras pessoas. Porque o que ela mais se lembrava daquele dia não era o medo. Não era o odor pegajoso de sangue morno, embora este permanecesse denso e nauseante até mesmo em seus sonhos. E tampouco era a dor do corte em sua pele.

Não.

O que ela mais se lembrava era do amor.

Dois

Cherry abriu a porta do motorista antes mesmo de Sloan descer os degraus de concreto do Centro Médico Smith. Ali estavam abrigados um pronto-socorro, um consultório de massoterapia, quatro escritórios vazios e, é claro, Beth McGuinness, hipnoterapeuta holística especializada em terapia de tratamento do estresse pós-traumático.

— E aí, como está sua psico? — provocou Cherry quando Sloan deslizou pelo banco alongado de sua velha Ford F-150. Sloan não sabia nada a respeito de picapes e imaginava que Cherry soubesse tanto quanto ela, considerando que a porta do carona estava emperrada desde que as duas se conheceram. O veículo pertencia originalmente ao pai de Cherry, e a mãe dela deu a caminhonete para a filha quando ele morreu alguns anos atrás. Sloan não tinha certeza se continuavam com a picape por razões sentimentais ou financeiras. Talvez um pouco de ambos.

— Psicótica — respondeu.

AS ÚLTIMAS SOBREVIVENTES 11

— Não sei por que sua mãe continua te obrigando a ir. — Cherry passou a marcha e lentamente manobrou para fora do estacionamento.

Sloan entrelaçou os dedos nos de Cherry e deixou toda a tensão se esvair de seu corpo.

— Provavelmente porque se eu tivesse que escrever uma redação contando o que fiz nas férias, eu diria algo do tipo: "Sobrevivi a uma chacina" — disse Sloan, tentando fazer o sinal de aspas com a mão livre. — Você sabe que isso apavora ela.

— Então talvez *ela* é quem devesse fazer uma terapia e deixar a gente em paz pra variar.

Sloan gostava do jeito que Cherry dizia "a gente". De como agora ela sempre combinava as duas em uma coisa só. Nada acontecia só com Cherry ou só com Sloan; acontecia com ambas, como se o que ocorreu no acampamento as tivesse fundido de alguma maneira.

— Pior que ela faz — disse Sloan, se contorcendo no banco. — Tenho quase certeza de que as minhas consultas foram ideia da terapeuta *dela*. Ou talvez tenham sido ideia do guru dela. Tem gente pra caramba, nem sei mais. Parece até que foi ela quem precisou ser toda costurada.

Cherry fez um muxoxo.

— Sinto cheiro de conspiração.

— Aham, que baita conspiração: proteger a minha saúde mental.

— Você sabe que quando se trata de te proteger, ninguém é mais eficiente que eu. — Cherry estufou o peito, e Sloan sorriu de volta para ela.

— Pois é, percebi isso naquela história toda de "me esconder de mascarados com facão".

— É mesmo, é? Foi assim que você sacou? Que bom — disse Cherry com uma risada.

Não costumava ser assim.

A leveza, a provocação, isso era novo. Começou apenas quando Cherry se mudou para a cidade com a mãe poucos dias atrás. Agora Sloan sentia como se pudesse respirar novamente. Como se houvesse uma razão para querer sorrir.

Foi por acaso que as duas acabaram no Acampamento Money Springs: duas garotas de lados opostos do estado procurando por um trabalho divertido para se ocupar durante as férias e ainda por uma oportunidade de ganhar uma grana que não envolvesse redes de fast-food ou supermercados. Ambas haviam acabado de se formar no ensino médio e, embora Cherry planejasse tirar um ano sabático para "se encontrar" — ou seja, abusar da boa vontade dos amigos para dormir em seus sofás enquanto viajava pelo país —, Sloan só queria ganhar um dinheirinho extra para quando seu primeiro semestre na Universidade de Nova York começasse, no outono.

As duas não tinham nada em comum. Cherry amava punk e bandas grunge dos anos 1990; Sloan morreria pela Olivia Rodrigo e pela Doja Cat. Cherry tinha certeza de que ninguém precisava se preocupar com o aquecimento global porque a natureza ia se recuperar sozinha, se livrando dos seres humanos do mesmo jeito que fez com os dinossauros. Sloan achava melhor que todo mundo usasse canudos de metal, só para garantir.

Elas não deveriam combinar, mas no instante em que se conheceram, pintando barcos velhos e depois capinando a erva daninha do campo de arquearia enquanto preparavam o acampamento para as férias, Sloan soube que haviam sido

AS ÚLTIMAS SOBREVIVENTES 13

feitas uma para a outra. E, para sua alegria, Cherry pensava o mesmo.

Destino, foi a palavra que Cherry usou, enquanto comia raspadinha de gelo com calda barata perto da fogueira. A boca dela tinha gosto de açúcar na primeira vez em que se beijaram. Na segunda vez, o gosto era de sangue.

— Sua mãe tá em casa? — perguntou Cherry, trazendo Sloan de volta ao presente.

Ela era boa nisso, uma habilidade particularmente útil após as sessões com Beth — mesmo que Sloan não falasse quase nada, ainda assim era cansativo. Como se alguém revirasse as coisas em sua mente, deixando tudo ligeiramente fora do lugar. Beth não parava de vasculhar os cenários que Sloan não conseguia lembrar — como o lapso temporal entre o momento em que Cherry a encontrou e a chegada da polícia. Simplesmente *não estava lá*. Como se o cérebro de Sloan tivesse deletado tudo. Como se fosse um detalhe tão insignificante quanto a cor das meias que calçara no primeiro dia de aula. Havia o medo, e então nada, e de repente o sangue em seus cabelos. Parecia um corte muito brusco sem as peças centrais.

Sem as peças importantes.

Cherry a havia inteirado de tudo, logicamente; tinham feito isso dezenas de vezes. Era o suficiente para Sloan. Ela queria que fosse o suficiente para Beth também. Sloan sabia que provavelmente teria mais um pesadelo esta noite. Sempre tinha depois de Beth futucar as peças perdidas.

— Sloan — repetiu Cherry —, sua mãe tá em casa?

— Sim. — A menina franziu a testa. — Ela quer que eu vá ao jogo de baseball do Simon mais tarde. Diz ela que precisamos de um "tempo em família".

— Entendi. — Cherry suspirou. — Seria legal se a Allison pudesse, no mínimo, parar com a manipulação emocional compulsória depois das suas sessões de terapia. Deixa eu adivinhar: ela jogou seu irmãozinho contra você?

Sloan gostava quando Cherry chamava sua mãe de "Allison". Às vezes, ela mesma fazia isso, secretamente em sua cabeça ou em voz alta quando estava sozinha com Cherry.

— Aham — respondeu Sloan. — E é difícil dizer "não" quando ele tá do lado dela fazendo cara de cachorrinho pidão e dizendo "Por favor, maninha".

— Adoro como "tempo em família" é um código para "Cherry não está convidada".

E era. Era mesmo. Ambas sabiam disso. Era a mais recente invenção de Allison para mantê-las separadas.

Antes, quando ainda moravam a horas de distância uma da outra, a mãe de Sloan instituíra um toque de recolher mesmo aos fins de semana. Jurava que era porque precisava ficar de olho na filha depois do que havia acontecido; era só coincidência o horário ser cedo o bastante para ver Connor e Rachel, seus antigos melhores amigos, mas não tarde o bastante para dar tempo de ir e voltar da casa de Cherry.

— Você superaria essa situação mais rápido sem essa codependente do lado pra ficar te lembrando de tudo que aconteceu! — Allison gritara para Sloan, agarrada à xícara de seu chá calmante homeopático da vez.

Era nítido que Beth precisava ajustar a receita.

Felizmente, Cherry tinha uma picape e uma mãe que fazia vista grossa, então com frequência ela entrava pela janela de Sloan durante a noite, como um gato de rua que um dia foi alimentado e depois passou a voltar sempre.

AS ÚLTIMAS SOBREVIVENTES 15

No fim das contas, Allison desistiu e pediu a Cherry para "pelo menos usar a porta da frente". Era melhor agora que Cherry morava por perto, a ruas de distância em vez de cidades, com a perspectiva de um ano inteiro só para elas desde que Sloan mandara sua carta de adiamento para a universidade. Este seria um bom ano, uma oportunidade de fazer diferente, um recomeço. Até mesmo as caixas que ainda precisavam ser descarregadas da traseira da picape de Cherry, puídas e deslizando a cada curva que faziam, pareciam meio otimistas.

Quem dera se o resto do mundo as deixasse em paz.

As pessoas eram péssimas, mesmo aquelas de quem Sloan costumava ser próxima — especialmente elas, na verdade. Falavam sobre Sloan e Cherry como se não estivessem ali — ou, pior, queriam que as duas compartilhassem detalhes sangrentos durante um almoço ou em uma entrevista. Não entendiam que a experiência de Sloan e Cherry — e era *delas,* porque às vezes era difícil dizer quando Sloan acabava e Cherry começava — não era uma carcaça a ser destroçada por abutres. Era a *vida* delas.

Até Connor, o melhor amigo de Sloan desde o terceiro ano do fundamental, tinha tentado obter uma provinha com a desculpa de "estar ali para apoiar" a amiga. Mas Rachel, a namorada dele, foi muito pior exigindo que Sloan "superasse logo essa história", pois estava "deixando todo mundo desconfortável". Sloan parou de responder as mensagens dela depois disso. Parou de responder *qualquer* mensagem depois disso.

Como ela ia explicar que havia ficado escondida enquanto o sangue de outra pessoa se empoçava quente e grudento em seus cabelos? Que durante dias ela não conseguiu tirar o cheiro de sangue, mesmo que sua mãe jurasse que o único odor que sentia era o do xampu de lavanda?

(Essa era a única memória que ela desejava que seu cérebro *tivesse* deletado.)

— Estamos chegando — anunciou Cherry, como se ficar longe dela lhe doesse tanto quanto doía para Sloan.

Mas isso era impossível.

Sloan odiava que a viagem de carro fosse tão curta — num piscar de olhos, ela perdia aquele fragmento de liberdade entre o consultório de Beth e o tempo em família obrigatório. Cherry estacionou na entrada da garagem, mas manteve o motor ligado. Estava aprendendo rápido a escolher as batalhas que valiam a pena travar com a mãe de Sloan. Respeitar seu tempo em família significava menores chances de discussão à noite, quando ela se infiltrasse no quarto de Sloan e se enroscasse na outra garota que nem uma cobra.

— Te vejo mais tarde, então? — perguntou.

— Acho bom mesmo. — Sloan se inclinou para beijá-la e sentir o gosto do brilho labial de morango, seu favorito, e o estômago dela se revirou e sentiu uma pontada. Beijos de despedida a estressavam — ficar longe de Cherry a estressava —, mas não tinha escolha. Ela deslizou para o colo da namorada, fazendo seus dentes colidirem em um último beijo antes de saltar porta afora.

Sloan andou até a casa, deu um tchauzinho e fechou a porta com o cenho franzido. Tentou ignorar a sensação gelada na boca do estômago que se instalava sempre que as duas se separavam. Estava tudo bem. Ela era capaz de passar por isso. Só precisava aguentar mais um pouquinho.

A picape de Cherry ficaria estacionada no campo de baseball, longe da vista de Allison, aguardando, observando, mantendo-a segura de longe.

— Sloan? — chamou sua mãe da cozinha. — Venha comer!

AS ÚLTIMAS SOBREVIVENTES 17

— Já vou, mãe — cantarolou ela alegremente, abrindo um sorriso perfeito.

Ela estava bem.

Ela estava bem.

Três

A escova de dentes parecia dura *e pesada em sua mão. Seus dedos a envolviam com tanta força que ela poderia se quebrar, deveria se quebrar, teria se quebrado, se isso não fosse um sonho. E Sloan sabia que era um sonho. Na verdade, era um pesadelo, embora Sloan tivesse ciência de que o pesadelo de verdade não começaria até que ela abrisse a porta de sua cabine. Até que visse o sangue correndo como um riacho, escorrendo pelos mesmos sulcos no bosque e na grama que a chuva havia percorrido no dia anterior. Mas ela nunca conseguia chegar tão longe. Não mais. Era como se a mente dela estivesse trabalhando de trás para a frente, limpando as memórias do fim ao começo, deixando-a com cortes confusos de meias lembranças — todas fora de ordem e sem contexto.*

Mas os sonhos ainda vinham como se tivessem hora marcada. Toda noite, presa à cama, Sloan revivia os últimos momentos antes de tudo ir por água abaixo, antes de ela abrir a porta. Beth havia sugerido que, se conseguissem quebrar o padrão, se Sloan fosse capaz de alcançar a porta antes do sonho acabar, então talvez elas pudessem fazer algum progresso significativo. Seja lá o que isso queira dizer.

Ainda assim, Sloan torcia para que nesta noite, neste sonho, neste pesadelo, o momento finalmente chegasse.

Se ela precisava abrir a porta, preferia fazer isso nos próprios termos, em sua cama, em vez de sentada em uma poltrona imensa em frente a Beth.

Ela olhou para a escova de dentes em sua mão, para seu reflexo de olhos arregalados no espelho da cabine, e tentou mergulhar completamente em si mesma. Afundando e afundando, até se afogar na sensação. Até se sentir fundida ao corpo que se observava no espelho, até que seu passado e seu presente se dissolvessem em uma única palavra, um único pensamento: agora.

Sloan estava no banheiro quando ouviu o primeiro grito, então era lá que tudo sempre começava; toda noite se via presa naquele loop temporal em sua mente, como se fosse um coelho preso em uma armadilha.

Ela tinha acabado de colocar seu pijama listrado cor-de--rosa. Porque sabia que era o favorito de Cherry e vinha torcendo, esperando, desejando que ela a visitasse para uma das conversas noturnas que vinham tendo. Cherry havia criado o hábito de aparecer do nada, e Sloan queria estar preparada.

Daí o pijama fofo e a pesada escova de dentes em sua mão. As duas haviam se beijado mais cedo e ela tinha esperança de que se beijariam de novo — e nem ferrando que Sloan daria o seu segundo beijo em Cherry com um bafo rançoso de crouton de alho.

Cinco, quatro, três, dois e...

O grito cortante atravessou o sonho exatamente como o fizera naquela noite.

Sloan não tinha dado muita bola no começo, não até outros gritos se juntarem ao primeiro. Não até os berros se transforma-

20 JENNIFER DUGAN

rem em choro, e então súplica. *Não até aquele som de pancada pesada — seguido do ruído pegajoso e molhado que ela a princípio pensou ser alguém partindo uma melancia, mas que depois descobriu que era o som do esterno de um dos monitores sendo golpeado — fazer os ossos de Sloan tremerem e seus dentes doerem.*

Havia algo de errado.

Muito, muito errado.

Sloan soltou a escova de dentes e se esgueirou até o vidro embaçado do minúsculo basculante do banheiro, assim como fez naquela noite. As paredes da cabine, feitas com toras de pinheiro, ásperas e sem acabamento, arranharam sua bochecha enquanto ela tentava desemperrar a janelinha. Não conseguia enxergar nada através do vidro embaçado, mas, talvez, se abrisse o basculante, fosse capaz de distinguir alguma coisa pela tela, mesmo que lá fora estivesse um completo breu.

As lâmpadas com sensor de movimento energizadas por luz solar nas demais cabines começaram a acender e apagar, como se alguém — ou alguma coisa — estivesse se movendo de um lugar para o outro. Um arrepio percorreu sua espinha quando uma lâmpada a duas cabines de distância se iluminou. O que quer que fosse, estava vindo na direção de Sloan, se aproximando.

E ela achava que isso fazia sentido.

Afinal de contas, a maior parte das outras cabines estava vazia.

Na semana seguinte, o acampamento de férias estaria apinhado de criancinhas, em sua maior parte de estudantes do ensino fundamental — mas sempre havia um ou outro aluninho da educação infantil cujos pais queriam se livrar durante as férias ou estudantes do ensino médio trabalhando como "monitor júnior".

Mas isso seria só na semana seguinte.

Nesta semana, a semana em que Sloan descobriu que fatiar corpos fazia um som muito parecido com o de fatiar melancias, havia apenas um pequeno grupo de monitores e funcionários. Dez pessoas, para ser exata. Espalhadas por todo o acampamento. E de algum jeito, mesmo naquele instante, enquanto tentava desemperrar o basculante e enxergar melhor, Sloan sabia que esse número diminuiria até o fim da noite.

Ela desistiu da janelinha, embaçada e travada, mesmo que até então nunca tivesse dado problema. Sloan fez uma pausa para tentar lembrar se o basculante estava mesmo emperrado naquela noite. Tinha uma crescente suspeita de que aquilo era um detalhe novo, uma coisa exclusiva do sonho, uma tentativa de sua mente de apagar ainda mais, de esconder algo para que ela não se ferisse... Mas ela não tinha como saber.

E se começasse a pensar demais, se fizesse muita pressão, se começasse a tomar o controle em vez de ser guiada pelo piloto automático do loop temporal, ela sabia que seria lançada de volta ao mundo desperto antes mesmo de chegar à maçaneta. Acordaria suada e com calor, mesmo em uma noite fria de outono, os lençóis embolados ao seu redor como se fossem uma camisa de força.

Sloan estava determinada a não deixar que isso acontecesse. Não hoje. De novo não. Ela precisava ficar. Ela precisava ficar.

Sloan caiu de joelhos quando veio o segundo grito, seguido rapidamente por um farfalhar intenso, próximo à porta da cabine. Ela foi engatinhando até o cômodo principal, sua respiração soando muito alta e irregular, quase histérica, em meio à calmaria. Era uma sala pequena, onde mal cabia uma cama, uma escrivaninha e um fogão à lenha. Mal havia espaço para se esconder.

Farpas pinicaram sua pele enquanto ela engatinhava do chão até a própria cama para espiar pelo vidro empoeirado de outra janela emperrada. Pelo menos essa não estava embaçada. Sloan apoiou o ombro contra a pequena quina da janela e conseguiu *abrir uma frestinha, apenas o suficiente para deixar o ar do lado de fora se infiltrar, envolvendo-a no aroma que carregava.*

A brisa havia se transformado: não tinha mais o odor refrescante de terra, mas sim o cheiro de algo metálico que revirava seu estômago. Sloan não saberia explicar exatamente onde, mas em algum lugar dentro dela, cada célula de seu corpo gritava para que ela corresse. Agora. Vai. Fuja. Perigo. Perigo! Seus instintos primitivos a dominavam como se ela fosse uma fera selvagem em vez de uma gata doméstica. Cada músculo havia se retesado para que ela corresse em disparada. Para que se salvasse. Para escapar do que quer que tivesse causado esse cheiro.

Mas foi aí que ela viu o homem.

Ou o que ela achava ser um homem. Tinha quase certeza. Era alto, forte, a silhueta de seu corpo se destacando como uma sombra escura feito nanquim em contraste com a luz amarela brilhante do sensor de movimento na cabine ao lado. Mas o formato da cabeça do sujeito parecia estar se transformando em algo estranho, algo pontudo.

Foi só quando ele ficou sob a luz, o facão que carregava manchado de vermelho — meu Deus, quanto vermelho —, que Sloan percebeu que era uma máscara. Uma monstruosidade toscamente confeccionada, talhada na madeira e posicionada onde deveria haver um rosto.

Sloan imaginava que era para ser uma raposa, mas a imagem estava completamente desfigurada por sulcos e entalhes na madeira. Aquele homem não era uma raposa; era uma vaga ideia de raposa, o desenho malfeito de uma criança que ganhou vida. Um verdadeiro insulto a qualquer um que se considere um artista.

E isso deixava Sloan irritada. Se ela ia ser morta, se esta seria sua última noite nesta terra moribunda, o mínimo que ela merecia era um assassino de qualidade, inteligente e talentoso.

Mas não, não era bem assim. Ela não pensara nada disso naquela noite. Isso era interferência da Sloan Verdadeira — frustrada e furiosa diretamente do futuro — e não, não, não, não, seu eu verdadeiro precisava recuar antes de ser ejetado. Piloto automático. Loop temporal. "Seja uma observadora indiferente", dissera Beth certa vez. "Deixe suas memórias te guiarem." Então foi o que ela fez.

Sloan piscou, observando o homem — A Raposa, como viria a chamá-lo — conforme ele se virava e começava a caminhar lentamente em direção à cabine que ela ocupava, a cabeça dele voltada para a exata janela pela qual ela espiava. Todo aquele medo, todo aquele instinto de sobrevivência em seu cérebro reptiliano, a inundou novamente. Será que ele conseguia enxergá-la?

Houve um turbilhão no estômago de Sloan quando seus olhos se assentaram no vulto jogado no chão, deixado como um rastro na varanda pelo homem. A princípio, ela pensou que fosse uma pilha de roupas. Mas não era. Não era alguém tirando um cochilo ou desmaiado de tanto beber; não era nenhuma das coisas boas que havia presenciado nos primeiros dias ali. Era o gentil Beckett, um estudante do segundo ano universitário vindo da Virginia. Ela sabia que era ele por causa das botas caras de trilha que o rapaz nunca tirava. Uma poça escura lentamente se espalhava sob seu corpo, ornando-o como uma auréola.

Sloan apertou a mão contra a própria boca para abafar um grito e então correu para a saída, tropeçando em seu edredom enquanto desesperadamente abria caminho para passar. Tomada pelo pânico, engatinhou cambaleante até a porta. Bastava abri-la, bastava sair, e ela seria capaz de correr muito rápido e para longe. Ela nunca pararia de correr. Jamais olharia para trás.

Ela torcia para que Cherry a estivesse aguardando do outro lado da porta, como fizera na vida real, esperando-a com um beijo e braços esticados e pés rápidos que no fim das contas as levariam até as antigas canoas empilhadas ao lado do escritório de Kevin. As garotas tinham se escondido debaixo delas, mantendo-se bem quietinhas enquanto o sangue do diretor ensopava o cabelo de Sloan.

Mas no sonho, quando Sloan girou a maçaneta, a porta estava trancada. Emperrada, como acontecia em cada um dos pesadelos que teve. Sloan esbravejou e chorou e gritou, esmurrando a porta mesmo quando o sensor de movimento fez a lâmpada de sua varanda acender.

Então lá estava, como sempre: o rosto de Cherry aparecendo na janelinha, primeiro aliviado e depois confuso quando a lâmina do homem a atravessava puxando-a para cima, e com isso Sloan finalmente entendia o que exatamente havia feito o som molhado de pancada que ouvira mais cedo.

Ela nunca mais iria comer melancia.

E Cherry? Cherry deslizava em direção ao chão, seu sangue se infiltrando pela fresta da porta ainda trancada, molhado e morno embaixo de Sloan. A Raposa estava parada na janelinha, inclinando a cabeça para a esquerda e para a direita, exatamente no lugar em que Cherry estava há um instante, e então ele...

— Shhh, shhh... Calma. Eu tô aqui. Não foi real. A gente tá bem.

Sloan lutou com a pessoa que a segurava, chutando e gritando até as palavras penetrarem seu cérebro e a arrastarem para fora do sonho. Os olhos dela se abriram, arregalados e cheios de dor. Cada lâmpada no quarto estava acesa, e não eram poucas: Sloan havia enchido o quarto com elas depois que seus pais a trouxeram de volta para casa, maculada por dentro e por fora e ainda embrulhada na manta térmica de alumínio que se recusara a deixar de lado durante sua longa estadia no hospital.

Ela agarrou com força a camisa de Cherry e enterrou o rosto na barriga da namorada. Cherry estava ali. Viva. Aquilo não era real. Ela nunca foi esfaqueada. Estava tudo bem. Estava tudo bem.

Cherry deu a Sloan um momento para se recuperar, deixando que inspirasse profundamente o ar que entrava através da janela aberta pela qual havia se esgueirado.

— Você tinha morrido. Você tinha morrido.

— Foi um sonho, amor. — Cherry, a de verdade e que estava viva, repetiu incansavelmente até a namorada parar de chorar.

— Você veio — disse Sloan, quando finalmente recuperou a voz em meio aos soluços.

Um dos lados da boca de Cherry se iluminou em um sorriso.

— Bem, é uma noite em família, né? — provocou. — Eu não ia perder de jeito nenhum.

Sloan tentou forçar um sorriso, mas falhou. Em vez disso, dissolveu-se contra o corpo de Cherry, permitindo-se relaxar em seus braços e deixando que Cherry a envolvesse... até a porta se abrir com tudo e elas serem arrebatadas do cantinho de paz que haviam encontrado.

Os pais de Sloan observaram as duas — agarradas firmemente uma à outra, como se fossem as duas partes de um cadeado —, e então a janela aberta, os cobertores bagunçados, as lágrimas... E aí fizeram cara feia. Bem, a mãe de Sloan, Allison, fez cara feia. O pai dela, Brad, apenas sacudiu a cabeça em negação e foi embora.

— Já te disse pra usar a porta, Cherry. Se você quebrar o pescoço tentando escalar a porcaria da minha casa, meu seguro não vai cobrir — disse Allison antes de bater a porta.

Cherry deu uma risadinha. Então puxou Sloan de volta para a cama e cuidadosamente ajeitou os cobertores sobre as duas.

— Sua mãe me ama — disse.

— Eu sou a única pessoa que precisa te amar — respondeu Sloan e relaxou com a sensação de Cherry traçando círculos lentamente em sua pele.

Ela estava ali.

Ela era de verdade.

Ela estava em segurança.

Quatro

Da primeira vez que Sloan vira Cherry, ela era toda sorrisos e pernas compridas; ao seu lado, um rapaz descendente de indianos alto chamado Rahul e um garoto branco chamado Beckett, que dava a impressão de que fazer trilhas era seu único traço de personalidade. Sloan mal havia prestado atenção nos rapazes, estava perdida demais nas sardas que salpicavam a pele de Cherry, aveludada e bronzeada como se tivesse sido beijada pelo sol. Por pouco se esqueceu do próprio nome ou como usar as palavras, e acabou ficando lá, parada e piscando enquanto Rahul se apresentava.

Sloan havia chegado um dia após os demais monitores — resultado da insistência de sua mãe para que ficasse em casa por mais um dia para a festa de aniversário de seu irmãozinho, Simon. Tinha perdido os momentos de descontração e de entrosamento entre a equipe que haviam ocorrido no dia anterior e, ao observar a casualidade com que Beckett se agarrava a Cherry, ela ficou novamente irritada com toda a situação.

"Emergência familiar" fora a desculpa que Sloan oferecera ao chefe, pois soava mais adulto do que dizer: "Minha mãe não vai me deixar sair antes de eu cantar parabéns e cortar o bolo de Lego de um menino de oito anos." Mas não deixava de ser uma espécie de emergência mesmo, porque Sloan sabia que se não tivesse ficado, sua mãe nunca mais pararia de reclamar. *Não, obrigada*, pensou enquanto enviava o e-mail para seu chefe.

Kevin, o diretor do acampamento, não tinha esquentado a cabeça. Na tarde da chegada de Sloan, ele fez questão de a acompanhar à cabine onde ela ficaria alojada. Era um retangulozinho de madeira, de três por quatro metros, no meio do bosque, cercado por diversas cabines similares. Era construída com toras ásperas de pinheiro, coladas umas às outras com algum tipo de lama, cimento ou o que quer que fosse, mas o fato é que ainda havia tímidos raios de luz se infiltrando por entre a madeira. O telhado era de estanho, o que queria dizer que provavelmente a cozinharia viva naquele verão, mas Sloan não se importava. A cabine era dela, era particular, e ela conseguiria escapar do olhar intrometido de sua mãe uma vez na vida.

O fato de que tinha seu próprio banheiro era a cereja do bolo. Uma experiência que ela nunca tinha vivido em sua modesta casa de dois banheiros. E como a mãe havia declarado um deles o "lavabo de visitas" — em que a entrada era praticamente proibida, a menos que você fosse um parente distante dando uma passadinha —, isso significava que os quatro — a mãe, o pai, o irmão e Sloan — estavam sempre brigando pelo que sobrara.

As manhãs durante o período letivo eram particularmente divertidas.

Quando surgiu a oportunidade de passar o verão inteiro no meio do mato a três horas de distância de casa — na forma de um folheto preso no quadro de avisos da escola —, ela nem pensou duas vezes. Tudo bem, é verdade que o site do acampamento estava desatualizado e as fotos eram de má qualidade, mas Sloan não se importava.

Ela deu uma aumentada no currículo e na carta de apresentação com uma lista de experiências ligeiramente (extremamente) exageradas, que incluíam trabalhar na creche e no programa de verão da Associação Cristã de Moços (Sloan havia frequentado o programa de complementação escolar deles até os doze anos e, na opinião dela, isso tinha lá o seu valor) e serviço comunitário (ela havia passado horas na organização estudantil National Honor Society, e se a descrição de seu trabalho lá estava mais para "escrever cartas a idosos em casas de repouso" do que para "assumir uma posição de liderança em sua comunidade", então, bem, o Acampamento Money Spring não precisava ficar sabendo).

A entrevista ocorrera via Zoom, uma reunião on-line entre Sloan, Kevin e uma mulher chamada Charla. Sloan ainda não sabia qual era a conexão dela com o acampamento.

Sloan rasgou seda, fez questão de manter seu melhor sorriso no rosto enquanto dizia todas as coisas certas, os fazia rir e moldava sua personalidade para exatamente aquilo que procuravam, baseando-se nas reações que tinham a toda e qualquer coisinha que ela dissesse.

Ela era boa em interpretar os adultos. Era especialista em analisar cada expressão facial, cada pequeno movimento que os lábios fazem para cima ou para baixo, a diferença entre uma sobrancelha franzida ou erguida. Mencionara isso para uma professora certa vez como se fosse um talento especial e vira o sorriso da mulher se desfazer. A professora acabou mandando a menina procurar o psicólogo da escola usando um monte de palavras que ela não entendia. Sloan precisou buscar "resposta a traumas" no Google — porque ainda não fazia parte de seu vocabulário — e ficou aliviada quando leu que era algo que podia melhorar. Ela desejava desesperadamente que melhorasse, desejava que não fosse tão automático quanto respirar.

Essa era só mais uma coisa que a diferenciava das outras crianças, assim como a marca em seu pulso ou sua certidão de nascimento bastante rasurada. Mas o hábito nunca a deixou. Não importava quantos anos Sloan passasse com seu pai adotivo apático e absolutamente insosso e com sua mãe adotiva superprotetora e sufocante... ele persistia. Para sempre uma parte dela. Mais um presente de despedida de seus pais biológicos — só que este não poderia ser armazenado na caixinha em sua cômoda, onde guardava outras lembranças de um tempo borrado e perdido antes de Allison e Brad.

À medida que foi ficando mais velha, Sloan voltou a apreciar a constante análise que fazia de como as outras pessoas a percebiam e de como estavam se sentindo, porque isso significava que se saía bem em entrevistas. Ela os ludibriou direitinho, e em poucos minutos já sabia que tinha conseguido o trabalho de monitora no acampamento.

Ainda assim, quando Sloan recebeu o e-mail de confirmação listando o que deveria levar (repelente e protetor solar à beça) e quando deveria chegar (mais cedo do que imaginava, o que chateou Connor e Rachel, que não puderam planejar melhor uma festa de despedida para a amiga), as mãos dela tremeram. Por mais que a garota confiasse em si mesma, os adultos eram imprevisíveis. A mãe dela poderia mudar de ideia e proibi-la de ir. Kevin poderia encontrar outra pessoa para a vaga. Nada era realmente garantido, nada mesmo, não até ela estar lá. O adiamento, mesmo que por um dia para a festa de aniversário, tinha sido torturante. Mas quando Sloan largou sua mochila na pequena cabine de pinho e sorriu para o rosto avermelhado e queimado de sol de Kevin, sentiu-se finalmente em paz. Ela havia conseguido chegar ali.

Quando arrancara aquele folheto do quadro de avisos da escola, Sloan não fazia ideia de que também havia empurrado a primeira peça de dominó que a levaria direto à pessoa mais importante que ela conheceria em sua vida.

Cherry Barnes.

Charlene Addison Barnes, se quisermos ser mais formais. Se bem que Cherry certa vez alertou Sloan — seus corpos pressionados um contra o outro sob a luz das estrelas, sem fôlego após confessarem tudo a respeito de si mesmas e de quem eram fora daquele lugar perfeito que logo estaria lotado de criancinhas — de que se ela ousasse chamá-la pelo nome inteiro, a própria Cherry cortaria sua língua fora. Por algum motivo, isso tinha soado romântico na hora — um segredo compartilhado na escuridão da noite. Uma verdade a ser escondida do resto do mundo. Era algo singelo, pequeno, minúsculo até, mas estar conhecendo Cherry e já saber seu nome completo fez Sloan se sentir poderosa. E vulnerável. Ninguém conhecia Cherry como Sloan. Provavelmente ninguém jamais conheceria.

Fazia calor no dia em que foram apresentadas. De manhãzinha já estava quente e o suor escorria pelo couro cabeludo de Sloan, rolando em pequenas gotas que desciam por sua coluna antes de serem sugadas pelo top antitranspirante e pelo elástico de seu short da Nike. Sloan tinha feito as malas com cuidado e deliberação. Só porque estava indo para o meio do mato, não significava que não pudesse ficar bonita.

— Os outros monitores estão no lago — anunciou Kevin.

— Arruma suas coisas e depois dá um pulo lá pra ajudar. Precisamos reparar e pintar as canoas antes que os campistas mirins cheguem. Se alguma estiver danificada demais, arrasta pro meu escritório que depois eu vejo como fazer a reposição. Nós abrimos em cinco dias, estando prontos ou não — disse ele impacientemente, e então voltou para o escritório, o único lugar com ar-condicionado no acampamento inteiro. O único lugar com eletricidade de verdade instalada em vez de pequenos painéis solares que mal geravam energia suficiente para iluminar uma lâmpada por cabine.

Instantes depois de ele entrar, a garota ouviu os primeiros acordes de "Smells Like Teen Spirit" tocarem nos alto-falantes. Era uma das músicas favoritas do pai de Sloan, portanto já tivera que suportá-la em inúmeras viagens de carro — mãe e filha resmungando enquanto o pai revivia seus dias de glória. Sloan deu meia-volta para desfazer sua mochila. Tinha esperanças de que não conseguiria escutar a música quando estivesse no lago.

Não tinha trazido muita coisa. Não havia por quê. Um diário, um bloco de notas, um carregador portátil para o celular, que esperava ser o suficiente para conseguir olhar as fotos dos amigos quando sentisse saudades ou para jogar uns joguinhos bobos que não exigiam Wi-Fi.

Cada cabine era equipada com uma lâmpada de LED solar — que eles eram instruídos a deixar do lado de fora recarregando durante o dia antes de saírem para trabalhar

AS ÚLTIMAS SOBREVIVENTES 33

—, uma pia, um chuveiro só com água fria e uma privada em um banheiro do tamanho de um closet. Sloan poderia lavar as mãos sentada no vaso se quisesse, com os joelhos batendo na pia e as coxas prensadas no espacinho entre o assento sanitário e o box.

Ela torcia para que a lâmpada fosse do tipo que vinha com um pequeno plugue onde ela poderia carregar o celular. Mesmo que tivesse que usar toda a energia, todos os dias. Quem precisava da luz de uma lâmpada quando se podia ser iluminada pelo brilho de seu iPhone à noite?

Sloan colocou o diário, o bloco de notas e uma seleção de lápis sobre a escrivaninha; enfiou as roupas — a maioria da Nike — debaixo da cama e colocou a escova de dentes sobre a pia, junto com um tubo de creme dental e um desodorante sem alumínio.

Tinha considerado trazer maquiagem, mas acabou desistindo. Sua mãe esperaria que ela levasse; na verdade, exigiria — sempre tão preocupada com as aparências. Mas estas férias eram sobre se sentir livre. Nestas férias, ela não queria lidar com nenhuma das expectativas de sua mãe.

Em seguida, Sloan organizou seus diversos hidratantes e protetores solares. Só porque escolheu se abster da maquiagem, não queria dizer que não tinha adotado com a mãe outras rotinas de cuidados com a pele — afinal de contas, Allison era dermatologista. A pele branca de Sloan queimava com facilidade e a mãe amava aterrorizá-la com fotos que mostravam o efeito tardio do estrago que o sol fazia na pele de pessoas que não tinham se precavido na adolescência.

Sloan se emplastrou de protetor solar extra, trocou os tênis que estava usando por chinelos da Nike — pintura não parecia ser o tipo de atividade que requereria calçados mais pesados — e então percorreu a trilha sinuosa de terra que, segundo a placa, dava no lago, sumindo por entre pinheiros altos como arranha-céus. O céu que aparecia por entre os galhos grossos estava esplendidamente azul, e Sloan sorriu apesar do calor. Não era a maior fã da natureza, mas adorava estar em um *lugar diferente*, e, na sua opinião, não tinha como um *lugar* ser mais *diferente* do que este.

Sloan parou perto da clareira no fim da trilha; para ser mais exata, parou ao avistar Cherry sorrindo com Rahul e Beckett. Os rapazes mal haviam se apresentado quando começaram a se perseguir pela clareira, borrifando um no outro a tinta branca que deveriam usar para pintar as canoas. Uma gota respingou em Sloan, fria e grossa, e ela riu.

Depois, quando se lembrasse do momento, a tinta não mais seria branca; seria vermelha.

E quente.

Ao todo, havia dez monitores, os encarregados de preparar o acampamento para a abertura. A maior parte deles cursava os primeiros anos da faculdade ou estava prestes a ingressar em uma. Além de Sloan, Cherry, Rahul e Beckett, juntavam-se ao grupo: Dahlia, uma estudante branca do segundo ano de universidade, vinda do sul do estado com o mais lindo e longo cabelo castanho que Sloan já vira; Hannah, uma norte-americana de ascendência coreana que considerava uma falha moral não se manter a par das últimas fofocas do mundo das celebridades; Anise, que certa vez se gabou, sem nem uma pitada de ironia, de ser capaz de remontar sua árvore genealógica até a chegada de seus ancestrais no navio colono Mayflower, no século XVII; e Shane, um rapaz negro bem tímido com uma obsessão fora do comum por criaturas lendárias e sobrenaturais e que, após se apresentar a Sloan, começou a palestrar sobre a atual relevância do Mothman, ou "Homem- -Mariposa", para a história dos Estados Unidos — depois disso ele praticamente não abriu mais a boca. Por fim, havia também os bons e velhos adultos de verdade: Ronnie, o cozinheiro do acampamento, um homem negro de 34 anos obcecado em aperfeiçoar sua receita de calda para raspadinha de gelo; e Kevin, o diretor de meia-idade do acampamento, cuja pele branca era marcada por diversos tons de vermelho e marrom devido à aversão que sentia a protetor solar, e que tinha certa inclinação a ouvir as mesmas músicas do Nirvana e do Soundgarden o dia inteiro.

Literalmente. O. Dia. Inteiro.

Inclusive, para a alegria de Cherry e o desespero de Sloan, ele anunciara naquela tarde que esse seria o único tipo de música que ia autorizar ser tocada nos alto-falantes do acampamento.

A princípio, Sloan tinha o confundido com um falso hipster tentando se aproveitar do resgate do grunge, mas então percebeu, com um susto, que Kevin provavelmente já estava *vivo* quando o movimento surgiu pela primeira vez — ele mencionou ter nascido no fim dos anos 1970.

Caramba, pensou ela, *que velho*.

Na noite seguinte, os monitores estavam todos discutindo sobre música ao redor da fogueira, discutindo a qualidade do cottagecore *versus* pop *versus* grunge *versus* punk. Tudo enquanto botavam para dentro as raspadinhas de gelo de Ronnie e o Gatorade velho que Kevin tinha encontrado enfiado em algum lugar. Cherry, vestindo uma regata de caxemira estampada e com flores no cabelo, atraía a atenção de todos naquele grupo. Sloan, orbitando ao redor dela como os demais, observava hipnotizada.

Um momento de calmaria na conversa levou Sloan a impulsivamente sugerir que era óbvio que o pop era o gênero musical superior. A afirmação imediatamente provocou resmungos de discordância de todos menos Hannah, então o debate se acirrou de novo. Sloan ficou na dela depois disso, pensativa em meio à conversa e se deleitando com o fato de que havia passado *mais* de 24 horas longe de casa. Ela estava deslumbrada, satisfeita, feliz. Livre.

A discussão continuou em um ritmo descontraído, uma conversa quase frívola, até Beckett dizer que Cherry era "ecologicamente irresponsável" quando ela criticou a proibição do uso de canudos de plástico, e a garota responder que ele era "capacitista pra caralho e um belo de um capitalistazinho". Dahlia tentou colocar panos quentes na briga, mas os dois simplesmente gritaram mais alto que ela.

— E você, Sloan? Qual é sua opinião? — perguntou Cherry querendo saber. Dahlia se remexeu atrás de Cherry; provavelmente tentando desviar de sua ira.

Sloan deu de ombros.

— Eu não acho...

— Que o Beckett saiba do que tá falando? Boa. — Cherry cruzou os braços. — Nada do que a gente faça vai fazer diferença mesmo. Não enquanto bilionários e suas grandes corporações forem responsáveis por, tipo, toooooooooda essa zona.

— Que pensamento mais fatalista! — rebateu Beckett.

— Mas não é como se desse pra esperar outra coisa de uma branquela-alvejante feito você.

Cherry gargalhou.

AS ÚLTIMAS SOBREVIVENTES 37

— Branquela-alvejante — disse ela em meio a risadinhas, mal conseguindo respirar. —Beckett sabe mesmo como ofender.

Ele deixou escapar um sorriso orgulhoso, nitidamente satisfeito. Apesar do aborrecimento, parecia tão cativado por Cherry quanto todos no acampamento.

— Sem contar que nada disso importa, na real — disse Cherry. Ela se sentou de costas para Beckett e se apoiou nele. — A Terra vai dar um jeito nisso, que nem fez com os dinossauros.

Beckett abriu espaço para ela entre suas pernas, envolvendo-a com os braços de modo que as costas dela colaram em seu peito. No começo, Sloan havia se perguntado se os dois eram um casal. Mas não. Era só o jeito de Cherry. Ela conseguia fazer com que todo mundo se sentisse confortável, logo de cara.

Anise espirrou gelo na cara de Cherry com o próprio canudo não biodegradável.

— Você tá sugerindo que os dinossauros poluíram os oceanos e tudo mais a ponto da Terra criar um asteroide e depois fazer com que ele batesse em *si mesma?* — perguntou. — Nem sei o que dá mais medo, na real: a gente destruir o planeta, ele ter consciência suficiente para planejar uma vingança ou a Terra ser tão rancorosa que daria um tiro no próprio pé só pra sacanear alguém.

— Tá bom. — Cherry deu de ombros. — O universo, que seja.

— Deus? — perguntou Hannah, puxando o cordão de cruz dourada que usava ao redor do pescoço. — Você quer dizer Deus?

Sloan esperava muito que Hannah não estivesse naquele acampamento em algum tipo de missão de evangelização, tentando salvar os pagãos no meio do mato das histórias demoníacas ao redor da fogueira ou sei lá o quê. Mas não, a garota descobriu no funeral de Hannah — o número seis dos oito aos quais Sloan e Cherry compareceram — que ela tinha aceitado aquele trabalho de monitora como parte de um acordo de serviço comunitário a que tinha apelado após ser pega furtando um perfume caro pela terceira vez. Uma graça. Cherry sacudiu a mão, fazendo pouco caso de todos. Ela era tão confiante de sua opinião que Sloan tinha vontade de engolir toda essa convicção e torná-la parte das próprias crenças.

— Quero dizer equilíbrio — disse a garota finalmente.

— O universo vai dar um jeito de se reequilibrar. Vai voltar aos eixos por conta própria. A gente vai tudo fritar com o aquecimento global e então, um dia, daqui a milhares de anos, bebês dinossauros vão escavar os nossos ossos e contar histórias sobre como *nós* fomos tremendos babacas.

— Espera aí. — Ronnie segurou uma risada, indo até a fogueira com uma nova remessa de aperitivos. — Os dinossauros vão voltar?

— E eles conseguem falar? — Hannah riu.

— Depende. Será que Beckett vai confiscar nossos canudos? — Cherry inclinou a cabeça para cima para olhar para ele, sua mão roçando pelo rosto, agora sorridente, do rapaz.

Sloan ficou com ciúmes, mesmo naquela época, mas Cherry jamais havia pertencido a Beckett como viria a pertencer a ela. E, de alguma forma, Sloan havia sentido isso desde o início.

Mas, ainda assim...

O funeral de Beckett foi o de número quatro.

O único no qual Sloan não chorou.

AS ÚLTIMAS SOBREVIVENTES 39

* * *

— Terra para Sloan. — A voz de Cherry a arrancou de suas lembranças, deixando-a desnorteada com a luz do sol refletida na janela da picape. Estavam no apartamento novo de Cherry, prontas para desempacotar as coisas.

— Desculpa — disse Sloan ao perceber o meio sorriso de preocupação da outra garota. Não, não, Sloan não ia deixar isso acontecer. Já tinha arruinado a noite anterior com aquele pesadelo idiota. Não ia estragar outro dia, ainda mais um dia feliz como esse, em que elas finalmente teriam tempo para terminar de ajeitar o quarto novo de Cherry.

— Pra onde você foi? — provocou a namorada, traçando com o dedo um pequeno círculo na coxa de Sloan. — Pensando em todas as garotas bonitas com quem você ficou antes de eu aparecer?

Sloan sorriu; não conseguia evitar. Cherry era assim, capaz de acalmar os ânimos com uma só frase. Capaz de arrancar sorrisos de dentro de Sloan como se tivesse um ímã.

— Não, só em você — respondeu.

Cherry ergueu uma sobrancelha.

— Ah, é? E o que exatamente eu estava fazendo? — Ela perguntou em um tom grave e sedutor, que provocou um frio no estômago de Sloan de um jeito gostoso.

— Me conhecendo — falou Sloan, seu rosto começando a corar. — Pintando barcos, discutindo sobre dinossauros ao redor da fogueira. O de sempre.

Dessa vez, a expressão de desagrado de Cherry foi evidente. Merda.

— Hum. — Cherry subiu na carroceria da picape para pegar algumas caixas. Empurrou-as até a beirada com força antes de pular de volta para o chão. Ela agarrou uma delas e a colocou nos braços de Sloan com um pedido curto e grosso:

— Dá uma mãozinha?

Antes que Sloan pudesse responder, ela já tinha saído com outra caixa em mãos, abrindo caminho até o prédio. Cherry não gostava de conversar a respeito do acampamento, e Sloan imaginava que aquilo fizesse sentido. De que adiantaria reviver os onze dias que tinham passado com os outros? Isso é, quando havia outros. De que adiantaria ficar pensando no quão *bom* poderia ter sido se tivessem conseguido passar as férias inteiras juntas em vez de menos de 264 horas (e isso contando o tempo que passaram na ambulância)?

Sloan afastou as lembranças e seguiu Cherry prédio adentro.

Hoje seria um dia bom. Precisava ser, mesmo que isso as matasse.

Cinco

Sloan enfiou uma tachinha na parede e deu um passo para trás para admirar o próprio trabalho. Aquele era o último pôster de Cherry e estampava uma banda de grunge cem por cento feminina chamada Hissing Kitties, pela qual Cherry tinha ficado obcecada nas últimas semanas. Para ser sincera, Sloan não fazia ideia de como a namorada conseguiu aquele pôster, considerando que, até onde sabia, se tratava de uma banda pequena que só tocava em bares na Dakota do Sul. As maravilhas da internet moderna, ela supunha. O que a fez se lembrar de...

— Fez sua pesquisa no Google hoje? — perguntou.

— Nem — respondeu Cherry, enquanto vasculhava alguns papéis jogados sobre a cama diante dela. — Já tem dias que não sai nenhuma manchete boa. — Ela remexeu nos recortes ao seu redor, concentrada com os olhos semicerrados, até escolher um e o erguer. — Essa aqui?

Sloan examinou a manchete escrita em letras garrafais — OITO MORTOS E DUAS FERIDAS EM ATAQUE A ACAMPAMENTO DE FÉRIAS DA REGIÃO —, então assentiu com um pequeno sorriso.

— Essa aí pode voltar, com certeza.

Aparentemente satisfeita com a resposta, Cherry passou por cima da caixa de papelão que estava entre as duas garotas — era a última que faltava ser desempacotada; na parte superior, tinha as palavras *roupas de funeral* rabiscadas de qualquer jeito com marcador permanente. Cherry parecia estar evitando essa. Para ser justa, a verdade é que Sloan havia doado todas as suas roupas de funeral assim que saíra do oitavo enterro seguido.

Cherry fez questão de beijar o nariz da namorada antes de esticar o braço em direção à escrivaninha e pegar a fita adesiva ao lado da pilha de tachinhas. Sloan observou enquanto ela cuidadosamente colocava o recorte da notícia ao lado dos demais. Como havia imaginado, encaixou com perfeição, uma peça de quebra-cabeça perdida finalmente encontrada. Cherry era boa nisso.

Enquanto Sloan se manteve ocupada pendurando pôsteres de bandas de garagem e fotos emolduradas das duas dos últimos meses, Cherry tinha se ocupado com a construção de um mosaico novo para substituir o que ela precisou desmanchar quando fez sua mudança poucos dias antes. Apenas pilhas e mais pilhas de recortes de jornais e papéis impressos com incontáveis manchetes e artigos narrando o que elas tinham passado — ou melhor, ao que tinham *sobrevivido* — juntas.

Começara no canto superior direito da parede de Cherry e foi se espalhando como uma teia de aranha, como se fosse engolir o restante do quarto se tivesse qualquer chance. Como se fosse engolir *as duas,* se pudesse.

Agora estava menor do que fora na outra casa. Muitos dos recortes não haviam sobrevivido à mudança e precisariam ser reimpressos, mas Cherry tinha se esforçado bastante para proteger seus favoritos, plastificando-os com fita adesiva, que refletia a luz do sol de um jeito esquisito e fazia com que parecessem brilhosos e preservados — congelados no tempo inclusive, do mesmo jeito que as duas estavam congeladas todas as noites nos sonhos de Sloan, emaranhadas em suas memórias. Como insetos afixados em estofo para uma inspeção.

Cherry sentou-se novamente na cama e examinou os demais recortes diante de si.

— Esses são todos chatos. — Ela franziu a testa.

Sloan se aconchegou em suas costas. Cherry era muitos centímetros mais alta, o que Sloan amava, mas eram só das pernas. Quando estavam sentadas assim — as mãos de Sloan passando por cima dos braços de Cherry, suas pernas enroscadas no torso da namorada —, a impressão que dava é de que tinham o mesmo tamanho.

— A gente pode tentar o Reddit de novo — disse Sloan.

— Ninguém tá desesperada assim ainda. — Cherry soltou uma risada silenciosa. — Além do mais, você não tá com ele bloqueado?

— Verdade. — Sloan se desenroscou da namorada e se inclinou para ver o que faltava. Com um sorriso travesso, ela ergueu um recorte de jornal. — Qual é o problema desse aqui?

Cherry fez um beicinho exagerado.

— Eles me chamam de Charlene.

— Seu nome é Charlene.

— Apenas formalmente — disse ela. — Me dá vontade de enfiar um facão nos meus próprios olhos toda vez que vejo esse nome impresso. Talvez a Dahlia não tenha tido uma ideia tão ruim assim.

— Duvido muito que tomar uma facada na cara tenha sido ideia dela. — Sloan respondeu com uma risada constrangida, pensando mais do que gostaria na garota que tinha se instalado a apenas três cabines dela. Dahlia tinha sido a primeira a ser morta, segundo os investigadores.

Era uma piada ruim e cruel. Dahlia era boazinha e gentil, e não merecia acabar daquele jeito. Seu funeral foi o de número sete e Sloan tinha chorado um bocado nele.

Mas sempre que ficava difícil e deprimente demais se lembrar da colega, Sloan só deixava sua mente vagar para a entrevista no programa de TV *60 Minutes*.

O pai e a mãe de Dahlia vinham de famílias que já eram ricas havia gerações, o que significava que a garota também era uma herdeira. Eles choraram durante toda a entrevista, a mãe soluçando, afirmando que não era para Dahlia estar lá. Ela não *precisava* estar lá. Repetiram isso diversas vezes. Dahlia não precisava estar lá. Ela tinha planos para a vida. Como se a tragédia da morte aumentasse por causa do privilégio econômico da vítima. *Que desperdício*, seus rostos pareciam dizer. Ela poderia muito bem ter ficado em casa jogando polo, ou qualquer outra coisa que adolescentes ricos fazem nas férias, em vez de reviver *Sexta-Feira 13* em tempo real com um bando de pobretões.

Dahlia era quem devia ter sobrevivido, e não aquelas outras garotas. Sloan havia visto isso nos olhos deles. Chegou a pausar a TV e voltar a filmagem duas vezes para se certificar de que não tinha se enganado.

Não tinha. Os dois estavam tristes pela filha, é óbvio, no entanto mais do que isso, estavam ressentidos. Com inveja. Tinham convicção de que a filha merecia viver mais do que...

— Bem, mesmo assim... — disse Cherry, jogando o pedaço de jornal com a manchete no lixo. — Há coisas piores do que ter uma faca enfiada na cabeça. Tipo ser nomeada em homenagem a uma tia-avó com quem ninguém da sua família conversa.

— Pois é, devastador mesmo — disse Sloan em um tom apático, mas com um sorrisinho.

Gostava do fato que as duas fossem capazes de rir da situação. Achava que era saudável.

Sua última terapeuta havia sido bastante crítica ao seu senso de humor ácido. Dizia que não era apropriado fazer comentários sarcásticos sobre os demais monitores terem sido esfaqueados ou contar piadas sobre o vilão Jason Voorhees o tempo todo. Dizia que era um mecanismo de defesa "pouco saudável". Que era Sloan evitando encarar os fatos.

Foi quando ela parou de conversar com psicólogos. Bem, com a maioria deles.

Ela se encontrava com Beth frequentemente por insistência da mãe. Era uma das poucas vezes em que se separava da namorada, e detestava isso.

Mas Beth não era *bem* uma psicóloga. Só queria hipnotizar Sloan e conversar sobre energias. Não queria salvá-la nem dizer a ela como devia se sentir. Beth desejava abrir aquela porta na mente da garota e ajudá-la a atravessar, e Sloan... Bem, por mais que fingisse o contrário, estaria mentindo se dissesse que não estava pelo menos um pouco curiosa para ver o que havia do outro lado. Muita coisa daquela noite não passava de um borrão, uma névoa de medo e sangue e a tentativa de encontrar um esconderijo, e havia momentos em que ela queria de volta os detalhes que perdeu.

Cherry pegou o notebook em sua escrivaninha e fez uma busca rápida por "Massacre de Money Springs". Nada de novo. O fluxo de notícias tinha enfraquecido nos últimos meses, principalmente depois que os criminosos foram captura-

46 JENNIFER DUGAN

dos. Bem, um deles, pelo menos: A Raposa, que assombrava os sonhos de Sloan todas as noites. Os demais — O Cervo, O Urso e mais alguns que ela não tinha conseguido ver de perto — decidiram tirar a própria vida assim que as buscas começaram. Pílulas de cianeto, todos eles.

Mas estava tudo bem.

Sloan pegou o celular e entrou na brincadeira. O que tinha começado como uma compulsão — houve um período em que ela conferia manchetes de hora em hora —, eventualmente se transformou em um tipo de tradição mais tranquila. Cada qual tinha os próprios termos de busca, organizados para que pudessem dividir o trabalho de maneira eficiente. Cherry buscava "Massacre de Money Springs". Sloan buscava "Alojamento Money Springs". Cherry buscava "assassinato facão norte do estado". Sloan buscava "assassinos alojamento". Se estivesse com um humor particularmente bom, Sloan até mesmo pesquisava "Charlene Addison Barnes" e imprimia as fotos que mostravam Cherry deixando o hospital com seu nome completo listado na legenda. Aquelas eram suas preferidas.

A princípio, os jornais não identificaram as meninas: em alguns casos, as vítimas recebem alguma proteção da imprensa, se forem bonitinhas ou brancas o bastante. Mas aí a mãe de Cherry convocou uma conferência de imprensa. Bem, mais ou menos. Estava mais para um evento voltado aos *paparazzi* para quando a filha recebesse alta. A mãe de Cherry queria ter seu dia. Dissera que fez tudo para mostrar como a filha era forte, mas Sloan suspeitava que tivesse algo a ver com sua mais nova instalação de arte performática — seja lá o que isso queria dizer — e com a oportunidade de fazer jabá de seu OnlyFans, embora a maior parte dos veículos de comunicação tenham cortado essa parte da notícia.

Sloan se lembrava da própria mãe olhando pela janela do segundo andar enquanto a multidão se formava ao redor do hospitalzinho dilapidado. Se é que dava para chamar aquilo de hospital: estava mais para a única emergência que permitia internação e ficava a uma cidade de distância de onde o ataque tinha acontecido. Nas proximidades, o único hospital bom de verdade ficava a mais de três horas de distância, e nenhuma das garotas estava machucada a ponto de conseguir uma transferência para lá.

Cherry tinha ficado internada por apenas uma noite, mas Sloan precisou permanecer por mais tempo devido aos seus ferimentos: uma concussão moderada e um corte profundo no braço que havia requerido dezesseis pontos e uma aplicação intravenosa de antibióticos. Sloan queria ser capaz de se lembrar como se machucou assim.

Ela se lembrava de abrir a porta, e ela *achava* que se lembrava de Cherry pegando sua mão, mas então não havia mais nada, nada mesmo, até ela acordar debaixo da canoa com seu braço ensanguentado e uma dor de cabeça tão forte que embaçava sua vista. As mãos de Cherry tapavam a boca de Sloan para impedi-la de gritar. Havia sangue, muito sangue, mas a maior parte não era delas. E depois vira as luzes piscando, nas cores vermelha e azul.

Cherry tinha sorrido e a beijado.

Se Sloan simplesmente conseguisse se lembrar do que havia acontecido no intervalo de tempo entre…

— Nada de novo por aqui. E pra você? — A voz de Cherry pareceu atravessar os pensamentos de Sloan, catapultando-a de volta ao presente.

— Só essa foto incrível. — Sloan sorriu e virou a tela do celular para a namorada. Tinha feito uma busca por imagens, o que a levou a atravessar um buraco de minhoca virtual até encontrar um desconhecido aleatório que fizera uma montagem da saída de Cherry do hospital: parecia que a garota estava fugindo do Jason de *Sexta-Feira 13* em vez dos *paparazzi*.

— Fofo. — Ela deu um sorrisinho. — Pode imprimir.

Sloan tocou algumas vezes o celular e esperou para ouvir o zunido suave da impressora trabalhando antes de se levantar e pegar a tesoura. Toda aquela instalação — o notebook de Cherry e a impressora — era proveniente de um "fundo para vítimas de violência", que supostamente seria usado para custear os gastos médicos de Cherry; mas do qual ela e a mãe, Magda, vinham parcialmente se apropriando.

Tinham dito ao seu mediador judicial que Cherry precisava do notebook e da impressora para cursar as aulas da faculdade a distância, pois estava tão ansiosa que não era capaz de frequentar um campus, então era melhor que estudasse de maneira remota. A organização pagava até a conta da internet.

A questão é que Cherry não estava fazendo aulas on--line. Sequer estava registrada em uma universidade *antes* de tudo acontecer, e agora é que não ia se inscrever mesmo. Mas queriam um MacBook. "O universo nos deve um MacBook" — estas foram as palavras exatas de Magda; e talvez ela estivesse certa. Um notebook parecia um prêmio de consolação justo por escapar por um triz de maníacos empunhando facões e machados.

— Não dá pra sobreviver neste mundo como uma artista sem um tiquinho de malandragem de vez em quando. — Magda sempre se gabava.

Se esse trambique calhasse de vir na forma de um notebook e uma impressora que Cherry utilizava para imprimir artigos e que Magda poderia usar para postar vídeos no You-

Tube e no OnlyFans, que era o que pagava o aluguel, então, bem, que mal havia nisso?

Sem contar que não é como se aquela fosse o primeiro esquema delas.

Cherry e a mãe precisavam se virar por conta própria já fazia algum tempo e não eram estranhas à ideia de usar a gentileza de outras pessoas para obterem o que quer que precisassem. Se isso se manifestava como um ou outro GoFundMe falso — a vaquinha para custear a cirurgia dental de seu cachorro imaginário chegou até a viralizar — ou como um esquema de caixa dois na última campanha de arrecadação da associação de pais e professores no ensino médio, então que fosse.

— Vocês só são resilientes. — Sloan dissera a Cherry na terceira noite no acampamento, as duas descansando perto da fogueira. Cherry tinha compartilhado entre sussurros histórias de infância para ela, a vergonha mantendo sua voz fraca e triste. Isso até Sloan sorrir e dizer: — Vocês não são golpistas, vocês só são resilientes.

O rosto de Cherry se iluminou em um brilho mais intenso do que qualquer fogueira, e Sloan prometeu que faria o que fosse necessário para que ele permanecesse assim. Estava mantendo a promessa, não estava? Mesmo agora, sentada ao seu lado, recortando manchetes, na parte mais silenciosa do "depois".

— Ah, puta merda! — gritou Cherry, e Sloan quase decepou a cabeça do Jason quando sua mão deslizou com a surpresa. Isso teria sido irônico.

— Que foi?

— Acabaram de publicar uma foto da Raposa. Olha! — Cherry girou o computador na direção de Sloan, que viu uma faixa vermelha de notícia urgente se esticando pelo site da

CNN. Minutos atrás, havia só o último escândalo presidencial, mas pelo visto um punhado de mascarados atacando adolescentes tinha sido priorizado. Sloan engoliu em seco e deu um passo à frente. Apesar de toda a sua bravata, não sabia se estava pronta para ver o homem por trás da máscara tosca de animal.

A máscara permitia que ela separasse os cenários, como se fossem hipotéticos, como se fossem um filme de terror ruim que ela assistira uma vez e agora torcesse para nunca precisar rever. Era apenas Charlene Addison Barnes fugindo do Jason no filme de suas vidas.

O homem por trás da máscara não era um ser humano real cometendo atrocidades contra meninos gentis, meninas engraçadas e um cozinheiro adorável que, só agora Sloan percebia, tentava com muito afinco parecer e agir como o Lafayette Reynolds de *True Blood*. (Uma série que Sloan conhecia porque sua mãe tinha uma paixonite constrangedora pelo Alexander Skarsgård e havia insistido que assistissem juntas durante o momento em família obrigatório do mês anterior.)

A garota chegou mais perto quando Cherry clicou na notícia e, antes que pudesse sequer pedir para esperar, lá estava ele.

A Raposa.

Ou melhor, o homem por trás da Raposa. O solitário sobrevivente do grupo.

Sua cápsula de cianeto falhara e, agora, lá estava seu rosto sem expressão na tela, encarando a câmera em uma das muitas fotos tiradas pela polícia quando foi detido.

Edward Cunningham, dizia a legenda.

— Meninas? — disse Magda, assustando-as tanto que quase deixaram o computador cair. Cherry se recompôs rapi-

AS ÚLTIMAS SOBREVIVENTES 51

damente e fechou o navegador antes de se virar para a mãe com um sorriso.

Pesquisar manchetes, fazer mosaicos… Essas eram atividades nas quais mães estavam *estritamente proibidas* de participar. Todo mundo estava, na verdade. Só as duas podiam participar.

— Podem me dar uma ajudinha? Algumas das caixas que vocês trouxeram pro meu quarto mais cedo vão precisar ficar no armário embaixo da escada. Esse chiqueiro consegue ter quartos menores do que os da nossa última casa.

— Claro, mãe — disse Cherry, e se levantou na hora. Apesar de toda a sua coragem e presunção, era uma filha perfeitinha e obediente para Magda.

Entrar no quarto de Magda era como entrar em um outro mundo, cheio de cobertores luxuosos, véus e cachecóis em cores vibrantes. A mãe de Cherry era, para dizer o mínimo, excêntrica. Denominava a si mesma como artista performática de múltiplas mídias, embora passasse a maior parte do tempo inerte reclamando com amargura de sua musa em vez de trabalhando. Era popular entre um subgrupo de patronos que curtiam vê-la socar cores em uma tela gigante através de um saco de pancadas coberto de tinta. Vestindo um biquíni. Chamava de "a violência da beleza". Cherry chamava de mico, mas Sloan ficava cativada. Obcecada. Nunca vira nada assim.

E se Magda de vez em quando tirava o biquíni para os inscritos no seu OnlyFans, que mal tinha?

— Aquelas ali — disse Magda antes de se jogar na cama dramaticamente e puxar um cachecol pesado e sedoso sobre os olhos. — Preciso descansar.

Cherry olhou com preocupação para a mãe e então ergueu a primeira caixa. Sloan a imitou logo em seguida.

— Ela não tem dormido bem — disse Cherry enquanto carregavam as caixas escada abaixo.

— Isso não era normal pra ela?

— Tá piorando. Depois do que aconteceu.

— Acho que nenhuma de nós está dormindo bem desde aquilo, se formos parar pra pensar — disse Sloan, tentando aliviar o clima. Ela odiava quando Cherry ficava preocupada. Queria beijar aquela ruguinha entre as sobrancelhas dela até que a preocupação sumisse, e que a namorada se sentisse segura, do mesmo jeito que ela fazia Sloan se sentir.

— Acho que é verdade. — Deu de ombros. — Eu te contei que ela quer incluir uma homenagem ao incidente na próxima performance? Juro por Deus que se ela sequer tentar me fazer participar... Tipo, nem tudo diz respeito a ela ou à arte dela, sabe?

Ah, sim, Sloan tinha previsto algo com exatidão, para variar. Ela torceu para que a mãe de Cherry não tentasse capitalizar a tragédia a qual sobreviveram e ainda precisavam sobreviver. Mas... era de Magda que estavam falando.

— Pelo menos ela não tá fingindo que não aconteceu, né? — disse Sloan, desesperada para encontrar algo positivo.

— Minha mãe se recusa a falar do assunto e ponto, a menos que seja pra me botar de castigo ou me mandar fazer terapia. A gente nem pode conversar sobre o que aconteceu, se não for nesses termos.

Cherry chutou a porta do armário para que abrisse e largou a caixa que segurava lá dentro antes de pegar a que estava nos braços de Sloan.

— A grama do vizinho é sempre mais verde. — Deu uma risada. — Mas aposto que você ia achar esquisito se fosse a sua mãe declamando poemas a respeito da pior noite da sua vida, coberta apenas de tinta.

— *Touché*. — Sloan riu. — Vamos combinar assim: eu vou lá em cima pegar a caixa que falta. Que tal você preparar um chá pra nós duas e depois a gente sair pra dar uma volta de carro? Acho que você só precisa de uma pausa.

Cherry sorriu.

— Combinado. É só botar em cima dessas aqui. Vou preparar as canecas térmicas.

Se estar no quarto de Magda com Cherry era esquisito, estar ali sem ela parecia completamente invasivo. A mulher estava deitada imóvel como um cadáver, o longo cachecol de seda enrolado três vezes ao redor da cabeça e os lábios levemente abertos. Sloan tinha toda a intenção de só pegar a caixa e sair, tinha mesmo. Não era culpa dela se seu pé prendeu em uma das muitas camisolas que Magda largava por todo o cômodo e isso acabou abrindo um pouco a tampa da caixa.

Magda suspirou e rolou na cama. A culpa por perturbá-la atingiu Sloan com tudo, e ela rapidamente deixou o quarto e foi para o corredor. Ficaria só por isso, sério mesmo… Deveria ter ficado. A questão era que havia um *coelho* na caixa.

Não um de verdade, embora isso talvez fosse menos esquisito, para ser sincera, mas uma escultura rústica feita de madeira. Pinho, talvez?

Sloan largou a caixa na mesa do corredor e abriu a tampa completamente, ficando cara a cara com aquela cabecinha de coelho. Um arrepio a percorreu de leve enquanto observava os detalhes. Quando os olhos mortos e amadeirados da criatura a encararam, Sloan cerrou os próprios olhos com força.

Relaxa, pensou. *Você está em segurança. Você está bem. Os homens não estão aqui. Isso não é deles. Isso não é da Raposa. Eles não são donos de cada pedaço de madeira esculpida, mesmo que essa aqui pareça um pouco com...* Não, ela não queria pensar a fundo nisso. Mas queria ver o que mais havia na caixa.

Sloan removeu com cuidado a escultura de coelho e percebeu que estava pousada em cima de uma pilha de fotografias: velhas Polaroids, algumas com os cantos ficando amarelados e começando a desbotar de um jeito que os filtros do Instagram bem que gostariam de conseguir replicar. A maioria exibia Magda, parecendo pouco mais velha do que Sloan e Cherry eram agora. Em algumas fotos, estava grávida; em outras, segurava um bebê que Sloan imaginava ser Cherry. Sloan enfiou a mão na caixa e puxou duas fotografias coladas uma na outra. A que estava em cima mostrava um bebê desenvolto correndo pelo quintal com a mesma escultura de coelho em mãos. Seria Cherry pequenininha? De repente o bicho não parecia mais tão assustador assim.

Sloan separou as imagens e fez uma careta quando um pouco do papel da parte de trás de uma delas se rasgou, deixando pedacinhos brancos na que estava embaixo. Era a foto de dois homens, seus braços passados ao redor um do outro, sorrindo. Havia algo de familiar neles — mesmo com o papel rasgado cobrindo metade de seus rostos —, algo que chamava sua atenção. Aquela sensação de conhecer alguém, mas não saber de onde. Nenhum contexto, apenas impressões.

— O que você tá fazendo? — perguntou Cherry, subindo a escada com duas canecas térmicas.

Sloan largou as fotos na caixa e pegou o coelho.

AS ÚLTIMAS SOBREVIVENTES 55

— Hã, nada.

— Para de mexer nas coisas dela! — Cherry correu na direção de Sloan, praticamente jogando as canecas na mesa enquanto arrancava a escultura das mãos da namorada e a enfiava de volta na caixa, com força.

— A tampa caiu — disse Sloan, quando finalmente recuperou a voz.

— E aí você entendeu isso como um convite pra fuçar as coisas dela? — perguntou Cherry, antes de bater a tampa. — Que porra foi essa?

— Eu não tava fuxicando as coisas dela — disse Sloan, com o coração saindo pela boca. Fora pega de surpresa pelo jeito defensivo de Cherry. Era rígido e frio, e Sloan nunca tinha precisado enfrentá-lo antes. Era o tipo de atitude que costumava ser reservada para Allison.

Cherry a encarou por um instante e então pegou ela mesma a caixa e saiu andando.

— Tá bom então.

Sloan foi logo atrás da namorada. Não podia deixar as coisas assim: o chazinho esquecido sobre a mesa, seu belo dia indo por água abaixo.

— Ok, me desculpa. Sério mesmo. Você tá certa. Eu estava fuxicando as coisas da sua mãe, acho, mas a tampa deslizou quando eu tropecei e aí vi um coelho me encarando. Eu só fiquei… surpresa.

Cherry olhou para ela sem se comover, então desceu os degraus.

— Qual é o problema? — perguntou Sloan, odiando cada segundo dessa situação.

— O problema é que isso aqui não é seu pra bisbilhotar.

— Eu…

— Você podia ter... você podia ter quebrado! — Cherry a interrompeu. Ela colocou a caixa em cima das demais no armário e então gentilmente as deslizou contra a parede. — Não era pra você tocar. Aquilo não era *pra* você.

— Ei, ei. — Sloan ergueu as mãos. Cherry nunca a afastara desse jeito antes, e ela não gostava nem um pouco disso. Causava nela uma sensação de suor febril que ia do couro cabeludo até os dedos do pé. — Eu não queria quebrar nada. Só estava olhando. Desculpa.

Cherry fechou a porta do armário com um suspiro, como se tivesse acabado de guardar algo precioso. Apoiou a testa na madeira fria, suas costas rígidas e duras enquanto respirava fundo, uma vez e de novo.

— Cherry? — Sloan se adiantou e pousou uma mão no ombro da namorada. — Cherry, o que foi?

— Eu não devia ter brigado com você — disse ela, imóvel mesmo após treze longos segundos; cada um deles dolorosamente contados na cabeça de Sloan.

Ela estremecia, e não era um mero tremor ou arrepio. Sloan sentia isso com facilidade pelo tecido da camisa de flanela de Cherry. Franziu as sobrancelhas, confusa. Sua namorada é que era a pessoa forte da relação. Cherry *sempre* era a pessoa forte. O que raios estava acontecendo? E como ela podia fazer parar?

— Tá tudo bem — mentiu Sloan, como se a própria alma não tivesse se encolhido diante da voz erguida de Cherry. Como se a ideia de a namorada ter coisas que não queria que ela visse, coisas que *não eram para ela*, não a machucasse profundamente. Como se não a fizesse querer se dissolver em uma poça vermelha e viscosa.

Cherry ergueu a cabeça e deu de ombros, com um sorriso quase convincente ao se virar.

— Foi só esquisito ver aquilo. Desculpa. — Ela se inclinou e deu um beijo na bochecha da outra garota. — Eu não devia ter gritado — acrescentou, deixando os lábios descerem pelo pescoço da namorada.

Sloan não conseguiu evitar a sensação de que Cherry estava tentando distraí-la. Desviar sua atenção. A princípio, permitiu, extasiada com o fim da briga e sentindo as mãos da namorada a puxando para perto e passeando pelo seu quadril.

Mas havia ficado com um pequeno incômodo no peito que anunciava algo de muito, muito estranho nessa história.

Que se danassem os lábios de Cherry. Só dessa vez.

— O que era aquilo? — perguntou Sloan. — Na caixa, quero dizer.

— Nada. Só velharia. Me trouxe memórias.

Sloan semicerrou os olhos.

— O que houve com "nada de segredos, nada de mentiras"? — perguntou.

Essa frase tinha virado o mantra delas. Tinham jurado que se uma delas descobrisse algo, compartilharia com a outra. Nada de segredos, nada de mentiras. Elas eram, no que dizia respeito ao mundo ou a qualquer futuro tribunal, uma única entidade. "Duas metades de um todo", Cherry dissera, e Sloan gostava muito.

Cherry suspirou e olhou para ela como se tivesse acabado de ser esmurrada na barriga.

— Beleza. Nada de segredos, nada de mentiras. Aquilo era do meu pai, ok? Entendeu agora por que não queria você mexendo?

Do pai dela.

Certo, isso fazia sentido. O pai de Cherry era o único assunto que elas nunca mencionavam. Porque, enquanto o pai biológico de Sloan era basicamente um ponto de interrogação e o adotivo não estivesse lá sendo muito mais do que isso, o pai de sua namorada havia sido uma presença imensurável antes de falecer.

Uma figura marcante que amava muito e ferozmente. Que, mais do que tudo, amava Cherry.

Que havia morrido quando a filha tinha catorze anos, o que Cherry compartilhou entre suspiros dolorosos, se obrigando a não chorar porque achava que lágrimas eram um sinal de fraqueza. E seu pai não permitia fraqueza. Ele a criara para que fosse forte e corajosa, para ser equilibrada frente às decisões ruins da mãe, e manter o navio sempre em linha reta.

Provavelmente era ao pai de Cherry que as duas garotas deveriam agradecer por terem sobrevivido àquela noite.

Afinal, se ele não tivesse ensinado à filha a se manter calma, se não a tivesse condicionado a ser corajosa e lúcida — lógica e crítica, impassível e rígida —, Cherry provavelmente teria sucumbido como Sloan.

— Ele costumava... — Cherry hesitou, respirando fundo outra vez e depois erguendo o queixo, quase como se pudesse afastar completamente suas emoções humanas assim. — Ele costumava fazer essas pequenas esculturas pra mim e pra minha mãe. Dizia que o relaxavam.

Sloan estudou o rosto de Cherry, querendo acreditar que isso era tudo. Ainda assim, a ideia se contorcia em seu cérebro, como um parasita indesejável: a de que havia mais naquela história. Nada de mentiras, mas quem sabe alguns segredos? No entanto, a expressão circunspecta da namorada indicava que aquilo seria tudo. Pelo menos por enquanto.

— Vamos pegar aquele chá e sair daqui — disse Sloan, exibindo um sorriso grande o bastante para as duas, mesmo que não fosse sincero.

Ela escolheria acreditar naquilo. Aquietaria as teorias malcriadas em sua cabeça sobre a garota diante dela. Escolheria acreditar que os homens na fotografia só pareciam familiares porque a lembravam um pouco Cherry. Os olhos de Sloan só estavam reagindo ao DNA compartilhado com sua alma gêmea.

A escultura de coelho não parecia em nada com a máscara de raposa que ela vira naquela noite.

— Vamos — concordou Cherry, pegando a mão de Sloan.

Uma sensação cálida e calma se espalhou por Sloan no momento em que se tocaram, afastando o pensamento de que algo estava muito errado para o fundo de seus ossos, onde jamais poderia ser encontrado.

Seis

Sloan se remexeu em seu assento e olhou para Beth com certa desconfiança, apesar da decisão de ir ver a terapeuta hoje ter sido inteiramente dela. Tinha desejado fazer essa visita, na verdade, após uma longa noite obcecada com o que viu no quarto de Magda.

Não é que ela não acreditasse em Cherry. Era só que... não confiava completamente nela agora. Não, não era isso. Ela confiava em Cherry; apenas não confiava em si mesma. Porque a cada minuto que passava, a ânsia por saber, por ver, por entender todas as coisas que estavam guardadas naquela caixa só aumentava. Sloan tinha medo de que isso tomasse conta dela.

Era difícil de explicar.

Se Beth fosse uma terapeuta de verdade, e não uma charlatã hippie, talvez ela fosse capaz de ajudar Sloan a entender a si mesma. Em vez disso, só ficaram encarando uma à outra em total confusão. Sloan não queria lidar com a situação usando qualquer tipo de gambiarra energética. Desejava organizar seus sentimentos adequadamente, para variar.

— Talvez possamos tentar abrir a porta — sugeriu Beth após um longo intervalo de silêncio.

Os dedos de Sloan se dobraram ao redor do couro falso da poltrona. A porta nunca se abria, e jamais abriria. Ficava mais certa disso a cada sonho e tentativa fracassada de Beth. Mas... ela também não tinha uma ideia melhor que essa.

— Como é mesmo que isso vai me ajudar a deixar pra lá tudo que senti quando Cherry brigou comigo por causa da caixa? — Sloan olhou de relance pela janela, para a namorada sentada na picape. A garota encarava o celular, provavelmente rolando o feed do TikTok ou dando uma olhada no Instagram. Sloan se perguntou se Cherry estava procurando notícias. Haveria alguma atualização desde a publicação do nome e da foto do homem? O que ela estava lendo? O que se passava na mente dela? Os pensamentos de Sloan rodopiavam com velocidade em sua cabeça.

Beth hesitou.

— Talvez não seja a caixa o que esteja te incomodando, e sim o fato de que algo está sendo escondido de você. Talvez esteja trazendo à tona os sentimentos que você tem em relação ao vazio que há entre abrir a porta e retomar a consciência embaixo das canoas. Pode ser que você sinta como se houvesse mais coisas que Cherry esteja escondendo sobre aquela noite.

Sloan mordeu o lábio. Realmente aquilo ainda a incomodava. Mas será que tudo isso seria apenas uma espécie de metáfora mental para o que realmente a preocupava: aquelas horas desaparecidas que foram rigorosamente cortadas de sua memória? Aquelas horas que Cherry viveu, mas Sloan não?

A questão é que isso não era verdade, era? Cherry não escondera de Sloan nada a respeito daquela noite, pelo menos não por muito tempo.

Quando as pessoas perceberam que Sloan basicamente não fazia ideia de Nada — com N maiúsculo — do que havia acontecido, instalou-se o pânico. Bem, pelo menos da parte dos pais dela. Os médicos a tranquilizaram de que as memórias iam voltar eventualmente, e que não havia o menor problema em esperar. Na época, estava muito assustada para perguntar qualquer coisa a Cherry; não queria saber, não queria reviver, não queria preencher o espaço em branco entre estender a mão para a porta da cabine e acordar com sangue no cabelo. Ela sabia que a experiência tinha sido ruim, o que quer que tenha acontecido, e se sua mente achava que não seria capaz de lidar com aquilo, quem era ela para discutir?

Conforme o tempo foi passando, ficou cada vez mais óbvio que as memórias de Sloan não estavam só tirando uma folga; estavam trancadas, aprisionadas, tão enterradas nas profundezas de seu cérebro quanto seus amigos no cemitério... A curiosidade quase a matara.

— Talvez seja melhor assim — dissera sua mãe casualmente durante um jantar, como se o seu bloqueio de memórias não passasse de uma bobeirinha que acontecia às vezes, como esquecer uma senha ou trancar as chaves dentro do carro. — Você conhece o ditado — acrescentou quando Sloan não respondeu: — A curiosidade matou o gato.

Mas a satisfação o ressuscitou, pensou Sloan.

Então finalmente decidiu perguntar a Cherry. Embora soubesse que não queria realmente se lembrar e que a outra garota não queria contar. Mas era algo que elas precisavam fazer. Nada de segredos, nada de mentiras.

AS ÚLTIMAS SOBREVIVENTES 63

Cherry foi bastante direta, como se estivesse recontando a história de um livro entediante em vez da história da pior noite de suas vidas. Sloan ficou grata. Isso tornava as coisas mais simples.

— Primeiro a gente foi pro escritório do Kevin, porque ele tinha um telefone fixo que funcionava — dissera Cherry.

— Ele ainda estava acordado, ouvindo Nirvana nas alturas, então não tinha escutado os gritos. Era a versão acústica de "Come As You Are". Berramos pra ele ligar pra emergência, mas os homens invadiram o escritório antes que ele percebesse que a gente não tava brincando. Era A Raposa e O Cervo.

"Kevin tentou te empurrar na direção deles e fugir, mas eu te puxei de volta. A Raposa agarrou o Kevin em vez disso e o segurou enquanto O Cervo... você sabe. Eu te ajudei a passar pela janela enquanto eles estavam ocupados. A gente correu pra floresta. O Cervo foi atrás, mas era lento. Não sei o que A Raposa ficou fazendo, mas, pelos gritos do Kevin, não foi nada bom.

"Passamos por um velho pinheiro gigantesco com galhos baixos o bastante pra gente segurar, e eu fiz você escalar a árvore antes de mim. Ficamos cobertas de seiva, mas O Cervo passou bem debaixo da gente sem perceber. Nessa hora, você já tinha parado completamente de responder e isso me assustou muito. Eu fiquei te abraçando na escuridão até ser seguro descer. Prometi que ia te manter em segurança.

"Quando tive certeza de que eles desistiram da gente e voltaram pro acampamento, eu te ajudei a sair da árvore, mas você escorregou. Foi quando você bateu a cabeça e cortou o braço. Você ficou tonta, mas ainda conseguia correr um pouco. Voltamos pro escritório do Kevin. Achei que conseguiríamos chegar até o telefone fixo, mas você estava desnorteada demais pra prosseguir. Eu te escondi debaixo da canoa quebrada e falei pra não se mexer, então me esgueirei pela janela e consegui ligar pra polícia.

"Não queria te deixar sozinha por muito tempo, então só disse 'Socorro' e sussurrei o endereço. Daí desliguei e corri de volta pra debaixo da canoa com você. Foi quando percebi que eu tinha feito merda. Você estava deitada no chão e um pouco do sangue do Kevin se empoçava ao seu redor. Os assassinos tinham jogado o corpo dele atrás das canoas e vocês dois acabaram ficando cara a cara. Me desculpa mesmo. Vou me sentir culpada por isso pelo resto da minha vida. Devia ter te deixado na árvore ou em outro lugar... Algum lugar longe de todo aquele sangue. Mas já estava feito. Puxei seu rosto pra perto de mim e te beijei, mas você não parava de chorar silenciosamente com aqueles olhos vazios, e eu quis morrer por ter te deixado sozinha mesmo que só por um segundo.

"Logo em seguida, o telefone começou a tocar: era a polícia retornando a ligação, acho. Comecei a engatinhar pra fora da canoa pra atender, mas você segurou minha mão. Os mascarados voltaram correndo um segundo depois e destruíram o telefone, mas não procuraram debaixo da canoa. Você não disse uma palavra, mas salvou a minha vida mesmo assim.

"Nós ficamos escondidas ali, em silêncio. Eu toda hora precisava virar sua cabeça na minha direção porque você não parava de tentar olhar pro Kevin e eu sabia que isso não era uma boa ideia. Tentei tirar um pouco do sangue do seu cabelo, mas só consegui te sujar ainda mais com seiva. Pouco depois, a polícia apareceu e tudo acabou. Eu e você sobrevivemos. Todos os outros morreram. Fim."

AS ÚLTIMAS SOBREVIVENTES 65

Cherry narrou a história dessa exata maneira, impassível e sem rodeios. Ela salvou Sloan. Então Sloan a salvou. E agora elas estavam completamente quites.

Mas às vezes, nos piores momentos, quando tudo estava quieto demais, Sloan se perguntava se havia algo mais. Se Cherry estava deixando de contar alguma coisa. Porque quando Sloan se lembrava do corte, quando se lembrava dos dezesseis pontos que a mantinham inteira, não fazia sentido que tivesse sido causado pela queda.

Mas por uma faca.

A *satisfação o ressuscitou*, seu cérebro ecoou outra vez, se contorcendo inteiro entre as memórias de antes e depois e as coisas que Cherry dissera.

— Talvez você esteja certa — disse Sloan finalmente, erguendo o olhar para Beth, que já deslizava sua cadeira para mais perto. — Talvez seja uma boa ideia tentar a cabine de novo.

Não foi uma boa ideia.

Pelo menos foi isso o que Beth disse depois que Sloan acordou aos gritos das profundezas de seja lá que feitiço em que havia sido colocada.

É que dessa vez foi diferente.

Sloan precisou de um minuto para perceber, quando soltou a escova de dentes e deixou o banheiro da cabine, que havia sido transportada, como em um passe de mágica.

Não havia luzes piscantes em outras cabines. Nenhuma janela emperrada. Não havia sequer um grito.

A garota esperava sentir a madeira áspera pinicando os pés ao deixar o banheiro, mas em vez disso sentiu o toque de um carpete. *Do tipo barato. Daqueles que você encontra até em apartamentos mais humildes.*

Apartamentos como o de Cherry.

Sloan esticou os dedos dos pés, apreciando a maciez inesperada pelo exato tempo que aquela sensação levou para ir das solas dos pés até a cabeça.

Eu estou na casa da Cherry, *pensou.* Ok, isso é novidade.

Ela girou o corpo lentamente no mesmo lugar, observando tudo. Podia escutar alguém, talvez a mãe de Cherry, em outro cômodo. A voz de mulher soava distante e abafada. Sloan não conseguia entender o que dizia.

Piscou e logo se viu no topo dos degraus acarpetados, os mesmos que levavam direto ao armário.

Como isso iria funcionar?, *ela se perguntava. Não é como se fosse conseguir desbloquear uma memória que nunca teve.*

Ainda assim, a curiosidade a conduzia escada abaixo, na direção do armário no qual estava a caixa com o coelhinho de madeira que era a fonte de toda a sua angústia. Se ela conseguisse revê-lo, segurá-lo, então quem sabe ele revertesse os efeitos do seja lá que fosse que estava acontecendo.

Talvez Sloan visse que ele era diferente.

Ela se encontrou diante da porta do armário mais rapidamente do que esperava: assim que desceu o primeiro degrau, se viu automaticamente no térreo, bem aonde queria ir. Sorriu. Ela poderia se acostumar com essa lógica de sonho... Ou seria de hipnose? Tanto faz. O que quer que fosse, ela havia chegado aonde queria.

A voz no outro cômodo ficou mais alta. Parecia mais próxima agora que Sloan estava no andar de baixo.

Ela imaginou que vinha da sala de estar. Fazia sentido. Nas noites em que não conseguia dormir, a mãe de Cherry costuma se sentar em uma cadeira de balanço ali. A namorada havia reclamado disso não fazia muito tempo, de como o ranger da cadeira velha — um achado de um brechó —, junto com o barulho da mãe conversando no telefone a noite toda, tinham mantido Cherry acordada.

Mas agora havia outro som. Um raspar. Como se Magda estivesse entalhando algo. Como se estivesse esculpindo uma máscara na madeira para...

Chega, Sloan ordenou a si mesma. Foco.

A porta emergia imponentemente larga diante de Sloan, de algum modo havia crescido enquanto ela ficara parada ali. Gotas de tinta retorcidas acumulavam-se nas bordas dos painéis. A velha maçaneta de metal a desafiava a tocá-la. Sloan traçou os dedos pelos calombos na porta até alcançá-la com um aperto. Ela a sentia grossa e fria em sua mão quando a girou. Esperou. Ansiou.

Estava trancada. Óbvio que estava trancada, assim como a porta da cabine, assim como tudo. Ela não conseguiria recordar de uma memória que não existia. Sloan se sentiu burra por sequer tentar.

Ainda assim, rodou a maçaneta mais algumas vezes. Chegou até a tentar abrir a porta com um empurrão. Ela não podia inventar uma memória, mas quem sabe isso a levasse a um cenário novo. Talvez a mais um vislumbre das fotos que se esparramaram. Com certeza isso ainda estava em algum lugar dentro dela. Havia acontecido, afinal de contas, mesmo que muito depressa.

Ou talvez a porta desse para outro lugar, como a varanda da cabine. Não havia regras ali, nenhuma.

Ela chutou a porta com força, fazendo um barulho que ecoou pelo apartamento como se atravessasse uma caverna. A voz no outro cômodo — a voz de Magda — se calou. Houve um som de movimentação, seguido por mais silêncio.

— Tem alguém aqui — disse Magda.

E então uma nova voz. Uma voz masculina que mais parecia um grunhido. Quando o homem apareceu na entrada da sala de estar, estava arrastando uma lâmina pesada em seu encalço. A Raposa.

Magda vinha atrás. Embora usasse uma máscara de coelho, a menina sabia que era ela: reconheceu a camisola, sedosa e florida, a mesma na qual Sloan havia tropeçado no dia anterior. Não. Isso estava errado. Isso. Estava. Errado.

Sloan se virou para fugir pelas escadas, mas elas haviam desaparecido.

Tudo havia desaparecido.

Ela tinha voltado à cabine, mas os assassinos não estavam lá fora. Estavam em seu quarto. Com ela. O arranhar da lâmina contra o piso de pinho, o farfalhar da camisola de seda logo atrás.

Não, não era assim. A mãe de Cherry não era parte de nada daquilo. A mãe de Cherry não deveria estar ali. Sloan podia não se lembrar de tudo, mas com certeza se lembraria disso.

Cherry tinha contado tudo a ela. Cherry contou o que aconteceu naquele dia! Cherry tinha preenchido as lacunas!

Mas conforme A Raposa e O Coelho se aproximavam, exibindo suas garras, balançando suas lâminas, Sloan não tinha mais tanta certeza. Ela não tinha certeza.

Acordou gritando, com um único pensamento em mente.

E se Cherry estivesse escondendo alguma coisa?

Sete

Não era que Sloan quisesse permanecer obcecada pela caixa mesmo enquanto segurava a mão de Cherry. Mesmo quando estavam enroscadas uma na outra, com suas pernas tão emaranhadas quanto seus cabelos. Mesmo quando seus lábios estavam colados um no outro e promessas de "eu vou te amar pra sempre" eram sussurradas desesperadamente no silêncio da noite.

O que a caixa significava, o que era, o que tinha a ver com o pesadelo que teve na hipnose com Beth... Ela queria esquecer. De tudo aquilo.

Não significava nada — Sloan decidiu. Não passava de uma mistura confusa de coisas perdidas: memórias, informações... tudo se entrelaçando, como a mistura de chocolate com baunilha daqueles sorvetes de casquinha que Sloan costumava saborear todo verão, antes de seu estômago passar a doer o tempo inteiro de ansiedade.

Mas, por mais que repetisse para si mesma que era melhor esquecer, não conseguia parar de pensar na caixa. A memória a assombrava.

Fazia ela se lembrar de um filme que assistira em uma festa do pijama certa vez, daqueles de suspense policial, que as meninas com certeza eram jovens demais para estar vendo. Sloan havia perdido a maior parte dele, distraída enquanto pintava as unhas de Mia Scallion de azul. Ela só queria segurar a mão de Mia, e aquela era a desculpa perfeita. Foi só quando o homem apareceu na tela — ela imaginava ser Brad Pitt, mas não tinha certeza; costumava confundi-lo com outros atores brancos velhos que a mãe dela tinha *crush* — e começou a gritar "O que tem na caixa?", que Sloan prestou atenção. Cada uma das meninas parou de falar. Suas cabecinhas de doze anos se voltaram para a TV, observando o homem se desesperar cada vez mais. Tinha — alerta de *spoiler* — uma cabeça na caixa.

O interesse sóbrio e respeitoso logo se dissolveu em um coro de falsos gritos angustiados de "O que tem na caixa?", que durou a noite inteira. Sloan se lembrava de uma situação particularmente engraçada, quando a mãe de Mia entrou no quarto com pacotes de salgadinhos e caixas de biscoitos e todas as meninas gritaram para ela: "O que tem na caixa?" Confusa, a mãe recuou, devagar, provavelmente se perguntando por que aquele bando de garotas selvagens estava gritando. Afinal, elas só precisavam ler as embalagens!

Deitada na cama, ao lado de uma Cherry já adormecida, Sloan continuava obsessivamente fixada na memória da caixa. *O que tem na caixa?*, provocava sua mente, de novo e de novo. Sloan chegou à conclusão de que teria sido melhor se *tivesse* uma cabeça em vez de um coelho de madeira. Ela conseguiria aceitar isso. Outra cabeça, outro assassinato: seria mais do mesmo. Pouco surpreendente. Mais um para a lista.

AS ÚLTIMAS SOBREVIVENTES 71

Mas um segredo, um mistério? Algo sólido e não compartilhado entre elas? A ideia de que havia uma parte da vida de Cherry na qual Sloan não estava inclusa? Esse pensamento se contorcia dentro dela, abrindo buracos em sua mente. Circulava por sua corrente sanguínea, envenenando-a com a dúvida.

O que tem na caixa?

Sloan olhou para Cherry, em um sono profundo ao seu lado. Eram três da tarde, "a hora perfeita para dormir", como Magda costumava dizer. Inclusive, Magda havia sido a primeira a ir para a cama naquela tarde.

Foi quando Sloan teve uma ideia horrível. A pior ideia possível. Ou talvez fosse a melhor. Ela lentamente moveu as pernas para fora da cama, paralisando cada vez que Cherry suspirava e fungava. Centímetro por centímetro, se retirou do abraço de Cherry, a pele dela deliciosamente aquecida pelo sono, até se ver de pé sobre o carpete marrom e duro do quarto da namorada.

Atravessou o cômodo na ponta dos pés, fazendo o mínimo de barulho possível, até a porta fechada. Sloan girou a tranca, olhou de relance para Cherry e prendeu a respiração enquanto esperava por um movimento. Não vendo nenhum, segurou a maçaneta com força e foi atingida por uma súbita onda de medo.

E se não abrisse?

E se Sloan ainda estivesse dormindo? Não tinha como ter certeza. E se fosse como antes, quando Beth provocou uma espiral de pesadelos em sua mente, que resultou em um superpesadelo feito para acabar com Sloan? E se ela ainda estivesse no consultório de Beth?

Observou a outra garota dormindo na cama, seus lábios levemente abertos, e percebeu a insinuação de um sorriso.

72 JENNIFER DUGAN

Um sorriso! Sloan não via isso com frequência. Não era algo que seu cérebro traidor cogitaria inventar. Era real. Agora Sloan tinha certeza. Ela estava na casa de Cherry. No apartamento, mais especificamente. Com a caixa. E era a única acordada. Isso sim era motivo para sorrir.

Sloan girou a maçaneta completamente até se soltar do batente com um clique suave. O roçar delicado da porta acariciando o tapete foi como um segredo entre ela e o universo.

Sloan podia até não ter certeza de quais outros segredos estavam ocultos em todos os esconderijos silenciosos das memórias perdidas, mas essa caixa, esse lugar, eram reais. As respostas estavam ao seu alcance. Seus dedos chegavam a coçar com a expectativa. Se ela pudesse ver a caixa, se pudesse acalmar suas preocupações, então quem sabe aquele hiperfoco, aquela obsessão absurda, teria fim.

Ela veria que não era nada de mais. Se daria por satisfeita. Sloan desceu cada degrau com cuidado, atenta ao fato de que alguns rangiam mais que outros e já ciente de quais eram, apesar do pouco tempo que Cherry morava ali.

Eram coisas às quais ela se acostumou a prestar atenção: piso que range, degraus com inclinações, detalhes que pudessem revelar sua localização. Se tornou automático, seu corpo e cérebro catalogando tudo, memorizando cada coisa, fazendo o melhor possível para mantê-la em segurança, escondida e viva.

"Sobrevivência é um instinto", dissera sua primeira terapeuta. Sloan não precisava se desculpar pela maneira que seu instinto de sobrevivência se manifestou naquela noite.

Bem, de fato ela sequer conseguia se lembrar de como havia se manifestado, por mais que tentasse. (E a essa altura

AS ÚLTIMAS SOBREVIVENTES 73

queria desesperadamente saber.) Mas ainda assim, a culpa a consumia de dentro para fora, arranhando e roendo suas entranhas. *Por que eu?*, ela se perguntava. Por que não os outros, por que não os gentis...

Não, pensou, pulando um degrau particularmente barulhento. Ela não ia se prender nisso, não agora. Sloan tinha um outro tipo de missão hoje, com uma porta diferente para abrir. Uma porta tangível, no mundo real, ocultando respostas concretas. Por que os homens na foto pareciam familiares? Por que a escultura de coelho era idêntica às máscaras usadas pelos assassinos?

A satisfação o ressuscitou, cantarolava seu cérebro, cada vez mais alto, até que ela se viu diante da porta.

Era uma porta comum, pouco chamativa. Do tipo barato que dava para encontrar em armários de qualquer apartamento norte-americano. Mas os segredos que essa porta em especial guardava... eram excepcionais, perturbadores, irresistíveis até.

— Sloan? — a voz de Cherry rompeu o silêncio da casa, nítida e questionadora, sem qualquer indício de sono.

A garota pulou com o susto.

—Ah, oi — disse, girando rapidamente em direção às escadas atrás de si. Torcia para não estar com cara de culpada, mas tinha quase certeza de que estava. — Não consegui dormir.

O rosto de Cherry permaneceu estático, o sorriso gentil era uma memória distante. Em vez disso, sua expressão parecia neutra, passiva, esperando que eu continuasse minha fala.

— Não te ouvi ter um pesadelo — disse ela por fim, enquanto descia o último degrau.

— Não tive — declarou Sloan. — Só não consegui dormir. Não queria te incomodar.

— Então você desceu até aqui? Pra quê?

Sloan buscou por uma resposta e, não encontrando nenhuma crível, simplesmente repetiu:

— Eu não queria te incomodar.

Cherry deu um sorriso — mas ele parecia forçado, falso, uma máscara colocada sobre algo belo, — e empurrou gentilmente uma mecha do cabelo de Sloan para trás de sua orelha.

— Você nunca me incomoda — disse. — É impossível.

Sloan sorriu também, resistindo à vontade de olhar de relance para o armário que estava bem atrás dela, mas que agora parecia estar a milhões de quilômetros de distância.

— Quer aproveitar pra pegar uma água agora que estamos aqui embaixo? — perguntou Cherry.

Sloan assentiu.

Cherry tomou a mão da namorada e gentilmente a puxou na direção da cozinha. Moveu-se pelo cômodo com tranquilidade, encontrou um copo comprido de vidro atrás de um punhado de canecas de café lascadas e serviu nele uma dose cristalina de água de um filtro Brita. Sloan pulou para cima da bancada da cozinha e observou tudo de seu poleirinho de azulejos laminados e adesivos.

Não sabia como se sentir ou o que pensar.

Cherry terminou de encher o copo e o apoiou ao lado de Sloan, sem dizer nada. A garota também ficou quieta. Em vez de falar, observou a água se condensar em gotículas pelo vidro e deslizar em minúsculos respingos. Isso a fez lembrar do calor do verão e de raspadinhas de gelo ao redor da fogueira. Ela retornou a essas memórias e teve a impressão de quase poder sentir aquela noite, um eco de seu calor.

— Você tava tentando entrar de fininho no armário? — perguntou Cherry finalmente.

AS ÚLTIMAS SOBREVIVENTES 75

— Quê? — disse Sloan, se esforçando para ser convincente. Tivera a intenção de parecer ofendida, mas acabou soando como alguém pego no flagra. E ambas sabiam disso.

— É só que... Você saiu e quando te encontrei, você estava...

— Eu só estava dando uma volta. Não consegui dormir.

— Normalmente quando não consegue dormir, você me acorda. — Cherry deslizou seus dedos pela coxa de Sloan, congelando quando ela mudou de posição. — A gente costuma encontrar formas muito melhores de passar o tempo do que ficar perambulando por um apartamento cheio de caixas.

Sloan separou as pernas, só um pouco, o bastante para fazer uma sobrancelha de Cherry se erguer. Sim, elas tinham mesmo maneiras muito melhores de passar o tempo. Distrações melhores também.

Sloan se inclinou para a frente e beijou suavemente os lábios da namorada. Cherry respondeu com entusiasmo, com desejo voraz, como se ela tivesse dado o primeiro passo.

Aquela era Cherry. Sua doce Cherry. O que Sloan estava pensando?

Cherry fincou os dedos nos quadris de Sloan e a trouxe para perto com um puxão, sem jamais interromper o beijo.

— Eu te amo — Cherry ofegou quando conseguiu apoiar a testa no ombro de Sloan.

— Também te amo — sussurrou ela, as palavras soando barulhentas e dolorosas diante de sua enganação. Cherry talvez tivesse um segredo, mas agora Sloan tinha uma mentira, e esse pensamento embrulhou seu estômago, fazendo sua bile subir pela garganta. Ela abraçou a namorada mais apertado e ficou se perguntando o que havia de errado consigo mesma.

Se Cherry tinha algo que não estava pronta para compartilhar, provavelmente existia uma boa razão para isso. Devia ser doloroso demais ou vívido demais ou simplesmente coisa demais para aguentar. A morte de seu pai a havia afetado muito. Sloan estava ciente da situação, sabia que a relutância de Cherry de lhe mostrar o que havia na caixa era proveniente disso. Não havia mais nada. Nada de macabro.

E o que Sloan vinha fazendo? Estava forçando a barra, tentando tirar algo de alguém que já havia provado que estava disposta a oferecer tudo. Cherry já tinha salvado a vida de Sloan, já havia mantido ela em segurança. Isso não deveria ser o bastante?

Sloan a abraçou com mais força ainda.

— Eu te amo — disse de novo, mais alto dessa vez.

— Mas você confia em mim? — perguntou Cherry, se afastando, os olhos avermelhados.

Essa não, pensou Sloan, não era para Cherry chorar. Ela era a forte da relação, sempre foi. E lá estava Sloan, se esgueirando pelos cantos e magoando sua namorada de maneiras que sequer havia imaginado no processo.

— É claro que sim — disse Sloan, salpicando o rosto de Cherry de beijos, os lábios se demorando mais nas pálpebras, nas bochechas e no nariz. Sloan permitiria que sua namorada sentisse todo o amor que emanava de seu corpo. Permitiria que o amor das duas engolisse toda a culpa das mentiras. Permitiria que isso fosse o suficiente.

— Tá bom — disse Cherry baixinho, como se falasse para si. — Tá bom.

Sloan deslizou da bancada para os braços de Cherry.

— Você jura? — perguntou Cherry, a voz falhando de leve. De onde aquilo estava vindo?

Sloan deu um passo atrás.

— Juro. — Aquela quase traição era como ferro em sua barriga. Mas ela o faria derreter; se livraria daquela sensação. Nunca deveria ter duvidado dessa garota que estava à sua frente. Essa pessoa que havia sido enviada para salvá-la.

Foi quando Cherry cravou o olhar no dela.

— Então fica longe daquele armário, Sloan. Não é pra você. Confia em mim quando digo isso. Não posso abrir aquela porta pra você agora. Não posso falar sobre o meu pai, não quando ainda estou tentando manter nós duas firmes depois dessas férias, ok? Não consigo aguentar mais dor do que já aguentei. Preciso que ela continue encaixotada até eu ser capaz de suportar de novo. Sei que você pensa que sou corajosa e durona, e... — Ela fez uma pausa, lágrimas escorrendo de seus olhos. — Eu quero ser isso por você, e eu *sou* isso por você. Mas se a gente começar a empilhar coisas do meu pai morto em cima de todo o resto, eu vou despedaçar.

— Me desculpa — disse Sloan, estendendo a mão para secar os olhos de Cherry. — Eu entendo. Me desculpa. Me desculpa. — Pediria perdão cem vezes se precisasse, mesmo que isso também fosse uma confissão.

De repente, Sloan foi acometida por um pensamento: *E se ela é que fosse o monstro da situação?*

Não os homens no acampamento, não o que quer que estivesse na caixa, não o que quer que Cherry escondesse dela. Mas sim Sloan, e o fato de não parar de insistir e insistir e insistir.

Ela se inclinou para trás e ergueu a cabeça para poder ver melhor o rosto da namorada. Estava triste e sóbrio, seus olhos um pouco turvos e cansados demais para o gosto de Sloan, mas além disso ela parecia... nervosa? Preocupada? Isso não estava certo. Não era justo.

— Eu te amo — repetiu Sloan, e torceu para que Cherry entendesse que o que ela realmente queria dizer era: *Eu sinto muito e confio em você.*

O corpo todo de Cherry relaxou, como se até então ela estivesse prendendo o fôlego, tensa e pronta para uma briga. Mais tarde, depois que o sol se pôs e a namorada já estava com um humor bem melhor, Sloan se perguntou se as coisas sempre seriam assim entre elas. Se a linha entre amor e guerra, medo e alegria, certo e errado seria sempre tão tênue e escorregadia. Se sempre veriam lampejos de ambos os lados, independentemente de desejarem isso ou não.

Sloan piscou e se aconchegou mais perto de Cherry. Não importava, ela decidiu. Se contentaria com aquelas mãos que passeavam pelos locais mais macios de seu corpo, com aqueles suspiros delicados, impressos como orações em sua pele. Isso poderia bastar.

Isso bastaria.

Oito

— **Eu só acho que você** deveria sair mais, rever seus amigos de antigamente!

A discussão era inútil. Já tinham falado sobre isso centenas de vezes desde que Sloan retornara para os pais "menos do que era antes".

Palavras de Allison, não dela, e estavam erradas. Sloan não era *menos*; ela era *mais*. Porque agora não era apenas a filha que um dia amou jogar tênis, assistir a filmes de romance e fugir de fininho para debaixo das arquibancadas da escola com seus amigos e algumas latinhas quentes de bebida alcóolica gaseificada. Sloan também era uma sobrevivente, além de ser legalmente adulta... mesmo que seus pais ainda pagassem as contas e que as fotos nas paredes de seu quarto fossem as mesmas do ano anterior.

Ela ficava impressionada com quanto uma pessoa podia mudar no curto período de duas semanas. Saíra para o acampamento empolgada e nervosa, uma garota recém-formada no ensino médio, pronta para dar os primeiros passos, seguros e autorizados pelos pais, para fora do ninho: primeiro um emprego no acampamento de férias, e então a faculdade — *spoiler* da vida adulta —, onde ela ficaria por conta própria, ou quase isso. Teria todas as suas despesas universitárias atreladas a uma prestação de contas anual, e ela montaria um plano alimentar para garantir que nunca precisasse passar vontade, exceto, talvez, da comida caseira de sua mãe.

Ao que tudo indicava, o universo a viu no limiar da vida adulta e decidiu que Sloan não precisava de um incentivozinho, mas, sim, de um empurrão, um safanão que a lançasse de cabeça em um despenhadeiro que terminava em uma ravina acidentada cheia de crocodilos famintos.

Ou pelo menos foi essa a sensação.

E sua mãe simplesmente não conseguia entender.

— Sloan, vê se presta atenção no que estou falando! — disse Allison, seu tom de voz alto e contrariado. — Esbarrei com a Rachel e o Connor no café ontem. Você sabia que os dois estão trabalhando lá?

Sloan assentiu. Tinha a impressão de se lembrar de algo assim da sua vida passada, uma época em que importava saber que seus amigos estavam empolgados para trabalhar juntos, uma época em que amigos tinham qualquer importância. Mas isso foi *antes*; havia um nítido "antes e depois" agora.

Fazia semanas desde a última vez em que respondera às mensagens deles. Rachel simplesmente havia parado de tentar entrar em contato. Suas mensagens insistentes para que Sloan "superasse isso" se provaram ser o suspiro final da amizade das duas. Mas Connor, para seu crédito, ainda dava as caras de vez em quando no histórico de conversas dela.

AS ÚLTIMAS SOBREVIVENTES 81

— Então por que você nunca deu uma passadinha lá pra falar com os dois? Eles me perguntaram de você. Estão com saudades.

— Eles disseram isso? — bufou Sloan. Ela também tinha a impressão de se lembrar que eles não fizeram questão de visitá-la, nem assim que voltou do hospital, nem quando estava apavorada tendo pesadelos terríveis. Não, eles optaram pelo mínimo do mínimo: mandar mensagens de vez em quando e tentar conseguir alguma informação.

— Não com essas palavras — respondeu a mãe, puxando uma cadeira e se sentando de um jeito como só pais sabem fazer, com um toque sutil de decepção transparecendo em cada gesto. — Mas você precisa parar de afastá-los ou eles vão parar de tentar.

— Não tem problema se pararem de tentar. — Sloan suspirou, não se importando em explicar que um deles já tinha parado. — Eu não preciso deles.

— Sei, porque você não precisa de ninguém além da *Cherry*.

— Não fala o nome dela desse jeito — disse Sloan, fazendo cara feia. — E não é bem isso.

— Então o que é? — A mãe massageou as têmporas como se estivesse tentando espantar uma dor de cabeça, ou se esforçando para segurar a língua.

O gesto fez com que Sloan parasse para perceber, não pela primeira vez (mas toda vez isso a atingia como uma pequena e nova apunhalada em suas partes mais sensíveis), como a situação vinha afetando a mãe. Até muito recentemente, Allison Thomas era uma mulher vibrante e alegre de quarenta e seis anos. Sua filha mais velha, Sloan, acabara de se formar na escola e estava a caminho de uma universidade de prestígio para estudar Serviço Social. Seu caçula, muito mais novo que Sloan, começava a se mostrar um talento no baseball. O futuro parecia promissor... até não ser mais.

A garota encarou os círculos escuros sob os olhos da mãe, a aparência cansada decorrente de noites maldormidas e de não se alimentar direito, e só então Sloan se perguntou como isso estava afetando o restante da família, porque era nítido que vinha ferindo sua mãe.

— O que é, então? — perguntou a mãe novamente. — É como se você nem estivesse aqui, Sloan. Fica o dia inteiro presa no mundo da lua até a Cherry aparecer e você ficar presa no mundinho dela. Isso não é saudável. Não é! Não posso ficar aqui parada, só assistindo você...

— Quer um café? — perguntou Sloan, de repente.

A boca de sua mãe se escancarou e então se fechou bruscamente, uma expressão confusa estampada em seu rosto.

— Se eu o quê?

— Quero voltar a sair com eles, mãe — falou Sloan, mas era óbvio que Allison estava com dificuldade de acompanhar seu raciocínio. — Bem, não, isso é um exagero. Tipo, não é que eu *não* queira sair com eles. É só que...

Infelizmente, a afirmação não ajudou a apaziguar a confusão da mãe.

— Sloan...

Ela ergueu a mão antes que Allison pudesse prosseguir.

— Eu não sou a mesma pessoa, e sei que você está tentando entender isso. O Connor e a Rachel não estão. Connor inclusive me mandou mensagem umas semanas atrás me chamando pra assistir *Pânico* com ele, porque estava passando no cinema drive-in.

Até Allison estremeceu com essa.

— Pois é — suspirou Sloan. — Ele disse que queria entender a minha situação e achou que ver esse filme ia ajudar a nós dois. Eu só... Ninguém sabe lidar comigo, tirando a Cherry. E eu não sei lidar com ninguém, tirando ela. Mas se você quer que eu compre um café pra você, sorria com educação pras pessoas e finja, é isso o que vou fazer. Porque não tem sentido nós duas ficarmos infelizes.

— Eu não quero que você finja. Quero que você tente.

Sloan não percebeu que Allison estava chorando até seus braços a envolverem e ela sentir o pinicar quente e molhado de lágrimas em seu pescoço.

— Por favor, só tenta — disse a mãe, antes de se afastar para observar o rosto de Sloan. — Eu posso não ter te dado a dádiva da vida, mas a vida me deu você como dádiva.

O lema familiar que costumava lhe confortar se assentou suavemente em seu peito, encontrando uma entrada para o coração que ela estava tentando manter trancado.

— E eu sinto muito que alguém tenha visto essa dádiva e tentado destruí-la. Mas eu vou continuar aqui, te ajudando a se reerguer pelo tempo que você precisar. Então, não. Eu não quero que você finja. Por favor, não finja; mas tente. Sloan, por favor, tente.

Ao olhar para os olhos de Allison — ou melhor, para os olhos de *sua mãe* — e ver a exaustão, o desespero e a súplica, Sloan percebeu que queria ficar bem. Por nenhum outro motivo de verdade além de não suportar mais ver as pessoas ao seu redor tristes e choramingando, mas isso ainda contava.

Talvez ela conseguisse fazer isso, recomeçar. Um começo saudável, com o pontapé inicial de uma xícara de café no Professor Java's Coffee Emporium. Ela deveria chamar Cherry.

Não. Ela iria sozinha, então faria uma *surpresa* a Cherry. Ia comprar um café para a namorada também.

Parecia um grande passo.

Beleza, talvez ela não fosse capaz de ver um filme *slasher*.

Talvez não fosse capaz de aguentar muito tempo com seus dois melhores amigos — antigos melhores amigos —, mas ela podia (quem sabe) ir lá e pedir um café como uma pessoa normal. Como alguém que não precisou sobreviver ao trauma de uma tragédia que foi destaque em todos os noticiários a nível nacional, alguém cuja vida não era alvo de especulações de estranhos na internet. Especulações do tipo: por que Sloan e Cherry mereceram viver? Teriam elas participado daquilo? Será que doeu? Por que as garotas não choravam? Ou por que choravam tanto?

A especulação — essa constante — foi o que mais machucou, tudo acontecendo em tempo real, sem um botão de desligar ou a possibilidade de virar a página.

Mas talvez ela conseguisse ir ao Professor Java's.

Um recomeço na forma de um velho hábito. Ela poderia dar um oi-tchau-a-gente-se-vê e então correr de volta para casa com um refrescante café gelado como suporte emocional e se esconder no quarto até Cherry aparecer para buscar seu *latte* de caramelo.

Talvez ela fosse capaz de sair da ravina, um passinho de cada vez. Que se danassem os crocodilos famintos.

— Vou tentar — disse Sloan, baixinho.

As sobrancelhas de Allison se ergueram.

— Eu não quero te obrigar. Beth disse para não...

— Você não está me obrigando. — Sloan forçou um sorriso, que provavelmente saiu mais como uma careta. — Vou pegar café pra gente.

Um recomeço. Um recomeço na forma de café gelado com um toque de leite de aveia.

Nove

O ambiente do café era caloroso e convidativo. Aquele alvoroço de universitários estudando, autores esperançosos amontoados nos cantos e clientes indo e vindo era uma bela mudança de ritmo. Claro, era um lugar barulhento e angustiante — Sloan passara a maior parte dos últimos meses enfiada em seu quarto silencioso ou no de Cherry, e o café... era bem diferente disso.

Mas também era um espaço familiar, com o piso devidamente pegajoso e cadeiras pintadas em tons berrantes de amarelo, laranja e verde que faziam com que tudo parecesse simples e feliz. Já que era para Sloan de fato sair de casa e fazer algo sozinha pela primeira vez em meses, o Professor Java's era provavelmente o destino mais seguro possível para isso.

Sua mãe a havia deixado em frente ao café. Deixou o carro estacionado em um terreno do outro lado da rua e foi resolver uma questão rápida: uma simples ida aos Correios para enviar um pacote e pegar alguns selos.

Dar um pulo nos Correios tinha sido ideia de Sloan.

Ela não queria que sua reestreia no mundo real acontecesse de mãozinhas dadas com a mãe. A primeira vez segurando um café que ela mesma pediu. A primeira vez vendo seus velhos amigos.

Uma parte de Sloan torcia para que os dois não estivessem trabalhando hoje, mas a outra torcia para que estivessem, sim, ou pelo menos para que Connor estivesse. E conforme o aroma reconfortante de confeitaria e grãos de café moídos se espalhava em sua mente, ela quase pôde imaginar, por um segundo, que estava de volta à primavera passada.

— Ai, caramba, Sloan, oi! — disse Connor, empolgado. Ele largou o pano que estava usando para limpar o vidro da vitrine de doces (cheia de muffins que há um instante eram de dar água na boca, mas que agora poderiam muito bem ser feitos de areia) e deu um passo na direção de Sloan com um sorriso.

Ela endireitou a postura, como se estivesse se preparando para uma luta e não para cumprimentar um de seus amigos mais antigos e próximos. A garota tentou forçar um sorriso, mas, quando fracassou, deixou escapar um pequeno dar de ombros em vez disso.

Connor não tinha mudado nada. A mesma pele negra e o mesmo cabelo cacheado escuro que traziam uma sensação de conforto a Sloan. Os mesmos olhos calorosos e acolhedores que a enxergavam melhor do que ela jamais seria capaz de enxergar a si mesma. A familiaridade era esmagadora, como se ela tivesse viajado no tempo e agora sofresse um surpreendente efeito vertiginoso.

— E aí? — disse Sloan baixinho, observando-o.

O sorriso no rosto de Connor de alguma maneira ficou ainda mais largo quando ele parou diante dela.

— Posso? — perguntou e abriu os braços para um abraço.

Sloan assentiu automaticamente, mas se arrependeu quase que no exato instante em que os braços dele a cercaram. Aquele era Connor, ela lembrou a si mesma. Seu primeiro melhor amigo. O menino cuja mão ela havia segurado quando ele contou ao pai que era bi. O menino que segurara a mão dela quando Laura Maxon contou para todo mundo do ensino fundamental que Sloan era adotada porque sua mãe de verdade não a quis. Abraçar Connor costumava ser simples como respirar, era como sempre se cumprimentavam. No entanto, embora ele e seu abraço continuassem iguais, Sloan havia mudado. Relutante, ela deu tapinhas nas costas do ex-amigo e então recuou para se dar um pouco de espaço, que se fez extremamente necessário.

Um lampejo de decepção surgiu no rosto de Connor, mas apenas por um segundo antes de ele ficar visivelmente alegre, o sorriso perfeito de melhor amigo voltando ao lugar.

— Que saudade!

— Também senti saudades — mentiu Sloan, buscando pelo ritmo fácil que antes compartilhavam.

— Mas você nunca responde as minhas mensagens. — Ele imediatamente franziu o nariz, como se sentisse um cheiro ruim. — Eu não devia ter dito isso. É só que… Você disse que sentiu minha falta, mas… Ah, cara, a Rachel *acabou* de sair. Ela vai ficar tão puta por não estar aqui pra te ver — disse Connor, mudando o rumo da conversa para algo mais seguro, algo que soasse um pouco menos como uma acusação.

— É, imagino — disse ela, torcendo para que não ficasse óbvio quão aliviada estava por encontrar apenas ele ali.

— Quer se sentar um pouquinho? — perguntou Connor com a mão já nas costas de uma cadeira laranja vibrante. —

AS ÚLTIMAS SOBREVIVENTES 89

O movimento tá tranquilo agora. Posso parar por uns quinze minutos.

Sloan olhou com ceticismo para todas as pessoas entrando e saindo do café.

— Tá mesmo?

— Ok, não exatamente, mas eu ainda posso fazer uma pausa pela minha melhor amiga voltando direto do reino dos mortos. — Connor cobriu a boca com as mãos. — Eu não...

— Ele hesitou e desistiu de falar, soltando um suspiro antes de puxar a cadeira e se jogar nela. Passou a mão pelos cabelos e então enterrou o rosto nas palmas. — Porra.

Sloan só ficou parada ali, de pé, totalmente sem jeito por um momento, antes de se sentar lentamente diante dele. Isso. Era por *isso* que ela não queria vir, o motivo pelo qual não tinha respondido as mensagens dele.

Connor espiou por entre os dedos.

— Eu não sei o que tô fazendo.

— Eu também não sei o que tô fazendo — admitiu Sloan, cutucando uma embalagem de canudo abandonada. A mesa era grudenta e úmida de um jeito que só mesas que já haviam sido pintadas e repintadas poderiam ser. Ela apertou as mãos contra o tampo, deixando que a sensação fria a acalmasse. Sloan se arrependia de ter vindo. Não, ela se arrependia de ter mandado a mãe ir resolver as pendências dela. Não, esquece isso. Ela não se arrependia de ter dispensado a mãe, mas sim de ter dispensado Cherry, que provavelmente estava sentada em seu quarto se perguntando onde a namorada tinha parado.

Era para ser uma surpresa feliz, isso de Sloan ir buscar um café para elas. Mas estava se transformando em um turbilhão de constrangimento e ansiedade.

— Isso é esquisito, né? — perguntou Connor.

— Acho que sim — disse Sloan. O que mais ela poderia dizer?

— Não precisa ser. — Ele pegou a mão dela e a apertou. Sloan sabia que o gesto era para ser tranquilizador, mas a fez se sentir aprisionada, em pânico. Estava barulhento e claro demais. Havia pessoas demais e agora alguém — *que não era Cherry* — segurava a sua mão. As mãos de Connor eram ásperas, cheias de calos e imensas. Sloan fechou os olhos e tentou respirar.

— Eu ainda sou o mesmo — disse ele de um jeito reconfortante. — Eu estou com você.

Sloan não sabia como dizer que era esse o problema.

Ela havia mudado, inteira e irrevogavelmente, desde o que aconteceu nas férias. E Connor ainda era a mesma pessoa que cruzara o palanque da escola de capelo e beca junho passado. Era injusto que o mundo continuasse girando, que a vida seguisse em frente, mesmo quando ela desejava que tudo parasse.

Connor não deveria ser o mesmo.

O Professor Java's não deveria ser o mesmo.

O mundo inteiro não deveria ser o mesmo, não depois daquelas pessoas morrerem. Não depois de Sloan descobrir quantas lavagens eram necessárias para remover o cheiro do sangue de Kevin de seu cabelo. Ela puxou as mãos de volta e as acomodou no colo.

— Obrigada. — Empurrou as palavras para fora da boca, deixando que arranhassem sua garganta como se pertencessem ao mundo exterior, como se fossem sinceras ou algo assim.

— Estou falando sério — disse Connor. — Eu quero te apoiar. Pode me mandar mensagem a qualquer hora do dia ou da noite. Eu quero saber de tudo. Até dos detalhes mais sangrentos. Você pode me contar.

Sloan inclinou a cabeça.

— Os detalhes? — perguntou. — Tipo o quê? Tipo como eu vi gente morrer na minha frente? Ou tipo a velocidade e a consistência do sangue que escorre quando a cabeça de alguém é praticamente partida ao meio? Ou tipo como me senti ao ouvir meus novos amigos implorando por suas vidas antes de morrer? É esse tipo de detalhe que você quer?

Connor mudou de posição na cadeira.

— Não. Eu não... Sloan, não literalmente. Eu quero te apoiar, estar ao seu lado para ouvir sobre as coisas boas e as ruins, como a gente sempre fez antes. Caso você precise desabafar ou reclamar... Foi só isso que eu quis dizer.

— Isso não é a mesma coisa do que eu me ferrar numa competição de dança ou ser expulsa de uma equipe de torcida. — Sloan engoliu em seco. — E as *coisas boas*? Que coisas boas? Por favor, me fala, tô morrendo de vontade de saber.

Connor a encarou.

— Sem trocadilho — acrescentou ela.

Connor se sentou mais ereto.

— Só estou dizendo o tipo de coisa que as pessoas dizem, Sloan. Eu não faço ideia do que fazer. Tudo o que sei é que você sobreviveu a algo horrível e que parou de me responder. Você some por meses e então do nada reaparece por aqui. Eu não sei como lidar com isso. Então, bem, tudo o que eu falo parece errado. Mas ficar puto com você por ter me dado um gelo depois de tudo o que você passou também não parece a coisa certa a fazer. — Ele esfregou o rosto. — Só tô tentando acertar no papo furado que vai te fazer voltar aqui mais vezes. Porque eu não menti quando disse que senti saudades. E espero que um dia você se recupere o suficiente pra sentir saudades de mim também.

— Connor...

Ele ergueu a mão para interrompê-la.

— Vamos só pegar seu café gelado, ok? Posso não saber o que dizer, mas te prometo que fiquei muito bom nesse negócio de ser barista. E ainda me lembro do que você costumava pedir. Então me deixa fazer isso. O resto a gente descobre como resolver depois.

Sloan sorriu, aliviada. Não podia evitar.

— Eu adoraria um café gelado.

— Ótimo — disse Connor, se levantando e empurrando a cadeira dele. — Já volto.

Sloan observou seu melhor amigo — ou ex-melhor amigo, seja lá o que eles eram agora — caminhar de volta para a parte de trás do balcão. Ele ergueu dois copos diferentes — um grande e um de tamanho gigante — e, embora Sloan não soubesse se seria capaz de terminar nenhum dos dois, ela apontou para o maior deles. Talvez o gelo a acalmasse. Talvez a sensação de segurar o copo como havia feito um milhão de vezes antes a trouxesse de volta para si de uma maneira que sentar-se em seu quarto ou no consultório de Beth ou nas arquibancadas do campo de baseball para assistir Simon jogar nunca haviam sido capazes de trazer.

Seu celular vibrou com uma mensagem de Cherry: **Cadê você?**

Merda, Sloan saiu mesmo, né? Ela simplesmente saiu pela porta de casa como se isso fosse algo que ela ainda fizesse normalmente. Como se vivesse no antes, ou pudesse voltar. Era para ser uma surpresa, mas agora se sentia egoísta.

Cherry devia estar em sua janela; ela devia estar morrendo de preocupação. Sloan devia ter avisado para onde estava indo.

Eu tô, Sloan começou a responder, mas não sabia o que mais dizer. *Pegando um café pra gente?* Parecia um pouco anticlimático levando em consideração o turbilhão de emoções que a vinha acompanhando. *Visitando um amigo?* Soava como uma mentira. *Tentando um recomeço, mas não se preocupa pois ele ainda inclui você?*

— Oi, meu bem — disse a mãe de Sloan, antes de puxar uma cadeira e se sentar ao seu lado. Ela guardou o recibo dos Correios na bolsa e olhou por cima do ombro de Sloan, para o menu exposto no quadro de giz. — Já pediu?

— Oi, aham. — Sloan deslizou o celular de volta para o bolso. Sua mãe tinha explicitamente dito que não era para Cherry participar desta aventura. Era uma tarde em família, só que, neste caso, em vez de ter ser esmagada por jogos de tabuleiro ou bombardeada por partidas de baseball... era café.

— Aham, pedi, sim. Mas eu não sabia o que você ia querer.

— Ah — fez a mãe, suas sobrancelhas se franzindo. — O de sempre. Podemos pedir quando a garçonete aparecer.

Sloan vasculhou o próprio cérebro tentando descobrir o que seria *o de sempre*. Já soubera disso antes, mas de algum modo essa informação havia escorregado para longe de seu alcance, enterrada, ela supôs, junto com todas as outras memórias desaparecidas. Ela se perguntou o porquê.

Allison olhou ao redor e de repente pareceu alarmada.

— Não se preocupa — disse, enquanto se levantava de forma apressada. — Pode deixar que eu faço o pedido. Fica aqui.

Algo havia acabado de acontecer; disso Sloan tinha certeza. Mesmo que seu corpo e sua mente catalogassem tudo o que acontecia no pano de fundo — seu instinto de lutar ou fugir elevado à última potência, até naquele cantinho, na parte mais silenciosa do café —, ela havia deixado algo passar.

Algo que fizera sua mãe saltar da cadeira e correr para a frente da loja, gesticulando cheia de urgência para Connor, que, por sinal, havia acabado de pousar no balcão o mais glorioso café gelado que Sloan já vira.

Pronto, lá estava sua desculpa. Ela não estava ignorando o pedido de que ficasse sentada. Não estava espionando. Não estava entrando em pânico sem motivo nenhum (embora definitivamente estivesse). Sloan estava indo apenas buscar seu café.

Seus pés a levaram até lá no piloto automático. Uma mão envolveu o copo, a outra puxou o papel no topo do canudo — de plástico, obviamente; Cherry iria amar. Sloan tomou um gole e se virou na direção da mãe com um sorriso confuso.

Não faça um estardalhaço, pensou ela. *Aja normalmente e coisa e tal.*

Connor buscava freneticamente por alguma coisa, e Sloan precisou repetir várias vezes para si mesma que não era por uma faca. Mas era difícil não se deixar ser tomada pela sensação de terror quando o semblante de sua mãe se fechou e Connor começou a fazer força para puxar algo de dentro de uma gaveta.

— Eu não preciso de café — disse Allison, com um sorriso constrangido. — Vamos pra casa.

— Mas a ideia de vir aqui foi sua — disse Sloan. Ela sinceramente não se importava se a mãe tomaria café ou não, mas queria saber o que estava acontecendo. Se ela cedesse à mãe, deixasse que agarrasse seu braço e a puxasse para fora do café, como estava tentando fazer, Sloan sentia que talvez nunca descobrisse.

AS ÚLTIMAS SOBREVIVENTES 95

— Eu não preciso beber café. Está tarde pra isso — falou a mãe. — Já passou de uma da tarde! Vou ficar acordada a noite toda se tomar cafeína agora. Nem sei no que estava pensando.

Mas Sloan não conseguiu resistir ao impulso de olhar para trás e ver o que Connor estava fazendo. Ele tinha finalmente conseguido abrir a gaveta e agora puxava dela algo longo e preto.

Sloan se posicionou de pé bruscamente, o instinto de lutar ou fugir dando espaço à necessidade teimosa de ver o que era: se uma arma ou uma faca... E por que seria, sinceramente? Mas se fosse, ela queria ver. Enfrentar o perigo de frente desta vez, em vez de se esconder.

A questão é que não era nenhuma dessas coisas.

Era... um controle remoto?

A mãe, que antes segurava a porta aberta do café para que Sloan passasse, agora tentava quase forçadamente arrastar a filha para fora, mas Sloan resistiu, tão confusa quanto todo mundo que as observava se engalfinhar na entrada.

Connor apontou o controle em direção à TV no canto. Estava no mudo em um canal de notícias com legendas ruins e atrasadas. Sloan havia ignorado o aparelho solenemente até este momento, nem o tinha percebido quando entrou no café. Era uma aquisição nova, uma prova de que Sloan não era a única que havia mudado. Ela meio que gostou disso. Qual era o problema de todo mundo?

— O que você tá fazendo? — perguntou, mas não sabia dizer se falava com Connor, cujos olhos estavam esbugalhados de pânico, ou se falava com a mãe, que ainda a puxava pelo braço.

A tela se apagou e então se acendeu novamente enquanto Connor apertava todos os botões no controle. Após mais alguns instantes apertando botões desesperadamente, ele acabou tirando a televisão do mudo e imediatamente o som inundou o cômodo, agora silencioso.

"Em uma declaração feita hoje cedo, o chefe de polícia Dunbar prometeu divulgar novas informações a respeito do ataque ocorrido neste verão em um acampamento de férias do norte do estado, no caso que ficou conhecido como 'o Massacre de Money Springs'. Fontes relacionadas à investigação afirmam que uma resolução pode estar a caminho. Vamos agora para a coletiva de imprensa ao vivo."

A imagem na tela mudou de um bom e velho fundo de paisagem urbana por trás de um balcão em um estúdio para o close de um palanque repleto de microfones. Os dedos de Sloan se apertaram ao redor de seu copo. Ela não via o chefe Dunbar desde aquela noite. Desde que ele aparecera no quarto de hospital para se desculpar, como se, de alguma forma, fosse o responsável, já que a cidade era de responsabilidade dele. O problema é que logo seu pedido de desculpas se transformou em interrogatório — até os pais de Sloan pedirem de maneira educada, mas incisivamente, que ele se retirasse.

Quem apareceu dois dias depois para recolher as declarações de Sloan foi o delegado, que afirmou que o chefe estava à frente da busca pelos culpados e por isso não pôde ir pessoalmente. Mas Sloan sempre achou que devia ser porque sua mãe ameaçara ligar para um advogado e denunciá-lo por importunar uma vítima com traumatismo craniano.

Mas lá estava ele agora, na tela. Exatamente como Sloan se lembrava.

— Boa tarde — começou o chefe de polícia Dunbar, ajustando as dezenas de microfones diante dele no palanque. — Em primeiro lugar, eu gostaria de agradecer ao Departamento de Polícia de Money Springs e ao Escritório Estadual de Investigações pela assistência na resolução deste caso, bem como pela ajuda que nos forneceram para alcançar o x da questão dessa história sórdida. Como discutimos na nossa última coletiva, temos um criminoso sob custódia. Hoje, conseguimos chegar a um acordo de delação premiada que satisfaz a todas as partes envolvidas, e estamos ansiosos para transferi-lo a uma instituição de segurança máxima em um futuro próximo.

Fez uma pausa antes de prosseguir:

— Agradecemos à promotora-assistente Sheridan por seu empenho e pela agilidade no encaminhamento deste caso, de modo a dar às vítimas o encerramento que desesperadamente merecem. Deixarei que ela comente um pouco mais a respeito dos detalhes do acordo em breve. Lidamos com os aspectos investigativos e entregamos o restante para os tribunais. E, falando nisso — prosseguiu ele, com o rosto corado enquanto remexia na gola do próprio uniforme —, embora ainda haja pistas a serem seguidas, estamos confiantes de que este ataque foi obra de um grupo que se autointitula Morte Hominus. Trata-se de um grupo radical minoritário (que eu, pessoalmente, chamaria de seita terrorista, mas fui aconselhado a não usar essas palavras) localizado em Vermont. — Ele sacudiu a cabeça. — Acreditamos ter todos os envolvidos sob custódia ou no necrotério a essa altura. Uma batida policial realizada no acampamento de trailers onde se escondiam resultou na descoberta dos cadáveres de mais de duas dezenas de possíveis integrantes do Morte Hominus. Até então, tudo indica que eles tiraram as próprias vidas em um...

Sloan não percebeu quando o café caiu no chão, só sabia que ele havia caído. Só sabia que naquele momento precisava de ambas as mãos para arrancar seu celular do bolso.

Ela precisava de Cherry. Precisava de Cherry e havia ignorado a mensagem dela. Tinha colocado o celular no bolso. Sloan tinha...

A picape de Cherry cantou pneu bem diante da fachada do café, subindo na calçada de um jeito que fez com que os pedestres pulassem para fora do seu caminho e a xingassem.

Sloan empurrou os braços da mãe para longe enquanto Connor se apressava na direção das duas.

— Eu não tive a intenção de tirar do mudo — falou ele.

— Estava tentando desligar, mas acabei apertando o botão de ligar duas vezes e aí...

Todo mundo olhava para eles agora. Todo mundo.

Cherry escancarou a porta da picape e esperou que Sloan deslizasse para dentro em segurança.

Dez

Cherry dirigiu por horas.

Enquanto a namorada guiava o carro, Sloan alternava entre chorar e cochilar, deitada em posição fetal no assento duplo. Não estava usando cinto de segurança, o que era ruim, mas essa posição permitia que ela apoiasse a cabeça na coxa direita de Cherry, o que era bom.

Podia sentir os músculos da perna da namorada flexionando e se contraindo contra sua bochecha toda vez que o carro acelerava e freava. Sloan deixou-se distrair pelo ritmo desse movimento e pela sensação dos dedos de Cherry lentamente percorrendo seus cabelos.

Cherry passou um bom tempo sem dizer nada, o que deixou Sloan com medo de que talvez a namorada estivesse irritada, e ao mesmo tempo estava apavorada demais para perguntar. Estava de novo se sentindo muito assustada com tudo. Não conseguia se concentrar no fato de que a porra de uma seita de verdade havia tentado matá-la — uma seita com muito mais integrantes do que elas sequer cogitaram —

porque estava ocupada se perguntando se a namorada estava chateada com ela.

O que provavelmente era mais um motivo para Sloan não querer perguntar, para falar a verdade.

Por ora, podia permanecer na pequena bolha que elas haviam criado, com bochechas pressionadas contra coxas e dedos deslizando por seus cabelos. E ela sabia que no instante em que se movesse, fosse para se sentar, fosse para perguntar algo, a bolha estouraria. E então Sloan estaria de volta ao mundo real, com acordo de delação premiada, dor e café gelado se derramando sobre azulejos coloridos como se fosse sangue se derramando de um corpo.

E Sloan não queria isso. De jeito nenhum.

No fim das contas, foi Cherry quem estourou a bolha de um jeitinho irônico.

— Morte Hominus — disse ela, com a voz baixa. — Morte do homem? Morte da humanidade? Não faço ideia de qual era a ideia por trás desse nome, eles foram sutis demais. — Cherry deixou escapar uma risadinha.

Sloan expirou algo que poderia ser confundido com uma risada se você fizesse um esforço. E estivesse a centenas de quilômetros de distância. E nunca tivesse ouvido uma risada na vida.

Mas era alguma coisa. Um tipo particular de alívio que só Cherry conseguia provocar nela.

— Como você sabia onde eu tava? — Sloan perguntou com a voz embargada. Sua garganta parecia apertada com todas as lágrimas que ela tinha se esforçado para não derramar.

— Com o aplicativo Find My Friends. — Cherry deu de ombros e entrou em um estacionamento do Walmart. Circulou pelo terreno devagar antes de parar em uma vaga sob a maior e mais potente iluminação ali. O sol havia se posto em algum momento enquanto dirigiam, e Sloan não tinha percebido até então, embalada como estava pela sensação de rodas correndo sobre o asfalto, canções suaves e dedos ainda mais delicados. — Quando a promotora ligou pra minha mãe pra avisar sobre a coletiva de imprensa, eu corri pra sua casa, mas você não estava lá. Eu não... eu não estava te perseguindo nem nada assim.

— Não, eu tô contente. Estou contente por você ter me achado. Eu precisava de você. Eu preciso de você. — Sloan se levantou para olhar nos olhos de Cherry. — Espera, alguém ligou pra vocês? Por que ninguém ligou pra gente?

Cherry ergueu uma sobrancelha.

— Ah — disse Sloan ao compreender. Era por isso que sua mãe tinha tentado arrastá-la para fora da loja, o motivo para sua mãe tentar impedi-la de ver as notícias. — Estou contente que você apareceu.

— Que bom — disse Cherry, e se curvou um pouco para apoiar a cabeça na de Sloan.

Pela primeira vez, Sloan se perguntou se Cherry também não havia se preocupado com a possibilidade de ter uma namorada chateada com ela.

Uma ideia ridícula, como se Cherry não tivesse acabado de salvar o dia de novo e de novo e de novo. Sloan não conseguiria ficar chateada com ela nem se tentasse. Não de verdade.

— Eu só saí pra comprar café com a minha mãe — disse ela. — Ia trazer um pra você também, queria te fazer uma surpresa. Eu queria... sei lá. Só queria fazer alguma coisa *normal*.

— Que isso te sirva de lição — disse Cherry, mas Sloan percebeu o tom bem-humorado em sua voz, a cadência provocadora que ela tinha aprendido a amar.

— Meu pobre cafezinho — bufou Sloan. Se a namorada estava disposta a fazer rodeios da situação, então ela entraria na brincadeira. Mas como tudo que é bom dura pouco...

— Quais termos você e eu vamos procurar no Google? — Cherry se sentou rígida no assento. — É melhor a gente resolver isso logo.

Sloan suspirou profundamente. Uma parte dela já sabia que isso estava por vir, que elas não poderiam se esquivar dessa questão por muito tempo. A curiosidade se alastrava no fundo da mente delas.

Ela sabia que todo mundo também estaria buscando por novidades do caso esta noite, e talvez isso fosse algo poderoso. Quanto mais gente procurasse por respostas, mais informações viriam à tona. Havia o Reddit e o Websleuths e milhões de usuários em sites similares.

Sloan já tinha praticamente parado de conferi-los quando começaram a surgir insinuações contundentes de que ela ou Cherry estavam envolvidas com os assassinatos. Depois disso, ela bloqueou os sites completamente, de modo que não ficasse tentada a olhar, tentada a assistir as pessoas dissecarem sua vida em tempo real.

Beth dissera que foi uma decisão saudável, e Sloan quase desbloqueou todos os sites de novo só para contrariar. Mas talvez a terapeuta estivesse certa. O problema é que agora Sloan precisava deles. Ela abriu as configurações de seu celular.

— Sloan? — disse Cherry, a mandíbula tensionada como um soldado se preparando para uma batalha.

— Eu não sei. — Sloan ergueu os olhos para a luz ofuscante do estacionamento que iluminava seu rosto.

Não tinha dúvida de que Cherry as trouxe para este estacionamento em particular de propósito. Era o lugar mais claro à noite em toda a área, mesmo que precisassem dirigir por vinte minutos para chegar nele. Tinha dezenas e mais dezenas de lâmpadas de LED inundando o asfalto com luz, e havia câmeras de segurança por toda parte as mantendo em segurança. Além disso, o supermercado ficava aberto 24 horas por dia, caso alguém precisasse de uma Coca Zero ou de uma testemunha.

Elas foram para aquele estacionamento muitas vezes no começo. Na época em que Cherry não morava perto, quando as noites eram longas demais e havia uma grande distância para percorrer de carro e elas só precisavam estar em um lugar que, de certa forma, fosse lugar nenhum. E será que havia algum lugar mais lugar nenhum do que um estacionamento de um Walmart no meio da noite? Sloan achava que não.

— Eu quero parar de ter medo deles — disse Cherry, seu olhar fixado na loja diante delas. — Acho que saber ajuda. Nada de segredos, nada de mentiras, não é?

A mente de Sloan, apenas por um segundo, voltou-se para a caixa no armário de Cherry. *Alguns segredos*, pensou, *e talvez uma mentira*. Tinham inventado a frase no início, antes do emaranhado de colagens tomar toda a parede. Quando as coisas pareciam bem mais simples. Você sobreviveu, eu sobrevivi e agora nos amamos. Por que não podiam ter permanecido assim?

— Saber ajuda — repetiu Cherry, principalmente para si mesma.

E ela estava certa: ajudava mesmo. Tinham desmascarado o bicho-papão e tudo o que encontraram foi um homem branco grandalhão de aspecto pálido e com uma cabeça cheia de ideias ruins. Edward Cunningham. Quando Sloan viu seu nome verdadeiro, quase soltou uma gargalhada do quão simplório era. Em compensação, ela nunca havia gargalhado do nome A Raposa.

— Saber ajuda — sussurrou Sloan, e depois encarou seu telefone. — Já desbloqueei tudo.

Cherry assentiu uma vez e então, juntas, ergueram os celulares e começaram a pesquisar.

Onze

Sloan acordou cedo na manhã seguinte, embolada nos lençóis de Cherry com um sorriso sonolento. Elas ficaram no estacionamento do Walmart por horas no dia anterior — fazendo todas as buscas possíveis, mergulhando em cada buraco de minhoca virtual —, mas ainda não era suficiente. Nunca seria. Jamais poderia ser. Não até elas descobrirem tudo. E, lamentavelmente, esse "tudo" parecia inalcançável.

— Fiz café — disse Cherry, ao lado da impressora. Uma pilha de papéis já havia sido cuspida da máquina, o que levou Sloan a se perguntar por quanto tempo sua namorada estava acordada ou se ao menos tinha dormido. — Está na mesinha de cabeceira.

Sloan se sentou e pegou a caneca ao seu lado. Magda dizia que o outono ainda estava muito no início para ligar o aquecedor, mas as manhãs no início da estação já eram gélidas. A garota aceitou de bom grado o calor da xícara de cerâmica, mesmo que normalmente preferisse beber um café que não fosse fresco e que estivesse cheio de gelo.

— Mexendo na colagem da parede? — perguntou Sloan, erguendo uma sobrancelha. Ela olhou para cima, mas viu que não acrescentou nada de novo. Talvez Cherry não estivesse acordada havia tanto tempo assim.

— Hum... — entoou Cherry, sem levantar a cabeça enquanto passava freneticamente por sites em seu notebook.

— Estou me preparando pra isso.

— Ou seja... — Sloan sabia o que vinha a seguir. Era sua parte favorita.

— Ou seja... — Cherry sorriu. — É hora de compararmos nossas anotações.

Comparar anotações: o passo que vinha depois de pesquisar no Google até dizer "chega" e antes de colarem as manchetes na parede. Era a parte em que paravam para discutir tudo o que havia sido encontrado. Quando combinavam suas forças para filtrar o máximo de verdade possível.

Na noite anterior, estiveram ocupadas demais para de fato conversar, comunicando-se apenas por suspiros, mãos entrelaçadas e sobrancelhas erguidas enquanto sentavam-se lado a lado no estacionamento com as cabeças voltadas para os celulares. Quando terminaram a busca, ou pelo menos quando foi possível afirmar que terminaram, elas estavam cansadas demais para comparar anotações.

Em vez disso, Cherry se acomodou no assento do motorista e ligou a picape para dirigir de volta para casa. Dessa vez, Sloan se sentou direitinho em seu lugar e usou o cinto de segurança — não porque estivesse preocupada com sua autopreservação, mas porque precisava de algo a ancorando à terra. Algo que a mantivesse com os pés no chão enquanto sua mente era tomada por pensamentos sobre Raposas, Cervos e crocodilos. Algo que a prendesse no presente até

AS ÚLTIMAS SOBREVIVENTES 107

ela estar segura, deitada na cama de Cherry, seus corpos se enroscando um no outro. Até Cherry fazer o mundo parecer sólido e real de um jeito que quase ninguém mais conseguia.

Mas não fazia sentido adiar o inevitável. Sloan havia encontrado novos resultados; Cherry também. Agora era a hora de espalhá-los diante de si como se fossem pequenas joias brilhantes.

Sloan pegou o celular e abriu suas anotações. Cherry recolheu os papéis e os empilhou em um maço, após dar algumas pancadinhas contra a escrivaninha para alinhá-los.

— Quer ir primeiro? Ou eu começo? — perguntou ela. Puxou uma tesoura longa e cintilante da gaveta de sua escrivaninha e a colocou sobre a pilha. Uma ameaça e uma promessa. Alguns artigos não passariam de lixo, óbvio, mas outros seriam recortados e acrescentados à colagem acima delas, na parede que as mantinha a salvo, sob um cobertor de informações.

Saber ajuda.

— Vai você — disse Sloan, antes de limpar a garganta.

Cherry assentiu, girando um pouco em sua cadeira, a fim de olhar melhor para a namorada enquanto erguia a primeira página.

— Beleza. Então, esse aqui é da CNN, mas diz que a fonte é a Associated Press, então acho que é a "história oficial" — disse, fazendo o sinal de aspas com a mão livre. — Quer que eu leia o artigo ou prefere só um resumo?

— Um resumo — disse Sloan, porque tinha quase certeza de que tinha visto o mesmo relatório na noite anterior. Mas não admitiria isso, porque os sites de notícias sérias eram da alçada de Cherry. Sloan ficava responsável pelo lixão da internet: fóruns do Reddit, grupos do Facebook e hashtags do Twitter.

— Beleza. Bem, o chefe de polícia Dunbar deu aquela coletiva de imprensa em conjunto com a promotora-assistente Sheridan. Você viu um uma parte. Mas, em resumo, o cara que está sob custódia (Edward Cunningham, o que usava máscara de raposa) admitiu culpa. Ele disse ser parte do que a matéria chama de "uma organização", ou a seita. Eu não sei por que não estão chamando assim, principalmente depois que o próprio Dunbar usou essa palavra, mas, enfim. A seita se autointitula Morte Hominus. Detalhes a respeito do grupo ainda estão sendo apurados, mas acredita-se que todos os afiliados morreram em um suicídio coletivo após o ataque ao Acampamento Money Springs. Todos com exceção da velha raposinha, acho. Coitado, devia ter conferido aquelas pílulas de cianeto. Apesar de que imagino que um Departamento de Controle de Qualidade de Cianeto não iria durar muito mesmo. Que pena, né. — Cherry soltou uma risadinha.

Sloan forçou-se a sorrir. Sabia que a namorada devia estar só tentando incutir um pouco de leveza àquelas revelações absurdas, mas Sloan não estava no clima. Queria acabar logo com isso. Queria recortar as melhores matérias e posts e colar tudo na parede e então dormir pelos próximos dez anos.

Cherry pareceu perceber. Ela estudou o rosto da garota com uma leve tensão repuxando os cantos de seus lábios, sem resquícios do bom-humor.

— Ei, você tá bem?

— Tô ótima — respondeu com sarcasmo. — Seitas assassinas, ataques de pânico dentro de cafés, busca por respostas no estacionamento de um Walmart... Só mais um dia no paraíso, né?

— Você quer fazer uma pausa? A gente pode parar.

Sloan percebeu que ela precisava mesmo era de uma restauração completa de sua vida aos padrões originais, e não apenas de uma pausa, mas não podia dizer isso. Não sem deixar as pessoas preocupadas. Não quando sua mãe havia começado a falar sobre médicos e centros de reabilitação, aos quais Sloan definitivamente não estava a fim de ir, mesmo que os folhetos fizessem propaganda de passeios a cavalo e áreas de skate e patinação.

Mas foda-se.

— Nunca — disse, forçando-se a entrar no espírito da coisa. — Ainda mais quando estou prestes a vencer.

Cherry sorriu.

— Você sempre vence.

Era verdade. Sloan sempre vencia. Essa era outra etapa de quando comparavam anotações. Quem quer que obtivesse o melhor material, a notícia mais interessante de se colar na parede, vencia. O prêmio estava sempre mudando, e quem escolhia era a vencedora.

Às vezes era um bolinho requintado da padaria que ficava na parte mais chique da cidade. Às vezes era pegação e uma massagem nas costas. Às vezes era o último livro da Isabel Sterling. O céu era o limite; desde que não fosse ilegal. (Só Deus sabe o quanto os pais delas já tinham gastado com advogados.)

— O que mais a matéria dizia? — perguntou Sloan ao perceber que Cherry ainda a observava.

— Ah, é, tá. — Cherry voltou a olhar para o papel. — Ela não entra em detalhes a respeito das crenças dessa seita, exceto quando diz que se tratava de uma ramificação do ecoterrorismo. Uma palavra que acho que o repórter não sabe bem o que significa, porque tenho quase certeza de que ecoterrorismo é quando alguém mata uma escavadeira por destruir a Floresta Amazônica ou algo assim.

Sloan não fez questão de apontar que ninguém matava a escavadeira, mas sim a pessoa que a dirigia.

Sabia que Cherry estava inibindo suas emoções. Ambas estavam. Era mais fácil dizer que "monitores de acampamento foram assassinados" do que lembrar que eles tinham nomes e faziam aniversário — como Shane, que estava a apenas uma semana de completar dezenove anos, ou Dahlia, que tinha passado pelo menos duas horas do dia anterior à sua morte trançando o cabelo de Sloan.

— Cara, isso aqui vai dar um episódio irado de *Dateline* — disse Cherry com um sorrisinho. — Tomara que a gente consiga a narração do Keith Morrison.

— Tomara — concordou Sloan, sem prestar muita atenção, enquanto buscava pela página certa em seu celular. — Queremos colocar essa sua matéria na parede?

— Não sei. Você acha que vale a pena?

Sloan ponderou.

— Bem, é da Associated Press, então acho que devíamos usar como uma referência, né? É meio que oficial.

— Óoooo… — Cherry sorriu enquanto cortava o papel o mais rente possível às palavras. — Uma vantagem inicial, tinha tempo que isso não acontecia comigo.

— É só porque eu ainda não comecei — provocou Sloan. — Pode baixar sua bola.

Cherry pegou a fita adesiva e marchou até o outro lado do quarto. Subiu na cama para colar o artigo e então foi se abaixando até ficar cara a cara com a namorada.

— Eu já estaria cantando vitória? Jamais. — Ela se inclinou para beijar Sloan. — Mas e aí, o que foi que você achou?

AS ÚLTIMAS SOBREVIVENTES 111

— Ah, sei lá — disse Sloan. — Só uma pessoa no Reddit que afirma ser irmã da Raposa dizendo que uma vez ele tentou convencê-la a entrar na seita. Ela tem informações de dentro do grupo, do tempo que passou lá. Mas acho que você não tá interessada nessa história, né? Quer continuar com o relatório oficial?

Cherry voltou a sentar-se sobre os joelhos e deu um tapinha na perna de Sloan.

— Mentira! Eu não acredito que você passou a noite inteira com essa informação sem abrir o bico.

Sloan deu de ombros. Ambas sabiam que estavam acabadas demais para comparar anotações na noite anterior. A ideia de ter que falar, ainda mais sobre esse assunto, parecia um feito impraticável.

— Você acha que é real? — Cherry esticou o pescoço para ver o celular de Sloan.

— Não faço ideia. É o Reddit. Mas também não parecia… inventado.

— Hum…

No início, ambas tinham desenvolvido o hobby de desmascarar fakes na internet. Havia um monte de gente por aí dizendo ser Cherry ou Sloan. Ou seus irmãos, pais, primos, melhores amigos e por aí vai: qualquer um que supostamente tivesse informações em primeira mão. Mas nunca eram reais. Sloan chegou a pensar que uma dessas pessoas talvez pudesse ser Rachel, mas jamais admitiria isso. (Não sabia se queria encarar a ideia de que a amiga a venderia por cinco segundos de fama na internet, mas removê-la de sua vida tinha dado conta da situação, de todo modo.)

— Sei que não podemos provar que é real. Mas também não podemos provar que não é. E o post dá um pouco mais de embasamento àquela história de ecoterrorismo que sua amada Associated Press mencionou.

— Ok. — Cherry deu de ombros. — Manda ver, então.

Sloan deslizou o polegar pela tela para que acendesse novamente.

— Beleza. Então, uma Sissy23 fez um post na noite passada, não muito tempo depois da coletiva de imprensa. Nele, ela defende A Raposa...

— Edward Cunningham — corrigiu Cherry. Vinha advogando pela importância de chamá-lo pelo nome desde o dia anterior.

— Tá bom. — Ela revirou os olhos. — Nele, ela defende *Edward Cunningham*, então... é um pouco... agressivo.

— Por mim, tá de boa — disse Cherry. — Essas pessoas também me deixam agressiva.

Sloan deu um sorrisinho.

— Certo, essa moça começa dizendo que o irmão teve uma infância complicada.

Cherry riu de forma debochada.

— Eu também, mas você não me acha por aí matando gente.

— Também tem aquele blá-blá-blá de sempre de "ele não é um cara ruim, só se envolveu com as pessoas erradas".

Cherry se jogou na cama e rolou. Sua cabeça ficou pendurada ao lado de Sloan.

— Aham. Sei. Só as pessoas mais normais do mundo entram em seitas e começam a se vestir de coelhinhos e raposas.

— Coelhinhos? — perguntou Sloan, sentindo todos os seus músculos tensionarem. Havia outros animais naquela noite além da Raposa: O Cervo, é claro, e também O Urso, e o que ela achava que era para ser um leão... Mas não havia nenhum coelho.

Sloan tinha certeza disso.

A polícia havia pedido a Cherry que ajudasse a identificar as máscaras que participaram dos assassinatos. Também haviam solicitado que Sloan a acompanhasse, para o caso de sua memória voltar. Não havia coelho entre as máscaras. Não, o único coelho que Sloan vira estava na caixa dentro do armário de Cherry.

— Sei lá — disse a namorada com uma risada. — Cavalos? Esquilos? Tanto faz. Animais! Em geral. — Ela rolou na cama e cutucou Sloan. — Por quê? Você acha que os coelhos são mais equilibrados do que as raposas? Eu por acaso cometi alguma difamação contra o nome do bom e velho coelhinho? — implicou, um sorriso se insinuando em seu rosto.

O sorriso de Cherry — o favorito de Sloan — provocou algo dentro dela. Fez com que seus músculos relaxassem e seus pensamentos desacelerassem, mesmo que apenas por um instante.

Essa era Cherry. Sua Cherry. Óbvio que ela não teve a intenção de dizer *coelhinhos*.

Deixa isso pra lá, pensou Sloan.

— Acho que tenho lá minhas dúvidas quanto aos dois — disse. — Em termos de sanidade animal, não sei se confiaria num coelho ou numa raposa pra vigiar a minha bebida.

— Eu não sei se confiaria em bicho nenhum vigiando a minha bebida. — Cherry riu. — Quem sabe um cachorro.

Sloan negou com a cabeça.

— Muito próximo das raposas.

— Justo. — Sloan deu uma piscadela e olhou de relance para o celular da namorada. — Mas e aí, o *que* a raposa diz?

— A irmã da raposa, tecnicamente — bufou Sloan, rezando para que a música horrível de sua infância não voltasse com tudo à mente dela. "What does the fox say?"... Já conseguia até ouvir o refrão.

Cherry deu de ombros, inconformada que sua piada tinha sido dissecada por rigor técnico.

— Eeenfim — prosseguiu Sloan —, a Sissy23 diz que o irmão era basicamente um baita de um hippie que se envolveu com o grupo quando ainda estava sendo fundado. Era uma comuna pacífica, sem nome bizarro, sem pílulas de cianeto ou planos assassinos. Era uma espécie de "comunidade habitacional sustentável", acho que ela chamou assim. Todo mundo morava em trailers e vivia viajando para festivais de música, shows, esse tipo de coisa. Ela disse que foi como assistir um "sapo fervendo água".

— Não que a ideia de um sapinho em sua cozinha se preparando para fazer macarrão não seja fofa... mas será que você não quis dizer um "sapo fervendo dentro d'água"?

Sloan deu batidinhas no próprio queixo com o dedo.

— É uma citação direta, mas, sim, a ideia era essa. Ninguém percebeu o que estava acontecendo até ser tarde demais. Começou como um lance inocente, hashtag hippie, veganismo, miçanga, vida nômade, sei lá mais o quê, mas aí...

— Acabou virando um filme sangrento de uma chacina em um acampamento de férias? — Cherry riu. — Isso não faz o menor sentido.

Sloan colocou uma mecha de cabelo para trás da orelha e se sentou, cruzando as pernas ao lado da namorada, que ainda estava deitada.

— Acho que não faz mesmo. E só piora. Ela disse que a meta do grupo era interromper o aquecimento global e então eles conheceram um cara que, tipo... sei lá... convenceu todo mundo de que a Terra precisava ser reiniciada.

— A Terra precisa ser reiniciada, sim — disse Cherry. — Mas o que isso tem a ver com assassinato?

— Me avisa se você descobrir. A Sissy23 só sabe disso porque o irmão a levava para algumas reuniões do grupo quando ela o visitava. Mas, segundo ela, não costumava ser assim. Ela diz que eles eram só um bando de esquisitões com ideias parecidas tentando encontrar uma maneira de salvar o mundo. Mas na última visita que fez, as coisas ficaram mais esquisitas, acho. Foi quando o irmão a cortou completamente da vida dele. Diz ela que não sabe quando as coisas deram errado, mas que pretende descobrir.

Cherry bufou.

— Como? Ela vai só chegar no irmão e perguntar: "Ah, oi, mas puxa vida, por que é que você matou toda aquela gente?"

— Tipo, seria isso o que eu perguntaria se tivesse a chance — disse Sloan. — Saber é melhor que não saber, certo?

Cherry deixou a cabeça pender de novo e ignorou a pergunta.

— E aí, vale ou não vale a pena botar a Sissy23 na parede? — perguntou. — Porque se eu ainda tiver que me levantar pra buscar a tesoura, preciso saber disso antes de começar pra valer a nossa pegação.

— Vale, sim — respondeu Sloan. Tentou não ficar perturbada com o fato de Cherry não ter feito mais perguntas. Era como se não se importasse. Ou... pensou uma parte mais profunda e silenciosa de Sloan... era como se já soubesse.

A própria Sloan mal podia esperar para descobrir como as coisas tinham dado errado. Estava morrendo de vontade de saber se haveria uma maneira de entrar em contato com

116 JENNIFER DUGAN

Sissy23. Torcia para o post se transformar em uma sequência de posts, que, por sua vez, se transformaria em um livro, que, então, traria à tona tudo o que Sloan precisava para que as coisas fizessem sentido (e para talvez seguir em frente). Mas até onde tinha visto, Sissy23 não chegou a responder mais nada.

Não podia se preocupar com isso agora. Não quando Cherry tirava o celular de sua mão e o substituía por seus dedos. Não quando Cherry fazia Sloan se deitar novamente na cama e esperava por consentimento antes de se inclinar para a frente e beijar todo o seu pescoço com os lábios e a língua.

— Que delícia — murmurou Cherry, entrelaçando os dedos nos de Sloan. — Tem certeza de que quer que eu pegue aquela tesoura?

— Não — sussurrou Sloan. — Isso pode esperar.

Cherry capturou sua boca em um beijo longo e preguiçoso, ambas rolando para o lado com um sorriso.

— Certeza? Porque eu posso ir lá buscar. — Cherry começou a se levantar, sorrindo como se já soubesse que essa seria sua resposta, quando Sloan pegou seu braço e a puxou de volta para baixo.

— O post vale a pena — disse Sloan, alisando um pouco do cabelo que emoldurava o rosto de Cherry. — Mas ele pode esperar.

O mundo inteiro podia esperar.

Doze

O consultório de Beth estava frio, como geralmente era quando se encontravam mais cedo. O proprietário era pão-duro, explicara Beth, e desligava o aquecedor no início da noite. Nesta época do ano, isso gerava manhãs desconfortáveis. Conforme a estação avançasse, o frio ficaria brutal. Beth tentava reconfortá-la dizendo que traria cobertores e um aquecedor portátil, mas nada disso soava particularmente atraente para Sloan.

Haviam se passado três dias desde a coletiva de imprensa, desde o post no Reddit, desde que Sissy23 apareceu em seu radar. Sloan não estava nem um pouco mais próxima de encontrar respostas ou Sissy23. O post se provou digno de ir para a parede e elas o penduraram na mesma tarde, mas agora a página, descansando no canto da colagem e cintilando com fita adesiva nova e brilhosa, não a fascinava do mesmo jeito. Não era suficiente.

Em vez do orgulho resultante de "vencer" e ter sua sugestão escolhida como a melhor e mais interessante... o papel parecia provocá-la de seu lugar na parede. A situação ficou tão ruim que Sloan chegou a *escolher* ficar em casa na última noite — sozinha, ainda por cima. Sua mãe enxergou isso como um sinal de maturidade; de que, para variar, não precisariam discutir horários de chegada ou se Sloan tinha ou não permissão de dormir na casa de Cherry. Mas, na verdade, era só um sinal de que Sloan precisava entender de vez que droga estava acontecendo em sua vida, e rápido. Vinha obcecada com a ideia de que alguém em algum lugar — Sissy23, para ser mais exata — sabia mais do que ela. Estava incomodada por Cherry tê-la distraído, dias atrás, quando o assunto ainda era novidade.

Estava incomodada que Cherry tivesse mencionado o coelhinho e então voltado atrás. Tão incomodada que decidira enfrentar seus pesadelos sozinha na última noite.

Quando sua mãe a acordou de manhã com a oferta de uma sessão extra com Beth, Sloan aceitou imediatamente. Não é que quisesse se encontrar com Beth em si, mas considerando que grande parte de sua vida no momento era um ponto de interrogação — de seus pais biológicos até o que deveria fazer de sua vida agora, no *depois* —, Sloan quis tentar de novo a sorte com a única porta que ela *sabia* ter a chave para destrancar... desde que fosse capaz de encontrá-la.

As memórias do que aconteceram naquela noite podiam estar bloqueadas, mas ainda estavam ali. Ela estivera acordada e consciente, capaz de correr e de se esconder. Ela possuía as respostas de que precisava — bem, algumas delas — em algum lugar. Já estava na hora delas saírem de seus esconderijos.

Era nisso em que tentava se concentrar enquanto Beth se movia pelo cômodo para pegar seu material de trabalho: música tranquilizante, o aquecedor portátil, um metrônomo e o difusor de aroma de lavanda que fazia o nariz de Sloan coçar.

— Podemos começar? — perguntou Beth por fim, e sentou-se em seu lugar.

— Estou pronta, como sempre. — Sloan ficou em dúvida entre a cadeira e o divã, antes de acabar se decidindo pelo divã. Não se importava que fosse clichê: era um *ótimo* divã. A única parte boa dessa experiência era poder se deitar nele.

O sofá da casa de Sloan era duro e impiedoso. Do tipo que as pessoas só usam quando se tem visita. Ela tentou não pensar muito no que significava usar sua hipnoterapeuta só para ter um lugar confortável para se sentar.

— Tudo bem, Sloan. Eu quero que você se deite e siga o som da minha voz. Siga o som até as profundezas da...

Sloan não sabia dizer quando parou de perceber o divã sob o próprio corpo e começou a sentir a madeira áspera do piso da cabine. Só sabia que em um segundo ela estava lá no consultório e, no outro, aqui, no passado, revivendo todo o momento de novo.

Mas não, não era bem assim.

Relembrando tudo de novo. Era, como diziam em sua série de ficção científica favorita, um ponto fixo no tempo. Ela podia observar, mas não manipular. Ela não podia mudar nada. Mas não tinha problema, era até melhor assim, pensou: existir sem a responsabilidade adicional de lutar por sobrevivência. Spoiler: ela já tinha sobrevivido. Agora só precisava se lembrar de como havia feito isso.

Sloan sorriu e passou a mão pelo pinho áspero.

Que comece o show.

Ela estalou o pescoço e os dedos, então se apressou para a janela do quarto a tempo de ouvir o primeiro grito.

Sloan percebeu que estava adiantada. O primeiro grito sempre acontecia quando ela estava na pia em todas as vezes que vira a cena se repetir. Ela imaginou se seria possível adian-

tar memórias ou se ela simplesmente estivera enganada antes. Será que ela estivera na pia ou na janela da primeira vez, na vida real? A memória sempre havia começado na pia, sim, mas de algum modo a janela parecia certa, mais adequada. Como se a imagem e o áudio de um vídeo não estivessem pareados e então, de repente, ele carregasse e tudo entrasse em sincronia.

Era como se — Sloan percebeu com um sobressalto — ela mesma fosse um vídeo carregando e então subitamente se corrigindo. O grito ocorrera quando ela estava na janela. Sempre foi assim. Ela tinha certeza agora.

Mas então o que vinha depois do grito? Ela correu para abrir a janela, surpresa que dessa vez ela cedeu.

Esta memória estava diferente.

Sloan se agachou e espiou o lado de fora. Só havia o breu... e então mais um grito. Sim, era a janelinha do banheiro a que estivera emperrada, e não a do quarto, Sloan se lembrou. Ela nem tinha tentado abrir a do quarto. Vira pela fresta as luzes piscando e os corpos estirados, então caíra de joelhos. Não. Ela tinha corrido. Correra direto para a porta.

Mas o que vinha depois?

Uma sombra.

Ela havia visto uma sombra pelo vidro ao lado da porta e tinha se jogado no chão. Uma lasca de madeira se encravara em seus joelhos e Sloan precisou tapar a própria boca com firmeza para se impedir de gritar.

O que quer que estivesse acontecendo, quem quer que fosse o monstro a fazer seus amigos gritarem, estava bem ali, do outro lado da parede.

Ele tinha ido atrás dela.

Sloan se ajoelhou e esperou. Lágrimas pinicavam em seus olhos conforme o piso de madeira áspera rasgava seus joelhos.

Ela os observou sangrar em minúsculos filetes enquanto aguardava, tentando acalmar sua respiração, tentando parar de respirar. Alguém havia subido os degraus que davam para a sua cabine, fazendo-os guinchar e gemer conforme se aproximava.

— Edward! — chamou uma voz ao lado de sua cabine. Uma voz masculina? Ela não tinha certeza. Sloan deu um pulo e então voltou a se encolher, seu fôlego escapando em expirações arrastadas e silenciosas. Agora havia dois monstros em sua porta.

— Essa não. Essa aqui é minha.

Soava como se os dois estivessem em cima de Sloan. Lá dentro com ela. Em sua cabeça. Ela ia morrer.

Espera.

Não.

Isso não estava certo. Não era real. Era só um devaneio, uma alucinação, um sonho macabro da hipnose. Precisava ser. Porque a alternativa — ela ter voltado para aquele lugar, isso estar acontecendo em tempo real — seria insuportável.

Sloan disse a si mesma que estava em segurança. Que tudo o que havia acontecido ficou no passado. O pior não estava por vir; já acontecera há três meses, junto com sangue no cabelo e o som de música grunge dos anos 1990.

Isso, aqui, agora? Era um eco.

Sloan fez força para se levantar, o chão áspero e firme sob seus pés. Olha de novo, insistiu à sua mente. Rebobina.

— Essa não. Essa aqui é minha.

De novo. Volta.

— Essa não. Essa aqui é minha.

A voz repetiu sem parar enquanto Sloan se aproximava um passo por vez da janela.

Não era uma voz masculina. De jeito nenhum. Ela passou a conhecer essa voz tão bem quanto a própria. Era tão familiar quanto o perfume de sua mãe, e se Sloan conseguisse alcançar a janela, se pudesse apenas olhar para o lado de fora e ver com os próprios olhos... Porque não era para essa voz estar ali.

Não era para estar falando com o monstro mascarado.

Nada disso fazia sentido.

— Essa não. Essa aqui é minha — repetiu a voz, cada sílaba era uma facada no crânio de Sloan, fazendo o cômodo girar.

— Sloan! — As mãos de Beth a sacudiram, primeiro com delicadeza e depois com mais força.

Sloan piscou até voltar para o mundo real com um berro. Sua garganta ardia quando olhou para cima e encarou o rosto assustado da hipnoterapeuta.

— Você estava gritando — disse Beth, sua voz abalada. — Precisei encerrar a sessão. O que houve? Para onde você foi dessa vez? Temos que examinar isso antes que você se esqueça.

— Como assim? — balbuciou Sloan, buscando então pelo copo de água gelada na mesinha ao seu lado.

Beth se inclinou para trás, nitidamente aliviada por Sloan estar falando.

— O reprocessamento ia bem. Você estava sendo muito corajosa e usava todas as ferramentas com que vínhamos praticando. Foi um momento de epifania. — Beth suspirou. — Até não ser mais. Você se lembra?

Sloan assentiu, embora desejasse que não fosse verdade. Desejava que isso continuasse enterrado.

— Que bom, que bom. Vai nos ajudar na próxima vez. Só precisamos descobrir para onde você foi.

— Por que você vive dizendo isso? — contestou Sloan entredentes, irritada com tudo: o som da voz de Beth, o tecido áspero da própria blusa, a frieza do ar, o zumbido do aquecedor portátil no canto. Era muito para suportar. Sloan queria ir embora. Queria saltar para dentro da velha picape que certamente estaria esperando por ela do lado de fora e se enroscar até se sentir segura, aquecida, contente e voltar a se esquecer de tudo o que havia acabado de lembrar.

— Sloan — disse Beth calmamente, e a garota abriu novamente os olhos para encará-la. — Nós acabamos de chegar ao que gosto de chamar de momento epifânico: quando o paciente já carregou o suficiente de sua consciência para a obscuridade a ponto de ser capaz de experimentar suas memórias sem medo. Você conseguiu se distanciar completamente; e é assim que chegaremos ao seu verdadeiro processo de cura. Mas…

— Mas o quê?

— Mas aí seu rosto ficou vazio. Você parou de responder aos meus sinais. Era como se não estivesse mais lá. Em todo o meu tempo de prática, nunca vi alguém ficar tão inacessível. E então você começou a gritar.

Ah, pensou Sloan, *isso explica a garganta dolorida*.

— Você não pode fazer isso — disse Beth, como se Sloan de alguma forma tivesse feito de propósito. — Não pode sair por aí explorando as coisas sem me levar junto. Não é seguro.

Sloan se irritou com a ideia de não estar em segurança dentro da própria cabeça, em suas próprias memórias. Mas, levando em conta o que tinha acabado de experienciar, talvez Beth estivesse certa.

— Desculpa — resmungou, embora sequer soubesse como havia feito isso para começo de conversa. — Mas eu não fui a lugar nenhum. Eu só olhei pela janela e…

— Está tudo bem — disse Beth, e deu um leve sorriso. — Não tem problema. Só preciso que você me diga o que vivenciou depois que parou de falar. Você se levantou e disse "espera" e então "de novo", e depois disso ficou fora do ar até os gritos começarem. Qualquer coisa de que você se lembre pode nos ajudar a voltar lá e continuar a trabalhar neste processo; em segurança, dessa vez. Então me permita acompanhá-la passo a passo. Você ralou os joelhos no chão. Tapou a própria boca com a mão. Você percebeu que era uma memória. Então se levantou. E aí, o que aconteceu? Você se lembra do que vem depois?

Essa não. Essa aqui é minha.

As mãos de Sloan se apertaram com força ao redor de seu copo conforme as palavras atravessavam sua mente.

— Eu tenho que ir.

— Sloan, espera — disse Beth quando ela pulou de seu assento. — Nós precisamos…

— Eu não me lembro de nada — mentiu Sloan. A garota pegou o casaco ao lado da porta e se apressou para a saída. Quase tropeçou duas vezes ao descer em disparada os degraus em frente ao prédio. Sob o sol fraco de outono, ela respirou profundamente, ansiosa, conforme corria para a picape e para Cherry, parada bem ao lado do veículo.

— Olha ela aí. — Cherry sorriu e deixou a porta aberta como de costume. — Agora que acabou, essa aqui é minha.

— Quê? — Os olhos de Sloan se esbugalharam e ela empurrou Cherry para longe. — O que foi que você acabou de dizer?

— Meu Deus. — O sorriso de Cherry murchou quando ela diminuiu novamente a distância entre elas. — Você tá bem? O que aquela mulher fez com você lá dentro?

— O que foi que você acabou de dizer? — gritou Sloan.

Cherry estreitou os olhos.

— Eu disse: "Agora que acabou, você é toda minha." O almoço ainda está de pé, certo? Era só disso que eu estava falando. Mas se você não quiser, nós podemos...

— Não — disse Sloan. Ela sacudiu a cabeça como se pudesse expulsar o som daquela voz de sua memória. — Não, eu quero. É claro que quero. No Red Front?

Cherry a puxou para um abraço e beijou o topo de sua cabeça.

— A melhor batata frita da cidade, não é?

— É — disse Sloan, então se moveu até seu lugar no assento. Suas mãos tremiam quando travou o cinto de segurança. *Essa aqui é minha.*

Não era a voz de Cherry a que ela ouvira do lado de fora da cabine em suas memórias, disse a si mesma. Não podia ser. Cherry tinha aparecido depois daquilo, depois que a gritaria havia cessado. Não tinha? Não tinha?!

— Pronta? — Cherry lançou a Sloan um último olhar confuso antes de passar a marcha do carro.

— Aham — disse ela, e, aliás, sua garganta ardia.

Treze

Eu sou uma namorada horrível. Foi o primeiro pensamento a atravessar a mente de Sloan quando ela abriu os olhos na manhã seguinte, seguido rapidamente por: *Mas e se eu estiver certa?* Não, isso era maluquice. Doideira total.

De jeito nenhum ela tinha escutado Cherry conversar com A Raposa naquela noite, e de jeito nenhum mesmo ela se esqueceria disso caso tivesse escutado. Sloan precisava se recompor. Precisava parar com isso.

A menos que...

Que saco, estava cedo demais para pensar nessas coisas. Ela jogou os cobertores para longe e enterrou os pés em seus chinelos. Era uma das raras ocasiões em que ela dormia em casa, e ainda mais rara pelo fato de que Cherry havia saído bem cedo. Magda precisava da ajuda dela para arrumar uma "nova instalação", então Cherry havia saído de fininho pela janela de Sloan após um longo beijo por volta das seis da manhã. Os pais de Sloan tinham ido trabalhar e Simon com certeza estava na escola como a criança perfeita que era.

Sloan olhou de relance para sua carta de admissão na NYU, a Universidade de Nova York — impressa e orgulhosamente pendurada na geladeira sob um ímã que ela tinha confeccionado na pré-escola —, e a arrancou dali. A *outra* Sloan, a que tinha ficado tão empolgada por ser aceita em sua primeira opção de faculdade (na sua super-ultra-mega faculdade dos sonhos, pra falar a verdade), a Sloan de *antes*, que havia sentido como se os sonhos estivessem a um metro de distância, apenas aguardando o momento em que conseguiria alcançá-los, parecia estar muito longe agora.

Ela pegou o suco de laranja na geladeira e bebeu direto da garrafa enquanto caminhava até a gaveta de tralhas da cozinha. Ali, sob uma porção de baterias com cargas duvidosas, uma trena e alguns alfinetes soltos, jazia uma pasta cheia de menus de entrega em domicílio — bastante obsoletos desde a criação dos smartphones, mas o pai de Sloan ainda os guardava de maneira compulsiva, provavelmente uma memória muscular de quando era mais jovem. Ninguém tocava naquela pasta, e era exatamente por isso que Sloan a queria.

Porque foi ali, entre um cardápio gorduroso do Golden Wok e um panfleto amassado da Domino's — com cupons que haviam expirado no começo dos anos 2010 —, que ela escondeu sua carta da NYU. Oficialmente obsoleta.

É claro, ela tinha adiado a matrícula só por um ano, mas aquela garota — a que queria estudar serviço social e salvar o mundo — não existia mais. Sumira em uma realidade alternativa onde poderia ser uma caloura se embebedando nos dormitórios. Mas esta Sloan, a Sloan desta realidade, estava ocupada demais se perguntando se a namorada era secretamente uma assassina violenta — *e se isso realmente estragaria as coisas entre elas* — para perder tempo pensando em algo sem sentido como faculdade.

Sloan tinha coisa melhor para fazer hoje. Algo que ela esperava acalmar aquela história de "A voz que ela escutara do lado de fora da cabine naquela noite era ou não de Cherry?".

Ela levou consigo a garrafa de suco de laranja escada acima e respirou fundo. Tudo estava silencioso, para variar. Apenas o som de sua respiração e o zumbido do aquecedor em funcionamento. Ela se deleitou com a quietude da casa enquanto abria o notebook. O site se autocompletou antes que ela sequer terminasse de escrever a primeira palavra. Foi descendo o feed até encontrar o post de Sissy23.

Mas estava diferente dessa vez. Havia informações de contato em destaque. Sissy23 tinha linkado isso ao seu post em algum momento entre a descoberta de Sloan e agora. A garota ficou surpresa. Havia imaginado que a mulher, se realmente fosse quem dizia ser, iria querer privacidade. Os repórteres com certeza a considerariam uma mina de ouro, tanto quanto consideravam Sloan. Mas era aquilo: todo mundo tinha um pouco de sorte de vez em quando; mesmo que essa sorte viesse na forma de um hyperlink para o e-mail da irmã do homem que matou seus amigos e então tentou matar você.

Se os padrões de Sloan eram baixos? Sim. Ficou muito óbvio?

Ela clicou no link e então encarou a página em branco por aproximadamente uma eternidade. Não sabia como começar. "Prezada Sissy23" soava esquisito. "Prezada irmã da Raposa"? "Prezada irmã de Edward Cunningham"? Ou quem sabe Sloan devesse cruzar os dedos e torcer para que ela não tivesse se casado e trocado de sobrenome, arriscando-se com um "Sra. Cunningham".

No fim das contas, acabou se decidindo por... olá. Apenas olá.

Olá,

Meu nome é Sloan Thomas. Você provavelmente sabe quem eu sou, mas, por via das dúvidas: sou uma das sobreviventes daquela noite. Eu provavelmente não devia estar te mandando este e-mail. Tenho certeza de que nem o meu advogado nem o do seu irmão (ou o seu, caso você tenha um) gostariam disso. Mas eu vi esse post e, se você realmente for a irmã dele, quero saber mais. Eu quero saber o que for possível. Principalmente o que quer que você saiba sobre aquela noite e como os assassinos foram parar lá.

Eu também quero saber: por que eu? Por que aquilo precisava acontecer onde eu estava? Mas também: Por que não morri? Você sabe? Porque a real é que nem meus terapeutas, nem meus médicos ou meus pais fazem ideia. É engraçado como nossos pais nos alertam sobre os perigos da internet, mas não sobre os perigos de uma cabine no meio do mato. Haha.

Aquela noite é um vazio em minha vida e eu torço para que você possa me ajudar a preenchê-lo. Se estiver disposta a me conhecer, por favor, traga provas de ser quem você diz ser, e eu farei o mesmo.

E se você não for quem alega ser, por favor, ignore este e-mail. Se você o levar para algum veículo de notícias ou tentar vendê-lo, eu vou abrir caminho entre os repórteres acampados no meu quintal e negar tudo, constrangendo você na frente do mundo todo. Eu tenho fãs agora. Esquisito, né? Vítimas e sobreviventes de chacinas — cacete, até assassinos como o seu irmão — ganham fãs. E eles podem ser mais fervorosos do que os fãs da Taylor Swift quando aquele cara aleatório que ninguém nem conhecia disse que ela não escrevia as próprias músicas. Então, em resumo: se você não me sacanear, eu não vou sacanear você. Posso te encontrar em qualquer dia e qualquer hora.

Por favor, responda.

Grata,
Sloan A. Thomas

Quando Sloan apertou o botão de enviar, ela estava esperando se sentir ansiosa, na pior das hipóteses, ou empolgada, na melhor. Em vez disso, não sentiu nada.

Ficou apática por cinco minutos, o que a preocupou consideravelmente.

Ficou apática até o exato momento em que seu computador apitou com a chegada de um novo e-mail. É lógico, podia ser só spam. Uma propaganda da Nike ou do restaurante de comida japonesa que ela costumava amar e no qual tinha se inscrito na lista de e-mails por um desconto permanente em todas as entregas. O cartão do restaurante ainda estava no fundo de sua bolsa, embora ela não tenha pisado lá desde junho e provavelmente nunca mais vá pisar. (As facas eram imensas; a carne crua, muito perturbadora.)

Mas, de alguma maneira, ela sabia, mesmo sem conferir, que quando ela clicasse em sua caixa de entrada, o nome que apareceria seria o de Sissy23. Ela podia sentir, da mesma forma que sentira a lasca de madeira cravar-se em seus joelhos naquela noite.

Sloan deslizou os dedos pelo touchpad e estreitou os olhos quando a tela se iluminou. Lá estava, bem no topo, em letras pretas garrafais.

De: Sissy23
Re: é você?

Sloan inspirou profundamente pela boca diversas vezes, então executou um exercício de prevenção a ataques de pânico por alguns minutos, uma cortesia da terapeuta do hospital: "algo que você vê" (o e-mail), "escuta" (o próprio sangue pulsando em seus ouvidos) "e sente o cheiro". (Dá para sentir o cheiro do medo? Se não, desinfetante de carpete, ela chutou.)

Sloan esperou até se sentir suficientemente estabilizada para abrir a resposta. Não podia se dar ao luxo de deixar seus pensamentos virarem uma espiral de torpor. Não quando tentava limpar a barra de Cherry. Foi assim que Sloan se pegou pensando na situação esta manhã: *limpar a barra de Cherry*, como se sua namorada fosse ré ou a suspeita de um crime, ao invés de sua parceira. Ao invés de o amor de sua vida. Ao invés de sua alma gêmea.

O e-mail de Sissy23 era breve e sem rodeios.

Sloan,
Posso t encontrar amanhã. Onde?

Sloan encarou a tela. Sequer sabia onde essa mulher estava. Até onde Sloan sabia, Sissy23 podia estar do outro lado do país. Ficou tentada a concordar em se encontrar com ela em qualquer lugar — no fim da rua, a dois estados de distância ou até na Lua —, mas a realidade é que ela não tinha carro e nem tempo para viajar, graças ao toque de recolher imposto pela mãe.

Talvez pudesse pegar o carro dela emprestado. *Talvez.* Mas aí Allison ia querer saber o que a filha estava fazendo, para onde ia e com quem, então isso não tinha como dar certo. Cherry com certeza a levaria para qualquer lugar, mas isso seria contraproducente para os seus propósitos.

Sloan precisava que isso fosse um segredo, da mesma maneira que a caixa no armário de Cherry era um segredo. Ela alegremente compartilharia todas as suas descobertas com a namorada, assim que tivesse certeza de que ela não estava envolvida na história para começo de conversa.

O estômago de Sloan se revirou com esse pensamento.

Mas ela tinha que se certificar. O que significava que ela precisaria de uma carona.

Sloan clicou em suas mensagens de texto com um suspiro pesado e foi descendo até sua conversa com Connor. Ela não respondia suas mensagens havia semanas e não falou com ele nenhuma vez desde o dia no café, mas o nome do amigo ainda estava ali, na terceira colocação, logo abaixo de Cherry e sua mãe.

Ela espanou as teias de aranha metafóricas do chat e disparou de uma vez uma mensagem perguntando a Connor se ele estava a fim de fazer uma coisa com ela — só ela — no dia seguinte e dizendo que, se sim, era algo que precisava ser um segredo.

Connor respondeu de imediato com uma sequência de emojis de olhinhos seguida de: Claro que sim. Vou trocar de turno com a Rachel. Pode ser 1 da tarde? Tenho aula de manhã.

Sloan sorriu e então clicou de volta no e-mail onde a pergunta de Sissy permanecia em espera.

Sim, pensou, *uma da tarde era perfeito.*

Catorze

Dizer que a mãe de Sloan ficou aliviada ao ver o carro de Connor estacionar na frente de casa em vez do de Cherry seria, provavelmente, o eufemismo do século. E dizer que Cherry ficou extremamente confusa e um pouco desconfiada também não seria o suficiente.

Mas quando Sloan entrou no carro de Connor, fechou a porta e foi arrebatada pelo cheiro reconfortante de café e do aromatizante de espuma oceânica da Yankee Candle que Connor usava — e que evocou dez mil memórias de dias como esse em sua mente —, ela soube que havia tomado a decisão certa.

— Então — disse Connor —, qual é o plano?

Sloan não tinha entrado em detalhes com ele, apenas comentou que era algo importante e que contaria tudo pela manhã. Não era que ela estivesse preocupada com a ideia de alguém entreouvir ou descobrir o que pretendia fazer, mas que temia que ele desistisse de ajudá-la se soubesse dos detalhes da situação. Dizer "Quero que você me leve para conhecer a irmã do cara que tentou me assassinar." seria um baita de um pedido. Mas uma carona para visitar uma "amiga"? Nem tanto.

— A gente precisa se encontrar com uma pessoa em Jacobsville — disse Sloan, buscando quaisquer sinais de irritação na boca de Connor. Era uma viagem de quase uma hora e meia.

Connor apenas assentiu como se esperasse algo assim.

— Tô com o dinheiro da gasolina pra isso, tá tranquilo — acrescentou Sloan apressadamente, tentando não pensar em como o pegou mais cedo do cofrinho, até que robusto, do seu irmão caçula. Ela devolveria tudo, havia dito a si mesma, só não sabia como.

— Não preciso do dinheiro — respondeu Connor, enquanto dava a ré na entrada da garagem de Sloan. — Vai ser legal sair em uma miniviagem com você em nome dos velhos tempos. Toma. — Ele jogou o próprio celular no colo de Sloan. — É só botar no GPS o endereço que a gente precisa ir. Acho que ainda tenho nesse telefone algumas das suas playlists do último verão, antes de… — Ele hesitou. — Você sabe.

Sloan analisou o rosto do amigo.

— Você pode falar.

— Eu nem saberia o que dizer — confessou. — Sinto muito, se vale de alguma coisa. Queria que você não tivesse passado por aquilo.

Pelo que você sente muito? Você não fez nada. Nem está sendo sincero. Talvez você tenha pena de mim, mas não é a mesma coisa.

— Está tudo bem — respondeu Sloan, porque parecia a coisa certa a se dizer nessas circunstâncias. Ela mesma já havia falado frases similares centenas de vezes para pessoas que tinham vivido as próprias tragédias, grandes ou pequenas. Se pudesse voltar no tempo, Sloan teria engolido todos os seus "eu sinto muito".

— Não está, não — disse Connor. Ele olhou de relance para a garota enquanto bebericava seu café, mas ela fingiu não perceber. Não sabia como responder.

Em vez disso, digitou o endereço do pequeno restaurante que havia descoberto no Google. As avaliações eram horríveis e ela torcia para que isso significasse que estaria quase vazio quando chegasse lá. A última coisa que precisava era de alguém que a reconhecesse enquanto conversava com seja lá quem estava por trás da conta Sissy23. A imprensa iria à loucura. E Cherry? Bem, ela tampouco achava que sua namorada ficaria muito feliz ao descobrir desse jeito.

— Valeu — disse Sloan quando o silêncio se estendeu por tempo demais.

— Qual é, você sabe que não consigo dirigir sem música — falou Connor, a mudança de assunto perfeita.

Sloan não se lembrava da última vez em que escolhera a música do carro.

Cherry mantinha as seleções em uma dieta rígida de folk rock e coisas do tipo riot-grrrl retrô, e Sloan quase se esqueceu de que costumava ouvir estilos diferentes. Ao rolar pelas playlists na conta da Apple Music de Connor, ela encontrou uma que havia sido criada só uma semana antes dela viajar para o acampamento de férias. Era estranho se deparar com as próprias escolhas ali, alinhadas de forma organizada exatamente onde ela as colocara. Já fazia um longo, longo tempo que não chegava tão perto de rever seu antigo eu.

Quando deu play, sentiu como se estivesse vestindo seu pijama favorito após um dia cansativo. Era como voltar para casa. Era... aterrorizante.

136 JENNIFER DUGAN

— O que você acha da música nova dela? — perguntou Connor, fazendo um gesto com a cabeça na direção do rádio do carro, as caixas de som explodindo com o som da Doja Cat.

— É... ótima — disse ela, constrangida demais para admitir o quanto do seu mundo parou no dia em que entrara naquele ônibus para Money Springs. Sem nenhuma internet móvel ou Wi-Fi e com um chefe obcecado por monopolizar os alto-falantes do acampamento com Nirvana e Soundgarden o dia inteiro...

O sulco entre as sobrancelhas de Connor se aprofundou, a preocupação criando marcas de expressão em sua testa, exatamente como a mãe de Sloan sempre a advertia. "Isso vai te dar rugas", ela quase disse, imitando a frase que ouvira da mãe praticamente desde que nasceu.

Ele não pareceu se importar. Seus dedos se apertaram no volante quase imperceptivelmente, os lábios se curvaram para baixo. Música nova costumava ser um dos assuntos favoritos dos dois, principalmente quando era pop, e agora isso tinha só... sumido. Deletado. Algo irrelevante para ela.

Sloan se perguntou como ele reagiria.

— Ei, Siri — disse Connor, sua voz a pegando totalmente de surpresa. — Toca a música nova da Doja Cat. — Ele lançou um sorriso à amiga e voltou de novo a atenção para a estrada. — Desculpa, eu sei que ela não parou de tocar antes do lançamento, mas ainda não cansei dessa música. Só me deu muita vontade de ouvir de novo. Não escuto rádio o suficiente pra já ter ficado de saco cheio, sabe?

Sloan sorriu, grata pela evasiva que ele lhe oferecia. Connor provavelmente percebeu que ela ainda não a tinha ouvido, mas em vez de fazer um estardalhaço, apenas decidiu apresentar a música para a amiga. Connor sempre foi gentil assim.

— Sei — respondeu Sloan, mergulhando no ritmo. Tinha sentido falta disso. — Ela é muito boa.

— E aí, quer me contar o que a gente tá fazendo aqui? — perguntou Connor enquanto fazia uma baliza com seu jipe (bem, tecnicamente, do pai dele) na rua principal de Jacobsville.

Tinham feito um ótimo trabalho em se esquivar do assunto durante todo o percurso: Connor evitou pressioná-la demais e Sloan não se voluntariou a dizer nada que não fosse necessário. Acabaram optando por assuntos mais seguros, tipo como o cachorro dele estava e o fato de que Rachel tinha um novo gatinho e como era legal que seus irmãos caçulas frequentassem a mesma turma este ano. Sloan deu as melhores respostas que conseguiu: "Que bom que ele está bem" (havia esquecido que Connor tinha um cachorro); "Que fofo" (depois dos homens mascarados, Sloan estava farta de animais); e "Ah, que bacana" (ela não se cansava de esquecer que tinha um irmão). Connor conduziu a maior parte da conversa. Sloan não era capaz disso. Mas nenhum dos dois guardou ressentimento pelo outro por conta dessa situação.

Quanto mais longe iam, mais culpada Sloan se sentia. Tinha se esquecido do quanto Connor significava para ela. De como ele era importante. De que ele era uma pessoa real e não apenas um conceito abstrato de seu passado que se tornara obsoleto no instante em que o primeiro facão caiu sobre um crânio naquela noite sombria de verão.

Agora que tinha se lembrado, não queria puxá-lo para baixo junto com ela... mas se Connor ia perguntar diretamente assim, então não é como se Sloan tivesse saída.

Talvez "Nada de segredos, nada de mentiras" não se aplicasse apenas à relação que tinha com Cherry.

Connor se virou em seu banco, um joelho esbarrando no câmbio, e estudou o rosto dela. Pareceu preocupado com o que quer que tenha avistado ali.

— Beleza. Papo reto, Sloan — disse, lambendo os lábios.

— Eu estou com você.

Quando as pessoas lhe diziam isso, Sloan revirava os olhos. (E muita gente havia dito: inúmeros médicos, terapeutas e amigos bem-intencionados, incluindo o próprio garoto diante dela.) Mas havia algo de incrivelmente honesto na maneira como Connor falou essas palavras agora, com tanta sinceridade que quase chegava a machucar.

— Connor... — começou ela, mas o amigo ergueu a mão para interrompê-la.

— Não vou te pedir para falar nada que você não queira me dizer. O que eu perguntei foi se você *quer me contar*. Se não quiser, tranquilo também. Sei que é algo importante, algo muito grande, e provavelmente bastante íntimo. Do contrário, sua namorada ou sua mãe estariam aqui com você.

— É — disse Sloan, baixinho.

— A gente não costumava guardar segredos. Fãs dos Pôneis pra sempre, cara — disse ele, com um sorrisinho triste. Caramba, Sloan se lembrou de como eram obcecados por My Little Pony quando estavam no ensino fundamental. Connor esfregou a nuca. — Mas tive muito tempo para pensar nisso tudo, depois que você parou de me responder e tal.

— Connor, eu não...

— Não, não estou tentando fazer você se sentir culpada ou algo assim. Estou dizendo que sei que nunca vou realmente entender as coisas pelas quais você passou e que a nossa amizade mudou porque *você* mudou. E está tudo bem. Eu ainda te amo. É só isso que quero dizer. Se eu tiver que escolher entre nada da nossa antiga amizade e só umas migalhas dela quando você precisar escapar de todo mundo, eu sempre vou escolher as migalhas. Nenhuma pergunta, nenhum pedido de desculpas. Se você me disser que quer enfrentar seja lá o que está te esperando lá dentro sozinha — Connor fez um gesto com a cabeça em direção ao estabelecimento decrépito —, tranquilo também. Eu e a Doja Cat vamos te esperar aqui com alegria.

Sloan sorriu apesar da sensação incômoda de que não merecia esse nível de gentileza. Principalmente depois de o ter evitado por tanto tempo.

— Mas — continuou Connor, dando um peteleco na mão da amiga — se você disser que quer que eu te acompanhe… para dar apoio moral ou simplesmente para comer batatas fritas com queijo em silêncio… eu também estarei aqui pra isso. Você não tá sozinha. Você não precisa enfrentar o mundo inteiro por conta própria, mesmo que todos os seus instintos estejam te dizendo isso.

Sloan ameaçou falar, as palavras lhe escapando, mas Connor apenas esperou com uma expressão calorosa no rosto. Ela finalmente se decidiu por dizer:

— Você é bom demais pra mim.

— Não — disse ele. — Bem, talvez. Eu sou incrível e altruísta, pra não dizer adorável e charmoso e bem-educa…

A risada de Sloan o interrompeu.

— Nitidamente.

— Nitidamente — concordou Connor, se abanando. — E aí, você tá bem?

— Não.

— Tem alguma coisa que eu possa fazer?

Sloan sacudiu a cabeça.

— Acho que não — disse.

— A gente pode só ficar sentado aqui por um tempo, se você não estiver com pressa.

— Tá bom. — Sloan apoiou a cabeça no encosto do assento. Estava quarenta minutos adiantada, de todo modo, tinha feito questão de sair mais cedo. Que mal faria ficar sentada ali por mais um tempinho?

Connor a imitou. Ele deslizou os óculos de sol para o topo da cabeça e fechou os olhos. Sloan pensaria que ele estava dormindo não fossem os dedos tamborilando alguma música na parte de baixo do volante.

Sloan o observou escancaradamente, agora que era seguro fazer isso. Ela absorveu aquela cena, como se ela fosse o solo e ele a chuva. Ou o sangue. Tinha visto muito dele banhando a terra também.

Meu Deus, o que ela estava fazendo?

Não podia se dar ao luxo de se distrair, nem mesmo com seu antigo melhor amigo. Ela estava a pouco mais de meia hora de se encontrar com uma pessoa que talvez pudesse finalmente lhe oferecer algumas respostas a respeito do que aconteceu, e ali estava Sloan: pensando em playlists e My Little Pony.

— Eu sei que você está surtando — disse Connor, sem abrir os olhos.

Sloan voltou a atenção para ele repentinamente.

— Não tô, não — mentiu.

— Tá bom, então — respondeu Connor, e isso a deixou irritada.

Lá estava aquele garoto bem-sucedido e perfeito, fingindo cochilar ao lado dela, com seu jipe bacana e sua vidinha impecável. Ele não fazia ideia — *nenhuma ideia!* — de como Sloan precisara lutar para seguir em frente após tudo o que havia acontecido. Talvez ela estivesse surtando, só um pouquinho, mas não tinha direito a isso?

Qualquer pessoa surtaria com algo assim, não é?

— Eu vou me encontrar com a irmã da Raposa aqui — vociferou, porque queria apavorá-lo para variar. Porque ele ficaria assustado; ela tinha certeza disso. Connor pensaria que isso era um erro. Cacete, a cada quilômetro acumulado no hodômetro, a própria Sloan se perguntava se isso não era um erro.

Um mal que devia ser esquecido em sua caixa; e teria sido, com facilidade. Contanto que Sloan estivesse disposta a parar de perseguir pistas, talvez fosse capaz de encontrar alguma paz. Talvez ela também conseguisse fingir cochilar com contentamento sob o sol do outono.

— A irmã de quem? Uma raposa? — perguntou Connor, confuso.

Ah, é mesmo, percebeu Sloan. Esse detalhe não havia sido liberado para a imprensa. Pelo menos, não por enquanto.

— Edward Cunningham — respondeu ela, e os olhos do amigo se arregalaram.

E, sim, lá estava: o pânico, o estresse, a preocupação. Pelo menos ela não precisava mais sentir tudo isso sozinha.

— Vou me encontrar com a irmã do Edward Cunningham aqui. Ela fez um post no Reddit e eu entrei em contato. Ela já havia pegado um voo do Alabama para cá e estava tentando visitar o irmão no presídio nos arredores de Money Springs quando recebeu a minha mensagem. O restaurante fica bem no meio do caminho entre Money Springs e a minha casa.

— Meu Deus, Sloan — disse Connor. Ele esfregou os olhos com as mãos. — Não é à toa que você não veio com a sua mãe.

— Pois é, isso nunca teria rolado.

Connor inclinou a cabeça, seus olhos já semicerrados antes mesmo das palavras deixarem sua boca.

— Mas por que você não veio com a Cherry?

Era *isso*? Era só isso o que ele queria saber? De todas as coisas em que podia se concentrar, ele havia escolhido este tópico? E não "Pelo amor de Deus, por que é que você vai se encontrar com a irmã do assassino?".

— Não importa. — Sloan se enervou.

— Justo. — Ele deu de ombros e deixou a cabeça se apoiar de volta no encosto. Até deslizou os óculos de sol de volta ao lugar para que ela não pudesse mais ver seus olhos.

— Não vai me perguntar por que vou me encontrar com ela?

Connor levantou os óculos só o bastante para fazer contato visual, seus olhos castanhos penetrantes cravados nos dela. E então os deixou cair de novo.

— Já te falei que não vou bisbilhotar. Não devia nem ter perguntado sobre a Cherry. Desculpa — disse. — Sem contar que já até sei por que você quer conversar com a irmã do cara. Acho que eu faria a mesma coisa.

— Faria mesmo?

— Faria, sim. Você quer ver o que está por trás do monstro que construiu em sua cabeça, né? Faz sentido.

Era isso o que Sloan estava fazendo? Desejava humanizá-lo de alguma maneira, remover as presas do homem em seus pesadelos? Não, isso dizia respeito a Cherry. *Cherry*.

— Eu não trouxe a Cherry porque estou preocupada que ela tenha alguma coisa a ver com o crime.

A mandíbula de Connor trincou com força após aquela revelação, o que fez Sloan sorrir. Por essa ele não esperava, e agora que a verdade estava à tona, era óbvio que ele fazia força para não esboçar uma reação. Para permanecer firme e tranquilo, sem enchê-la de perguntas. Sloan decidiu dar uma colher de chá para ele.

— Eu não tenho certeza. Na verdade, não consigo me lembrar da maior parte daquela noite. Uma pessoa está me ajudando a recuperar as minhas memórias, mas elas estão todas misturadas. Tipo, tem uma caixa, ok? E... a Cherry disse que ela contém apenas coisas do pai dela, mas eu não sei. Havia uns objetos lá dentro que me lembraram daquela noite. Eu estou torcendo para que a irmã do assassino saiba se há qualquer conexão entre a Cherry e os homens no acampamento. Tipo, se ela poderia estar envolvida de alguma maneira. É por isso que eu não queria ela aqui.

— Ah — fez Connor, então tampou a boca. Sloan imaginava que sua promessa de não se meter ficava a cada minuto mais difícil de manter.

— Pois é. Então, numa escala de um a dez, quanto você se arrepende de ter me trazido aqui?

Connor segurou o queixo, fingindo estar pensativo.

— Menos cinco, talvez?

— Ah, não. — Sloan começou a explicar. — Dez é o pior. Um é o melhor.

— Eu sei, menos cinco. — Ele deu de ombros. — Se a sua namorada for mesmo uma psicopata assassina, melhor saber o quanto antes, né? — A voz dele soou firme e forte, seu sorriso exibiu uma covinha típica, mas o leve tremor em suas mãos revelava como ele se sentia de fato.

— Eu devia ter ficado quieta — falou Sloan, porque isso era demais. Confiar essa informação a outra pessoa era demais. Parecia ridículo, até mesmo para ela.

— Eu falei sério quando disse que estou com você — respondeu Connor. — Mesmo que a sua vida seja pura maluquice agora. Mas eu tenho uma pergunta. Se você não se importa em responder.

— Claro, manda ver. — Meio que era o mínimo que ela podia fazer.

— Eu *vou* ou não vou ganhar umas batatinhas fritas com queijo hoje, hein?

Quinze

Connor devorava suas batatas fritas com queijo ao lado de Sloan enquanto ela observava o relógio sobre a porta. Era das antigas, do tipo que tiquetaqueava como o metrônomo do consultório de Beth, um som de ritmo constante independentemente do quão movimentado o lugar ficasse. O que, diga-se de passagem, nunca acontecia.

Sissy23 estava atrasada.

Já se passaram mais de vinte minutos. Sloan tinha a sensação desagradável de que ela não ia aparecer. Que amarelaria ou, pior, que sequer fosse a irmã de Edward Cunningham, que não passava de um fake aleatório na internet procurando por alguns segundos de fama.

— Vamos esperar mais dez minutos — disse Sloan. A perna de Connor, pressionada contra a dela, estava firme e quente. Era o que a impedia de surtar de vez, quer ele soubesse ou não. Sloan suspeitava que soubesse.

— Sem pressa — disse Connor. — Não tenho mais nenhum lugar pra ir hoje. E meu pai só vai precisar do carro amanhã.

— Eu tenho hora pra voltar pra casa.

— Ainda? — perguntou ele. — Bem, mas isso é só meia-
-noite. Ainda temos muito...

— Agora é às dez da noite, na verdade. — Sloan picotou
o guardanapo, constrangida.

— Seu horário de chegar em casa agora que você se formou e é legalmente uma adulta é mais cedo do que era quando a gente tinha dezesseis anos?

— Minha mãe não queria que eu continuasse indo pra
casa da Cherry de carro.

— Com razão, se ela for uma assassina violenta — provocou. — Mas a Cherry, tipo, não acabou se mudando pra cá?
Sempre que eu te vejo lá pela cidade, ela tá junto. Tirando
hoje e aquele outro dia no café, mas ela foi te buscar, então
meio ponto pra sua namorada, acho.

— Eu sou uma pessoa horrível por sequer suspeitar dela,
não sou? Não devia ter dito isso em voz alta. Jesus, por que
eu sou assim?

— Não sei. Quem sabe porque você passou por um trauma do caralho? Do tipo que fez seu próprio cérebro deletar
memórias só pra que você conseguisse lidar com a situação?

— Sloan? — disse uma voz desconhecida, e os olhos dos
dois jovens se voltaram rapidamente para a mulher que tinha
acabado de entrar pela porta. — Você é a Sloan, certo?

Ela se aproximou da mesa deles. Era mais velha do que
Edward aparentava ser, talvez por questão de décadas. O cabelo era branco, sua pele era enrugada e fina, quase translú-
cida, com exceção do rosado do blush aplicado com exagero
em suas bochechas. Vestia um longo sobretudo de inverno
com gorro emoldurado por pelos; um agasalho pesado para a
estação. Nos braços, carregava uma pasta e um livro.

AS ÚLTIMAS SOBREVIVENTES 147

Sloan pigarreou e se levantou ao lado da mesa.

— Sissy23?

— Sasha, por favor — disse a mulher, erguendo uma das mãos com as costas para cima.

Sloan não sabia se ela esperava que beijasse sua mão, a agarrasse ou algo assim, então simplesmente a cumprimentou com um aperto de mãos frouxo e um pouco estranho feito em um ângulo esquisito, até Sasha a puxar novamente. Elas se sentaram, ninguém disse uma palavra até a senhora quebrar o silêncio.

— E quem é o cavalheiro aqui conosco?

— Connor Young — falou ele. — E eu diria que é um prazer te conhecer, mas acho melhor a gente ver como vai ser essa conversa primeiro.

Sloan o cutucou por baixo da mesa e ele voltou a comer suas batatas despreocupadamente. Tinha prometido que seria um observador silencioso. E um reforço, caso essa mulher provasse ser tão pirada quanto A Raposa.

Ela estava contente pelo amigo estar ali.

Sasha puxou sua habilitação e duas fotografias de dentro da pasta: Polaroids, assim como as que tinha encontrado na caixa de Cherry. Sloan não pôde deixar de perceber que havia outras enfiadas ali embaixo. Falariam delas quando fosse a hora, torcia Sloan. Por enquanto, concentrou-se nos itens que a mulher tinha deslizado em sua direção.

—Aqui está minha habilitação, com nome e sobrenome. Não cheguei a trocar quando me casei. O que foi ótimo, já que aquela relação durou tanto quanto uma banana podre. E aqui está uma foto do Edward comigo quando éramos crianças, e outra de nós dois de mais ou menos quinze anos atrás, antes de ele se juntar ao que mais tarde se tornaria o Morte

148 JENNIFER DUGAN

Hominus — disse Sasha. Sloan olhou para ela, confusa. — Você pediu para trazer provas.

— Certo. Valeu — respondeu. Precisava ficar mais esperta do que isso. Precisava se lembrar.

— Eu te pediria pra me oferecer provas também, mas vi seu rosto nos noticiários o suficiente para saber que é você. Mas cadê a outra? Havia duas de vocês.

— Cherry não pôde vir.

Sasha franziu a testa e guardou as fotografias.

— Imagino que você tenha perguntas sobre o meu irmão e sobre o Morte Hominus. Garçonete.

Ela fez sinal para que a garota se aproximasse e a olhou de cima a baixo.

— Café, puro. O que vocês têm aqui que não seja fritura?

— T-torrada? — respondeu a jovem garçonete, claramente intimidada pela mulher diante dela.

— Torrada — disse Sasha, lentamente. — Entendi. Café puro, então, e… torrada.

— É pra já, senhora — disse a garçonete antes de escapulir para os fundos do restaurante.

Connor pressionou a perna com mais firmeza contra a de Sloan, sem levantar os olhos de suas batatas fritas. Aquele calor constante dele era como um farol a guiando de volta ao presente sempre que se perdia em pensamentos.

— Como eu dizia, você tem perguntas. Com sorte, talvez eu tenha algumas respostas.

— Eu… O que você sabe? — questionou Sloan. — Eu quero saber tudo. Por que nós, por que lá, por que alguém faria aquilo com qualquer pessoa? Por que ele ainda está vivo? Por que não havia ninguém de olho nessa seita?

— Não é uma seita. — Sasha ergueu um dedo. — Edward sempre o chamava de "baleal".

— Baleal?

— Sim, sabe, tipo quando um grupo de baleias viajam juntas. Eles gostavam de usar termos do mundo animal, pois não consideravam os humanos mais importantes do que qualquer outra criatura na Terra. Você acha estranho quão desconectados nós somos da natureza? Porque ele achava. Sempre ficava incomodado por "ninguém dizer que somos um rebanho de pessoas, embora a raça humana tenha menos juízo que uma manada de gnus ou uma matilha de chacais".

Sloan engoliu em seco, o que pelo visto Sasha tomou como um sinal para prosseguir.

— Enfim, eu duvido que você se importe com isso. Você está aqui para vilanizá-lo, certo? Você não quer ouvir como ele foi um menino doce e gentil que acabou se tornando um homem fácil de ludibriar. É o caso da maior parte deles, infelizmente.

Connor soltou uma risada seca, mas Sasha ergueu uma sobrancelha como se o desafiasse. Para seu mérito, Connor não foi o primeiro a desviar o olhar. Talvez fossem mesmo mais animalescos do que percebiam.

— Eu não sei o que quero — disse Sloan —, além da verdade. Se para descobri-la eu tiver que te ouvir dizer como era incrível o homem que colocou uma máscara de raposa e matou os meus amigos, eu aceito.

— Eles usaram as máscaras? — perguntou Sasha.

Sloan fez uma careta. Não devia contar essa parte para as pessoas e, no entanto, de algum modo ela não parava de fazer isso.

— Eles mesmos as entalhavam, sabe — continuou Sasha. — Era para representar seus animais favoritos ou aqueles com que se identificavam mais… algo nesse sentido. Edward se achava uma raposa: inteligente, ao seu ver, mas tímido. Ele acertou a segunda parte. Se estivesse certo a respeito da primeira, imagino que não estaria preso agora.

Sloan percebeu que a mulher não disse "ele não teria matado ninguém" ou "ele não teria se juntado a uma seita". Não, Sasha só parecia se preocupar que ele tivesse sido pego.

— Então era um lance de artesanato? — Sloan quase riu.

— Você brinca, mas foi assim que começou. Edward ficou muito empolgado quando encontrou eles na internet. Eu conferi as salas de chat. Sempre me senti responsável por ele… Nossos pais morreram quando éramos muito jovens. Eu tinha dezoito anos quando Edward estava com seis, então acho que acabei ocupando o papel de mãe para ele, ou pelo menos tentei. Dizem que crianças só precisam de um bom modelo a seguir, mas não era o caso do meu irmão. Edward queria que o mundo inteiro o amasse e, como você com certeza já percebeu, o mundo pode ser um lugar cruel e terrível. Quando me contou que ia se juntar ao baleal, fiquei desconfiada. Mas ele era adulto, e quem era eu para impedi-lo? Ele começou a se transformar depois que foi pra lá.

— Se transformar em um assassino? — bufou Connor.

— Não, ele se transformou em uma pessoa feliz e realizada. Era como se a parte que havia desaparecido quando nossos pais morreram tivesse voltado à vida. Edward e seus amigos faziam pequenas peças artesanais e as vendiam, viajando por aí para festivais de música e feiras de fazendeiros em suas vans convertidas em trailers. Fiquei cheia de ciúmes.

— Da seita? — disse Sloan. Não conseguiu evitar. Se tivesse que escutar mais um segundo desse lenga-lenga utópico, ia acabar vomitando toda a batata frita com queijo que tinha surrupiado de Connor.

— Como disse antes, não era assim no começo — advertiu Sasha. — Eles eram boas pessoas. Excêntricas, sim, mas inofensivas. Dedicavam a vida a reduzir seu impacto ambiental. Sobreviviam reaproveitando os materiais que encontravam e vivendo dos frutos da terra. Às vezes deixavam suas vans estacionadas por meses, usando apenas bicicletas para chegar aonde precisavam ir. Queriam salvar o mundo e espalhar a felicidade que sentiam.

Sloan estava incrédula.

— Isso eles fizeram com louvor, não foi? Aposto que foi a mais pura felicidade que sentiram quando meteram machados reaproveitados na cabeça dos meus amigos.

Ao seu lado, Connor quase se engasgou com as batatas.

— As coisas permaneceram assim por anos — disse Sasha, parecendo ter toda a intenção de ignorar a alfinetada. — E então o Marco apareceu.

— Marco?

— Sim, era um homem lindo italiano, muito atraente e carismático. Uma combinação perigosa para uma plateia tão desesperada por amor. As coisas começaram a mudar quase que imediatamente.

— Como?

— O baleal foi se isolando. Antes, o Edward aparecia para me visitar diversas vezes ao longo do ano. Conversávamos por telefone pelo menos uma vez por semana. Às vezes, eu até me arranjava em um hotel próximo de onde quer que estivessem acampando. Não tinha estômago para dormir na van, mas estar entre eles era divertido. Depois que o Marco assumiu o comando (se é que era esse o nome dele mesmo, porque, se quer saber, sempre achei seu sotaque meio forçado), as ligações do meu irmão pararam.

Sasha fez uma pausa antes de prosseguir:

— Recebi apenas uma carta dele, afirmando que não tinha mais nenhum interesse em manter uma relação com uma "capitalista que colocava o consumo acima da felicidade e que aceitava destruir o mundo no processo". Ele implorou que eu mudasse meu modo de viver e que me juntasse ao baleal. Deixou um endereço onde eu poderia encontrá-lo se aceitasse sua proposta em até três semanas. Depois disso, eles seguiriam em frente, *ele* seguiria em frente, sem mim. Desisti do meu futuro inteiro pra criar aquele garoto (não é como se eu pudesse ter arrastado uma criancinha pra faculdade comigo) e o Marco fez com que ele se voltasse contra mim em questão de meses.

A garçonete escolheu aquele momento para voltar com o café e um prato de torradas, que colocou sobre a mesa. Sasha bebeu um gole longo e rápido, como se precisasse deixar o restante da história descansar por um instante.

— O que você fez?

— Fui para o endereço na carta, é claro — disse ela enquanto pegava a torrada. — Tudo havia mudado. Eles não estavam mais preocupados em pintar cômodas velhas ou encontrar o próximo festival de música. Tudo agora girava em torno de recrutar mais pessoas para proteger a Terra.

— Mas como fariam isso? E o que tem a ver com cometer uma chacina na floresta?

— Como todo bom líder, Marco havia instilado medo no grupo. Preparava eles para um evento de extinção em escala mundial. Algo que traria "a escuridão", seja lá o que significava isso, e que de algum modo purificaria e restauraria o equilíbrio do planeta. Ao seu ver, há gente e poluição demais, e o Marco estava lá como um arauto do reinício global.

— Tipo o asteroide com os dinossauros? — perguntou Sloan.

— Algo assim. A palhaçada apocalíptica de sempre que os charlatões adoram.

— Certo, e aí?

— Eu tentei convencer o Edward a deixar o lugar comigo. O que eles... o que eles estavam fazendo não era certo. Marco tinha isolado e confundido todos eles. Tinha mudado as coisas devagar e deliberadamente. Quando o papo sobre assassinatos ritualísticos e restauração do equilíbrio começou, o grupo já tinha, você sabe, se comprometido com o processo, digamos assim. Edward se recusou a sair. Passei as duas semanas seguintes tentando convencer ele e mais alguns a deixarem o baleal. Ao mesmo tempo, eles tentavam me convencer a entrar. Finalmente, Marco me definiu como "pessoa hostil" e disse que eu não era mais bem-vinda. Um dia depois de eles terem me enxotado, tentei voltar para persuadir o Edward pela última vez, mas já tinham se mudado durante a noite. E foi isso.

— Você nunca mais viu seu irmão?

— Não, por quase seis anos. Não até eu precisar contratar um advogado para ele neste verão após o *incidente*. De vez em quando eu recebia uma carta pelo correio. Na verdade, não eram bem cartas; só fotografias. Algumas eram de nós dois quando éramos pequenos; outras mostravam a vida dele lá. Era como se não suportasse romper nossa conexão por completo. Eu torcia para que ele acabasse voltando um dia.

Sloan inclinou a cabeça.

— E quanto a Money Springs?

— Eu acho que aquilo foi algum tipo de ritual.

— Um ritual? — perguntou Sloan, incrédula. — E o que isso significa? O que você sabe a respeito dele?

— Não o bastante para impedir que acontecesse, obviamente. Se quer que eu seja sincera, nunca achei que algo fosse acontecer realmente. Era tão bizarro. — Sasha empurrou um livro gasto para ela do outro lado da mesa. — Antes de eu ir embora, peguei isso aqui.

— O que é? — Sloan sentiu medo de tocar naquilo.

— É... Imagino que considerem a Bíblia deles. Tem algumas informações que pensei que você pudesse achar úteis.

— E eles não perceberam que você roubou o livro?

— Tenho certeza de que Edward percebeu, mas por algum motivo deve ter decidido me proteger. Hoje não tenho dúvidas de que eu teria tido o mesmo destino de seus amigos se o Marco descobrisse que eu possuía uma cópia.

— Você leu?

Sasha balançou a cabeça em negação.

— Passei o olho, mas o material é pesado. Rituais e afins. Não queria essas coisas na minha cabeça. — Ela abriu a pasta e espalhou as fotos na mesa. — É assim que eu queria me lembrar dele. E não como seja lá o que estiver nesse livro.

— Então ficou por isso mesmo? — Connor se inclinou para a frente. — Você simplesmente enfiou na estante um plano de assassinar um monte de gente?

— De jeito nenhum. Eu levei o livro para a polícia. Fiz um registro de pessoa desaparecida para o meu irmão e usei isso como prova de que ele estava em perigo. Até tentei declará-lo legalmente incapaz, mas, quando os oficiais de justiça finalmente entraram em contato com Edward, tiveram a impressão de que ele estava bem. Ninguém se importou na época, e agora é tarde demais. De que me valeria entregar o livro para a polícia hoje? Só para escandalizá-los com as crenças do meu irmão? Só para que vazem tudo para a imprensa? Não. O estrago já está feito, e este livro é seu agora.

Sasha fez uma pausa antes de prosseguir:

— Eu não tenho as respostas para o que aconteceu naquela noite. Não posso explicar "por que você" nem "por que lá" nem nada do que você me perguntou em seu e-mail. Mas talvez — ela bateu os nós dos dedos na capa —, talvez este livro possa.

Sloan passou a mão pela capa azul desbotada. Era lisa, sequer havia uma etiqueta na frente, mas o couro gasto era macio sob seus dedos. Edward, ou quem quer que tenha sido seu proprietário antes dele, devia tê-lo lido um milhão de vezes.

Sloan não tinha percebido que estava tremendo até Connor pousar uma mão pesada sobre a dela.

— Acho melhor a gente ir — disse ele com delicadeza.

— Posso ficar com essas fotos? As do tempo dele com o grupo, pelo menos.

— Elas são tudo o que me restaram dele — disse Sasha, mas então pareceu pensar melhor. — Toma. — Ela arrancou uma do fundo da pilha. — Fica com essa aqui. É do Marco e de um outro membro do baleal com o Edward. Não quero mais ter essa energia ruim perto de mim.

Connor pegou a foto e a deslizou para dentro do livro, que cuidadosamente enfiou sob o braço. Ele se aproximou mais da amiga, de modo que ela pudesse se levantar. Foi o que Sloan fez, entorpecida, confusa e ainda tentando processar o que havia descoberto — e as possibilidades do que aprenderia quando abrisse o livro de Edward.

— Obrigada — balbuciou Sloan e deu um passo em direção à porta.

— Ah, ei — disse Connor. Ele deu pancadinhas na mesa até Sasha encontrar seus olhos. — E ele era o quê? Marco, quero dizer.

— Não entendi. — A testa de Sasha se enrugou.

— Edward era uma raposa, certo? O que Marco dizia ser?

— Um coelho — respondeu Sasha. — Marco era um coelho.

Dezesseis

— **Você está tremendo** — disse Connor quando eles já tinham voltado em segurança para a rodovia.

Ele havia escondido o livro sob seu casaco no banco detrás do jipe, depois de dizer a Sloan que ela precisava fazer uma pausa antes de conferi-lo. Sloan sentiu-se nauseada, tonta até, na caminhada de volta para o carro. A preocupação era óbvia no rosto de Connor. Mais tarde, quando Sloan se sentisse um pouco melhor, sabia que ficaria triste por conta dessa situação. Triste porque mais uma pessoa que a amava — que amava seu antigo eu — estava chateada e alarmada pela sombra que ela havia se tornado. Mas, por ora, Sloan precisava se concentrar e se acalmar.

Ela pressionou as mãos contra as coxas e ordenou que parassem de tremer.

— Eu tô bem — disse, mas Connor não pareceu se convencer.

— Você não tá bem, Sloan — falou ele. — Acho que ninguém estaria, na sua situação.

— É só essa coisa do Coelho — respondeu Sloan, como se isso explicasse tudo. — Sabe a caixa que eu mencionei na ida pro restaurante? A que a Cherry não quer que eu olhe? Tinha um coelho entalhado lá dentro.

O pomo de adão de Connor subiu e desceu lentamente quando ele arriscou um olhar na direção da amiga, como se precisasse degustar as palavras antes de dizê-las:

— Um monte de gente tem tralha de coelho em casa. Até a minha *mãe* tem dois coelhos de cerâmica bocós no rack da TV, lembra? Não sei se esse é o momento "eureca" que você acha ser.

— Talvez não seja — falou Sloan, com a voz fraca. — Mas também havia fotos na caixa, Polaroids, tipo as da Sasha. E elas pareciam familiares também, por algum motivo. Não sei. Não consigo parar de pensar nisso.

— Familiares como? Você passou por muita coisa, Sloan. Eu só…

— Você acha que eu estou enlouquecendo, não é? — Ela estudou o rosto de Connor. — Talvez eu *esteja* enlouquecendo mesmo. — Lágrimas quentes arderam em seus olhos.

— Você tem todo o direito de enlouquecer. É meio que esquisito pra caralho que você não tenha pirado. — Connor apertou o joelho dela, então o soltou para abrir o apoio de braço no console central. Ele tateou por um minuto, os olhos nunca deixando a estrada, então grunhiu alegremente quando atirou algo na direção dela. Um pacote macio de lenços caiu no colo de Sloan, todo estampado com flores de caxemira.

Ela o ergueu com dedos trêmulos.

— Valeu? — Sua voz saiu como uma pergunta.

— Tenho sempre um ou dois pacotes comigo, pro caso das alergias da Rachel atacarem.

— Eu tô bem — repetiu Sloan, apesar da gentileza dele ter evocado uma nova leva de lágrimas. — Ou quem sabe eu não esteja mesmo.

— Ei — disse Connor, com delicadeza. — Não vou fingir que entendo o que você está sentindo. E não vou dizer que está tudo bem não estar bem, ou qualquer uma daquelas baboseiras vazias que as pessoas dizem quando não conseguem pensar em nada melhor. Mas, nesse momento, você *está* segura.

— É — disse ela, deixando escapar uma risada lacrimejante.

— Se você realmente acha que a Cherry está envolvida em alguma coisa, só precisa me dar um segundinho pra pegar o meu taco de baseball no porta-malas; porque você tem minha espada e etecetera e tal. Mas se você achar que pode estar um pouquinho confusa… e eu vi como aquela coletiva de imprensa mexeu com você… então, em vez da minha espada, eu posso te oferecer meus ouvidos. Ou um abraço. Ou o que quer que você precise.

Sloan secou os olhos e assentiu. Não sabia se merecia a amizade de Connor depois de o ter afastado pelos últimos meses, mas agora que a tinha, torcia que assim permanecesse.

Ela pegou o celular de dentro da bolsa para avisar à mãe que chegaria em casa em cerca de uma hora. Não estava a fim de ainda por cima ficar de castigo por perder a janta, mas Allison apenas respondeu com um alegre: **Sem pressa!** ☺

Uma reação muito diferente da que teria se Sloan estivesse com Cherry, correndo o risco de faltar o tempo em família obrigatório.

Cherry.

Sloan clicou em suas outras mensagens. Tinha sido um dia estranhamente silencioso. Via de regra, Cherry mandava um monte de mensagens quando não estavam juntas. Sloan foi golpeada pelo pânico quando percebeu que não tinha recebido uma mensagem sequer da namorada.

Tinha ficado tão distraída com esta sua aventura, com esta "busca pela verdade" — como Connor havia colocado enquanto tomavam coragem no estacionamento —, que ela sequer percebeu. A dor incômoda em seu peito que surgia sempre que estava longe de Cherry tinha, pela primeira vez desde o incidente, se reduzido a um ruído de fundo. Mas agora rugia de volta à vida em retaliação.

Cherry sabia que a namorada passaria a tarde com Connor. Sloan tinha muito deliberadamente dito a ela para não se preocupar e que ligaria quando estivesse de volta. Mas "não se preocupa" não queria dizer que podia desaparecer por completo. Não queria dizer que podia sumir e deixar Sloan totalmente sozinha. De repente, ela não se importou mais se Cherry estava envolvida com os assassinatos ou não.

Todo mundo tinha coelhinhos em casa, até a mãe de Connor.

Ela precisava de Cherry. Cherry a mantinha segura. Cherry não tinha matado *Sloan*, o que devia significar pelo menos alguma coisa, certo?

— Sloan? — chamou Connor. Soava muito, muito preocupado, o que a estressou ainda mais.

Ela precisava de Cherry agora mesmo. Todo mundo amava coelhinhos. Quem não amava? Coincidências surgiam o tempo todo. "Quando alguém ouve o som de cascos galopantes, faz mais sentido concluir que são cavalos do que zebras", não era isso que seu pai adorava dizer? Sloan só estava confusa. Precisava estar. Ela...

— Me leva até a Cherry — disse.

Se Connor parecera preocupado antes, agora ele surtava completamente.

— A mesma garota que você acha que pode estar envolvida nessa história toda? Essa Cherry? Você não pode estar falando sério.

— Eu estou errada. Eu estava errada a respeito dela — disse Sloan, não porque achasse isso mesmo, mas porque precisava que fosse verdade. Tudo parecia ter virado de cabeça para baixo, uma confusão. Cherry era firme, firme, firme. Sloan precisava da firmeza dela. — Você estava certo, eu estou desorientada. Eu...

— Que tal se eu te levar para casa e aí nós dois ligarmos para a Cherry? Podemos passar um tempo todos nós juntos.

Sloan rangeu os dentes, a ansiedade crescendo em sua barriga.

— Me leva pra casa dela. Fica na Birch, no conjunto de apartamentos ao lado da loja de bebidas logo depois da segunda ferrovia.

— Não quero te deixar sozinha com ela se...

— Esqueça tudo o que eu falei, por favor. — Sloan agarrou o pulso do amigo. Imploraria se precisasse, mas torcia para que ele não a obrigasse a isso. Sua respiração já estava ofegante, saindo em um ritmo curto e inconstante. — Eu estava errada. Confusa. Certo? Até você tem coelhinhos... você mesmo disse isso.

Havia um terremoto em sua cabeça, fazendo seus pensamentos se chocarem uns com os outros e despencarem. Nada mais fazia sentido; nada mais importava, nada além de sua necessidade de estar com Cherry.

— Ok — disse Connor, em pânico.

Sloan segurava o pulso dele, os dedos se enterrando na pele do amigo. Não queria machucá-lo. Não tinha a intenção. Era só que, se o soltasse, talvez acabasse sendo levada embora pelo vento.

Por que é que ela havia achado que conseguiria fazer isso? Por que tinha pensado que podia arriscar virar de cabeça para baixo o próprio mundo, que já era desequilibrado? Não queria a verdade; não se importava com a verdade. Ela só queria sua bolha de segurança de volta. Beijos sob colagens, pais excêntricos e, porra, Sloan aceitaria de bom grado até uma partida de baseball de Simon agora.

— Eu vou ligar pra sua mãe — falou Connor, e Sloan apertou com mais força.

— Mas você disse… — Sloan se engasgou. — Você disse que me ajudaria com o que eu precisasse. Sem perguntas.

— Isso foi antes de você entrar em estado de alerta vermelho dentro do meu carro!

Ela não se deu ao trabalho de corrigi-lo. Ouvira um alerta vermelho durante sua internação no hospital. Naquela primeira noite, Anise tinha se agarrado à vida até o universo cortar quaisquer laços que a mantinham ali, um por um. Não conseguira aguentar nem até a chegada do transporte aeromédico. O estado de Sloan estava longe de ser um alerta vermelho. Pelo contrário, ela se sentia extremamente viva, de maneira excruciante e dolorosa.

— Eu nunca vou te perdoar — espumou ela.

— Sei que não é verdade — respondeu Connor e, para seu mérito, não puxou a mão de volta. — Você precisa se acalmar. Sloan, *por favor*.

Mas ela não conseguia se acalmar; era esse o problema. Se conseguisse, já teria se acalmado. O que ela precisava era de Cherry. Que as pessoas mantivessem os narizes em suas vidinhas perfeitas e chamassem seu relacionamento de tóxico e codependente. Ela não estava mais nem aí.

Sloan ergueu o celular até o rosto.

— Ligar para Cherry.

— Ligando para Cherry — repetiu Siri em sua vozinha de robô.

— Sloan?

O mero ato de ouvir a voz da namorada removeu parte do arame farpado rodeando o seu cérebro. Ela se afundou no banco com alívio. Connor esfregou o pulso recém-liberto e olhou para a passageira ao seu lado, franzindo os lábios.

— Eu preciso de você — sussurrou Sloan no telefone.

— Cadê você? — perguntou Cherry. A voz soou comedida, calma. — Não está em casa.

Sloan não se importava com como Cherry sabia disso. Não se importava se Cherry a estava monitorando por um aplicativo ou outro.

— Eu… — Ela olhou para o GPS. — Eu ainda estou a meia hora daí.

— Ok — disse Cherry. — Vou te encontrar na sua casa. Chego lá assim que você chegar. Só continua no telefone comigo, amor. A gente vai superar essa.

Os dedos de Connor se apertaram no volante, mas Sloan o ignorou. Tinha tudo de que precisava, ou quase. Tinha a voz, mas não o corpo; não o calor nem o cheiro nem a pele tão, tão macia. Mas teria, em breve.

Em breve.

* * *

— Que merda você fez com ela? — a voz de Cherry atravessou o breu da entrada para a garagem de Sloan.

A garota havia estacionado só um minuto depois de Connor; os pneus da picape chegaram a cantar com a parada brusca. Sloan gostou disso. Gostava que Cherry estivesse tão desesperada para encontrá-la quanto Sloan estava para estar com a namorada. Gostava que Cherry tivesse imediatamente saído em sua defesa.

Connor deixou o veículo com as mãos para cima, dando a volta para ajudar Sloan a sair.

— Nada. Nada! — insistiu ele, enquanto abria a porta do carona.

— Sai de perto dela, porra — disse Cherry.

Connor recuou um passo e ela se agachou diante da namorada. As luzes da varanda se acenderam. Eram fortes demais.

— Não, não, não — balbuciou Sloan, porque a última coisa de que precisava era que sua mãe aparecesse e se envolvesse nessa confusão. Sentia-se estúpida, errada, como se tivesse traído Cherry. E será que não tinha mesmo?

Insistência em excesso era um defeito de Sloan desde antes de tudo isso acontecer, e pelo visto era uma parte dela que permanecera igual, infelizmente. Se Cherry não queria compartilhar o que estava na caixa, ela não precisava. Não era por isso que Sloan tinha que se deixar levar pela imaginação.

— Shh, eu tô aqui. — Cherry a envolveu em seus braços. — Olha pra mim. — Sloan apenas se encurvou sobre si mesma, envergonhada. — Olha pra mim — repetiu Cherry, dessa vez com mais firmeza.

Com relutância, Sloan obedeceu. Não merecia ser confortada por ela, pensou, não depois de quebrar seu pacto de "nada de segredos, nada de mentiras". Não depois de considerar com seriedade a ideia de que Cherry pudesse estar envolvida com o massacre. E tudo por causa do quê? Uma caixa com as coisas antigas do pai dela?

— Me desculpa — disse ela, mesmo que não fosse o bastante; jamais seria, nunca poderia ser o bastante. — Me desculpa.

— Amor, não — disse Cherry. Ela empurrou um pouco de cabelo para fora do rosto da namorada e exibiu um sorriso preocupado. — Você não tem nada pra se desculpar.

— Tenho sim — respondeu com fraqueza, mas sua mente estava acelerada demais para reunir mais palavras. Para colocá-las na ordem correta. Para sequer fazer com que saíssem.

— A gente se preocupa com isso depois — falou Cherry, ajudando-a a sair do carro.

Deram alguns passos na direção da porta. Do lado de dentro, as cortinas já haviam sido afastadas e os rostos desapontados de Allison e Brad as encaravam da janela.

— Espera — disse Sloan, virando-se novamente para Connor. — O livro. Está no banco detrás.

— Vou ficar com ele por enquanto — respondeu o amigo, mordendo o lábio. — Você pode pegar quando estiver se sentindo melhor.

Cherry estreitou os olhos enquanto marchava na direção do garoto.

— Ela quer o livro agora.

— Eu realmente não acho que… — Mas Connor não conseguiu terminar a frase, porque Cherry já tinha aberto a porta detrás com um puxão e remexia nas coisas do banco.

Ela ressurgiu um instante depois, o livro gasto em suas mãos.

— É esse aqui? — perguntou, erguendo-o. Sloan assentiu. — Tem mais alguma coisa sua no carro? — Sloan sacudiu a cabeça. Parecendo satisfeita, Cherry fechou a porta do jipe com um pontapé. — Tchau — praticamente gritou ao passar por Connor.

— Espera, eu vou entrar. — Connor deu um passo à frente, mas Cherry esticou um braço para bloquear seu caminho.

— Acho que você já fez estrago o suficiente.

Antes que ele pudesse responder, a porta da frente se abriu e uma Allison com a expressão muito irritada saiu como um furacão.

— Sloan? Entre em casa.

A garota começou a caminhar, mas suas pernas estavam trêmulas. Talvez ela devesse se sentar. Mas antes que pudesse se decidir, Cherry apareceu ao seu lado, com um braço caloroso que a puxou para perto e a manteve firme.

— Tem certeza de que... — Connor perdeu o fio da meada, e Sloan ergueu uma mão em um aceno de adeus frouxo. Ele balançou a cabeça e, após um chute irritado em um pneu, voltou para o carro e deixou a entrada da garagem.

— Será que eu consigo te convencer a ir embora também? — disse Allison, com as mãos no quadril, quando as garotas alcançaram os degraus da varanda.

Cherry nem se esforçou para responder. Passou por Allison como se ela sequer existisse. Porque, no momento, Sloan percebeu, não existia mesmo.

A mão que segurava a dela era a única coisa real no mundo todo. O braço ao redor de seus ombros. O batimento cardíaco constante no corpo ao lado.

Dezessete

Sloan dormiu.

Foi um sono inquieto e extenuante, como se dormir fosse apenas mais uma promessa a ser quebrada em vez de algo de que ela precisava desesperadamente. A garota achava se lembrar de ter acordado algumas vezes. Em uma ocasião, estava gritando e os braços reconfortantes de Cherry a abraçaram até que parasse. Em outra, achou ter visto Cherry em sua escrivaninha, com um abajur inclinado muito perto das páginas do que quer que estava em suas mãos.

O resto foi um borrão de cobertores embolados e coisas de que ela não conseguia se lembrar bem, seus sonhos na ponta da língua, mas para sempre além de seu alcance. Sloan acordou cansada e irritável, a culpa queimando dentro dela como se marcada a ferro.

Era uma mentirosa.

Ela vasculhou a própria mente enquanto permanecia deitada, se perguntando por quanto tempo conseguiria fingir estar dormindo. Se perguntando quanto Cherry sabia sobre a noite anterior. O que Connor havia lhe contado? Tudo? Nada? A conversa inteira era uma confusão de luzes de varanda, rostos irritados e Sloan empacada, tentando lembrar-se de como respirar no meio daquilo.

Uma zona. Absoluta.

Sloan lentamente esticou uma perna para trás. Esperava esbarrar no corpo adormecido de Cherry — ela com certeza não estava pronta para encarar o corpo desperto da namorada —, mas encontrou lençóis frios em uma cama vazia.

Foi então que se levantou em um impulso e piscou com força contra a luz. Do outro lado do quarto, na escrivaninha, Cherry deixou escapar uma risada alarmada.

— Você me assustou. — Ela soltou o livro e cruzou o cômodo. — Que bom que você acordou. Senti sua falta.

Sloan fechou os olhos quando ela a beijou na testa. Esperava que Cherry estivesse furiosa, indignada, sentindo-se traída. Em vez disso, ela parecia... feliz?

— Você não está brava?

— Pelo quê? Por você ter saído com o seu amigo e tido um ataque de pânico? — perguntou Cherry calmamente. — Que namorada de merda você acha que eu sou?

Você não é, pensou Sloan. *Você é perfeita. Sou eu. Eu é que sou o monstro.*

— Você sabe onde eu estava? — perguntou Sloan, ainda desconfiada de que isso pudesse ser só mais um sonho.

Cherry olhou de relance para a escrivaninha.

— Imagino que num lugar horrível, pra você ter botado as mãos naquele livro — respondeu.

Então ela ainda não sabia.

Sim, lá estava Cherry, alegremente beijando a testa de Sloan, mas apenas porque não fazia ideia da cobra que sua

AS ÚLTIMAS SOBREVIVENTES 169

namorada era de fato... se esgueirando pelas suas costas e dizendo a Connor que achava que Cherry pudesse estar envolvida com o massacre. Isso não era um sonho. Era um pesadelo.

— Ei. — Cherry ergueu o queixo de Sloan para que seus olhos se encontrassem. — Seja lá em que você está pensando agora: tá tranquilo. Se eu adoro o fato de que você decidiu fazer *isso* sem mim? Não. Mas você me ligou, não foi? Quando as coisas ficaram difíceis e pesadas, você me ligou, né?

Sloan assentiu.

— É isso que importa — disse Cherry.

— Mas não é. Na verdade, não é. Eu... eu saí pra ver a Sasha.

Cherry olhou para ela com um rosto inexpressivo.

— É uma amiga da escola?

— Não, é... Você a conhece como Sissy23 do Reddit. Eu saí para me encontrar com ela em um restaurante a uma hora e meia daqui. — Sloan se obrigou a manter contato visual, embora quisesse agarrar o cobertor e puxá-lo novamente sobre sua cabeça. Desaparecer por completo.

— Ah.

Sloan não imaginaria ser possível que uma pessoa fosse capaz de inserir tanta emoção em um monossílabo de duas letras. Podia sentir a confusão, o desapontamento, os cantos da boca de Cherry sendo repuxados.

Não, não, volte a beijar minha testa, Sloan queria gritar. *Mesmo que eu não mereça esses beijos.* Porque o olhar magoado que Cherry lançou em sua direção cortou mais fundo do que a faca da Raposa jamais conseguiria.

— Me desculpa — disse Sloan.

— Já disse que tá tranquilo. — Cherry não soava sincera. — É só que...

— É só que o quê? — Sloan agarrou o pulso da namorada quando ela começou a se levantar, mas Cherry se soltou com facilidade.

— É só que… Por que você quis fazer isso com o Connor? Digo, é a minha vida também, não é? Se a ideia era conversar com entes queridos da Raposa, a gente não devia ter ido juntas? Tipo, porra, Sloan. Mesmo que você quisesse ir sozinha, devia ter me avisado antes. — Suas narinas se inflaram com um suspiro irritado. — Então foi a Sissy23 quem te deu esse livro? Desculpa, digo, *sua amigona Sasha?*

Exatamente, era este o despertar que Sloan havia esperado. Talvez ela tivesse adiado sua execução a princípio, mas o pelotão de fuzilamento havia finalmente chegado.

— E por que o Connor? Você gosta dele? Você tem conversado com ele? — perguntou Cherry.

Ah… Espera. Era esse o maior problema? Não que Sloan tivesse saído, mas com quem?

— Credo, não — respondeu Sloan, quase rindo de alívio. — Não, é claro que não. Ele é praticamente um irmão pra mim. Ou era. Essa não é a parte importante dessa história toda.

— Então qual é a parte importante? Por que nós não fomos juntas?

Sloan cutucou o tecido de seu edredom. Parecia tão bobo agora, à luz do dia, na presença de Cherry, com lábios que a haviam beijado e braços que a haviam tranquilizado, pensar que sua namorada pudesse estar envolvida naquilo. Pensar que pudesse haver mais coisa naquela caixa velha dentro do armário do que o apreço por coelhos de um ente querido já falecido.

— Beleza. Então não me conta. — Cherry afundou de volta na cadeira da escrivaninha. — Guardar segredos é uma coisa que a gente faz agora, pelo visto.

Ela soou infeliz, e o coração de Sloan doeu. Mas aí uma insinuaçãozinha de raiva comichou no lugar.

— Foi você quem começou.

A cabeça de Cherry se ergueu repentinamente.

— O quê?

— Foi, sim! — insistiu Sloan. — Quando eu tentei te perguntar sobre aquela caixa.

— A com as coisas do meu pai? — Ela pontuou cada palavra com um tom amargo. — Ah, vê se me dá um tempo. Só porque eu não quis conversar com você sobre o meu pai morto por uma porra de segundo você decide fugir com um cara aleatório pelas minhas costas pra conversar com uma assassina?

— Ela não é a assassina — disse Sloan, mesmo que aquilo já fosse outra história.

— Mas você não sabe disso, sabe? Só porque ela fez um post dando a entender que era só uma observadora distante da seita, isso não significa que era verdade.

Ah. A ideia atordoou Sloan. Não tinha considerado essa possibilidade. Será que ela havia simplesmente arriscado a própria vida e a de Connor também?

— Não cheguei a pensar assim — falou finalmente, a vergonha ardendo em sua barriga como ferro em brasa.

— Sloan, o que tá rolando de verdade?

Sloan mordeu o lábio. O que poderia dizer? Que havia duvidado de Cherry de maneira tão absurda que a ideia de fazer um lanchinho com seu antigo melhor amigo e a irmã de um assassino tinha parecido a melhor decisão possível? Que havia ficado tão envolvida em sua busca por respostas que não pensara em mais ninguém? Que uma curiosidade desesperada a estava devorando de dentro para fora?

O que escolheu dizer foi:

— Eu só quero *saber*.

E o rosto de Cherry se suavizou.

— Isso é por causa das suas memórias? Porque eu já te disse o que aconteceu, e vou te contar mais um milhão de vezes se você precisar.

Sloan desviou o olhar, a sinceridade das palavras de Cherry se revirando dentro dela, se contorcendo feito cobras.

— Eu sei que você contaria — disse calmamente. — Mas não é suficiente. Quero ter minhas memórias de volta. Quero saber o que é real e o que não é. Quero parar de ficar tão paranoica e confusa o tempo todo, só porque escolhi o trabalho errado.

Cherry se sentou na cama, ao lado dela.

— Queria que você nunca tivesse ido pra Money Springs — disse.

Os olhos de Sloan se voltaram para os de Cherry. A mágoa fez sua voz sair baixa e triste.

— Você queria isso mesmo?

— Sim. Se você não tivesse ido pra lá, estaria na faculdade agora. Aposto que você seria muito feliz lá. — Cherry inclinou a cabeça no ombro da namorada. — Mas, em vez disso, você está enfurnada nesse quarto surtando comigo. Se você não tivesse ido pra lá, não teria a agenda cheia de consultas com médicos e terapeutas. Você estaria em chopadas, com novos melhores amigos e uma nova cidade inteiramente aos seus pés. — Cherry pegou o braço de Sloan e traçou um dedo sobre sua cicatriz. — E você não teria isso.

— Pra ser justa, eu sempre tive essa marca de nascença esquisita no pulso. Na verdade, o corte foi até que uma melhoria. — Ela tentou deixar o clima mais leve. As coisas já estavam muito pesadas por tempo demais. Estava exausta.

— Mas eu adorava ela. — Cherry pressionou o polegar na marquinha redonda.

— Só porque combina com a que você tem no quadril.

Cherry franziu a testa.

— Que seja, ela era perfeita e agora não é mais.

Sloan não havia pensado desse jeito. Nunca vira a marca como algo que alguém pudesse gostar. Algo que pudesse ser arruinado. Sempre havia sido apenas uma razão para ela preferir mangas compridas e moletons que se enluvavam nos dedões. A cicatriz nova era apenas mais disso, mais uma razão para se esconder.

Sloan sorriu, determinada a mudar o clima.

— E se você não tivesse ido pra lá, estaria viajando pelo país, vivendo muitas e grandiosas aventuras, como a hippie que eu sei que você é. — Sloan enfatizou as palavras apertando a lateral da barriga de Cherry, onde sabia que sua namorada sentia mais cócegas.

— Eu não sou hippie! — esganiçou-se Cherry, se contorcendo para longe. Ela agarrou um travesseiro e o atirou na direção da namorada de forma brincalhona.

Sloan, por sua vez, pulou em cima dela com uma risada. Elas ficaram parada ali, seus rostos a centímetros de distância, Cherry presa sob ela com um sorrisinho travesso. Sloan estreitou os olhos.

— O que você tá tramando, hein? — perguntou.

Cherry girou as duas tão rápido que elas quase escorregaram pela beirada da cama. Agora, Cherry estava em cima, no controle, pressionando Sloan para baixo como sempre fazia, mantendo-a em terra firme quando sua mente ameaçava sair voando.

— Espertinha. — Sloan sorriu quando a namorada deu um beijo leve como pluma em seu pescoço.

— Você ama.

— Amo mesmo — concordou ela. — Você sabe que sim. O alívio no rosto de Cherry ao ouvir essas palavras fez a cabeça de Sloan girar de um jeito novo e delicioso. Cherry era proteção, sempre. Aconchego e proteção. Sloan tinha apenas se confundido. Um deslize momentâneo. Ela tinha perambulado para longe demais e tido dificuldades para voltar a tempo. Sua curiosidade tinha levado a melhor... e era só isso. E então ela se lembrou de uma coisa.

— Ei, o que havia no livro? Era isso o que você estava lendo, não era? — perguntou.

Cherry fez uma cara de desapontamento ao sentar-se sobre as próprias pernas.

— Será que não tem como uma garota dar uns pegas na namorada sem precisar fazer um relatório literário antes?

Sloan se ergueu sobre os cotovelos.

— Sim, mas eu vou precisar escovar os dentes antes da gente se pegar mesmo, então você bem que poderia me dizer logo.

— Você tem sorte de ser bonita.

— É o que todas dizem.

Cherry pulou da cama e correu até a escrivaninha. Antes que Sloan sequer pudesse reagir, a namorada se atirou de volta para a cama com o livro em mãos e as pernas de Sloan presas sob ela.

— Quem são "todas"? — Cherry ergueu uma sobrancelha.

— Você é a única que importa — provocou Sloan, recebendo uma risada bufada como resposta. — E o livro? — Esticou a mão.

— É esquisito. — Cherry o entregou. — Existem, tipo, uns princípios básicos. Estou tentando entender. Em resumo, tem esse tal de Marco e seus seguidores, que acham que a humanidade criou um desequilíbrio não apenas no planeta, mas em todo o Universo. Eles querem evocar um evento de extinção em escala global para dizimar as pessoas de modo que a Terra possa se curar.

— Haha. Você deve ter amado essa parte.

Cherry a encarou, confusa.

— Você disse coisas parecidas no acampamento — esclareceu Sloan. — Lembra? Eu era tipo "Usem canudos de metal!" e você era "Por que, se um asteroide vai matar todos nós quando chegar a hora?". — Ela quase riu da lembrança... mas então viu o rosto de Cherry.

— Eu não estava tentando dar início ao fim do mundo, Sloan.

A mudança de humor brusca de Cherry, o tom amargo de sua voz, pegaram Sloan de surpresa.

— Eu sei — disse, e uma vozinha dentro dela perguntou *Sabe mesmo?*, mas Sloan a ignorou. — Desculpa, onde a gente estava? Num evento de extinção em escala global?

Cherry permaneceu sentada sem se mexer por mais um tempo antes de assentir.

— Isso, eles queriam resetar as coisas, e pensavam ter encontrado um jeito pra isso. Eles acreditavam que existiam duas almas gêmeas que precisavam encontrar, e que elas se reuniriam para acabar com o mundo. — Cherry deu batidinhas no queixo. — Acho que já estive em encontros piores, pra ser sincera.

— Ah, agora você faz piada.

— Eu sempre faço piada. — Deu uma piscadela, o mau-humor se dissipando. — Só que, diferente de você, eu sei quando é a hora certa de compartilhar elas.

— Aham. Então, deixa eu adivinhar: o Marco era uma dessas almas gêmeas?

— Na verdade, não. — Cherry folheou as páginas do livro. — Parece que eles estavam fazendo alguns rituais para encontrá-las. Cada capítulo é sobre um novo ritual, que parece ter sido montado em cima dos anteriores. Eles achavam estar perto de evocar O Grande Reinício, ou seja lá como você queira chamar isso. Marco era, tipo, meio que o último bastião de alguma coisa, supostamente reencarnado da velha guarda, vindo para colocar tudo em prática.

— Sinistro. — Sloan folheou mais adiante e fez uma pausa.

— Ah, não leia essa parte aí. — Cherry tentou puxar o livro para longe, mas Sloan a impediu, correndo os dedos sobre as palavras.

O Abate, lia-se em letras extravagantes no topo da página.

Abaixo havia uma ilustração. Animais atacando pessoas, estraçalhando-as na floresta. Havia um urso, um cervo, um lince... mas os dois últimos foram os que Sloan não pôde evitar encarar: um coelho e uma raposa. Ela contou as pessoas na figura. Havia oito sendo devoradas, o número exato de monitores mortos.

Não era uma ilustração: eram instruções.

Sloan soltou o livro. Ela se levantou com calma. Caminhou até o banheiro.

E vomitou.

— Está se sentindo melhor? — A mãe de Sloan parou na entrada do quarto com uma caneca fumegante de chá.

Sloan tinha acabado de sair do chuveiro, com a pele ainda sensível e vermelha nas partes em que havia tentado remover o cheiro de sangue. Não adiantava em dias assim. Ficava preso nela. Manchando-a.

— Claro — mentiu, porque sabia que era a resposta que todo mundo queria. Ou talvez nem *todo mundo*, como ela percebeu quando Cherry franziu a testa de seu lugar na escrivaninha.

— Então, quais são os planos pra hoje? — A mãe tomou um gole da caneca. — Imagino que sua amiga vai voltar para a casa dela daqui a pouco, não?

Sloan ignorou o modo como os olhos de Allison se estreitavam com irritação nos momentos em que ela olhava para Cherry. Era sempre frustrante como a única coisa que fazia Sloan se sentir melhor era justamente aquilo que enfurecia sua mãe.

— Sim, Allison — disse Cherry, embora ela soubesse que a mãe preferisse ser chamada de sra. Thomas. — Vamos voltar para a minha casa em breve.

— Hoje… é dia de ficar com a família — falou Allison.

Sloan grunhiu.

— Simon está na escola — disse. — Como é que isso funcionaria?

— E quanto ao Connor? Vocês dois não se divertiram? Não vi ele no café hoje. Talvez esteja de folga, e vocês possam…

— Ah, sim, porque ele fez um ótimo trabalho trazendo ela pra casa inteira ontem, né?

— Calma — disse Sloan. Lutaria as próprias batalhas nesta fronte. — O Connor também não é da família, então qual é a diferença? — Ela esticou a mão para a escova e a passou pelo cabelo molhado enquanto encarava a mãe. Allison abriu a boca, mas Sloan sabia que sua resposta apenas pioraria tudo. — Que tal se eu prometer voltar pra casa até a hora do jantar de novo? — sugeriu, cortando a reclamação que sem dúvida se seguiria.

— Ok. — As sobrancelhas de sua mãe subiram. — Mas é melhor você não se atrasar.

— Pode deixar. Vou ficar na casa da Cherry por um tempinho, mas volto mais tarde. Eu prometo.

Sua mãe ergueu a caneca até o nariz e inspirou profunda e firmemente. Devia ser uma das misturas sugeridas por Beth. A hipnoterapeuta estava sempre tentando convencer Sloan a tomar algum suplemento de ervas ou começar a usar cristais holísticos curativos.

Após dois ciclos cuidadosos de inspiração e expiração, Allison ergueu o olhar novamente.

— Sim, pode ser — disse lentamente. — Vou dizer pro seu pai fazer aquelas flautas mexicanas que você adora.

E, dito isso, saiu do quarto.

A conversa havia corrido *muito* melhor do que Sloan teria imaginado.

— Pronta pra ir? Podemos acrescentar parte dele na colagem. — Cherry ergueu o livro de Sasha. — Eu posso até digitar os pontos-chave. — Ela sorriu como se essa fosse a ideia mais ridícula do mundo, mas Sloan assentiu.

— Mas eu não quero rasgar o livro. Talvez seja útil ou algo assim.

Cherry franziu a testa.

— Mas ele já foi rasgado.

— Quê?

— Olha… a parte de trás toda foi arrancada. Sasha deve ter feito isso antes de te entregar.

Sloan tirou o livro das mãos de Cherry. Folheou rapidamente e descobriu que um capítulo inteiro havia desaparecido.

— Não estava assim antes.

— Estava, sim. — disse Cherry parecendo confusa. — Estava assim na noite passada quando eu tirei do carro do Connor. Se a Sasha não fez isso, então quem sabe tenha sido o irmão dela? Ou, até onde a gente sabe, pode ter sido coisa do próprio Marco. Talvez ele tenha entendido algum ritual errado — brincou. — Tenho certeza de que corrigiu isso na reimpressão.

Sloan sabia que a namorada estava tentando conduzi-las a águas mais seguras. O problema era que Sloan tinha certeza de que o livro não estava rasgado na noite anterior. Talvez nem mesmo nessa manhã. Apostaria a própria vida nisso, se precisasse. *Cherry fez isso*, gritou seu cérebro para ela. Cherry tirou alguma coisa. Escondeu alguma coisa. Ou, não, talvez o livro já estivesse danificado e, de algum modo, Sloan não tinha percebido. Ela precisava se recompor.

— Sloan?

A garota se sobressaltou e o livro escorregou de sua mão, caindo aberto na página do Abate. Os olhos vorazes da Raposa as encaravam. Cherry chutou o livro para longe e puxou a namorada para um abraço.

— Não olha pra isso.

— Eu…

— Tem certeza de que você está bem?

— Hum? — perguntou Sloan, já completamente envolvida pelo abraço, mesmo sem querer.

— O ataque de pânico, o acesso de vômito… Você está tão nervosa. — Cherry hesitou, e então acrescentou com uma risadinha. — E se voluntariando pra jantar em casa?

Sloan soltou uma risada contra o moletom de Cherry e depois se afastou.

— Anda — disse. — Vamos lá. E pega o livro. A última coisa de que preciso é a minha mãe encontrando ele.

Cherry inclinou o corpo para trás, avaliando o rosto de Sloan por um longo segundo, uma ruga de preocupação aparecendo entre suas sobrancelhas, e então fez o que lhe foi pedido.

Dezoito

— **Isso aqui chegou pra você** — disse Magda. Ela jogou o envelope na cama de Cherry, onde as garotas estavam grudando fita adesiva em artigos que iriam para a colagem. Metade da parede já estava preenchida, e olha que Cherry morava ali fazia poucas semanas.

A cobertura de imprensa havia crescido exponencialmente desde o anúncio do grupo Morte Hominus e da delação premiada da Raposa. Elas vinham gastando a maior parte do tempo tentando acompanhar tudo. Sloan sabia que não devia se orgulhar de sua "colagem da desgraça", como Cherry tinha começado a chamar, mas se orgulhava. Gostava da maneira como as beiradas se combinavam. A maneira como as coisas se mesclavam em salpicos coloridos abstratos e em preto e branco quando relaxavam os olhos. Um quadro de Jackson Pollock feito de assassinato e decepção.

— O que é? — Cherry cutucou o joelho de Sloan. O envelope tinha praticamente caído em cima dela, que o passou para Cherry com um sorriso de desculpas. Tinha se perdido nos próprios pensamentos de novo. Precisava melhorar.

— Um convite para a cerimônia de celebração da vida do Kevin — disse Magda calmamente. — Chegou no outro dia, mas eu tinha esquecido disso até agora. — Ela apertou o roupão ao redor de si com mais força. Magda estava tentando fazer sua melhor performance de mãe atenciosa agora, em vez de sua versão habitual como coroa-gostosa-e-mística--mas-doidinha.

Às vezes Sloan ficava contente por ter uma mãe como Allison em vez de como Magda; isso até ela perceber que se Cherry havia recebido um convite, Sloan provavelmente também recebera. Allison devia tê-lo escondido. Ou jogado fora, o que era mais provável.

Sloan se inclinou para mais perto para ler. A cerimônia aconteceria no dia seguinte, em honra ao aniversário de Kevin. Ela se perguntou o que Magda quis dizer com "no outro dia", desconfiada que estivesse mais para "semanas atrás".

Colleen, a esposa de Kevin, havia sido a pessoa mais organizada entre as famílias enlutadas. De jeito nenhum ela teria enviado o convite em cima da hora. Especialmente se tratando das garotas que ela acreditava que o marido havia morrido tentando salvar.

Kevin morrera fugindo de seu escritório. Sloan não se lembrava disso, é claro, não com o próprio cérebro, mas sabia a versão de Cherry do acontecido e tinha lido as autópsias de todos os envolvidos — implorara às famílias e os convencera de que isso lhe ajudaria a virar a página, para o desespero de sua mãe — e sabia onde ele havia sido encontrado. Uma machadada rompera sua coluna e mais outra fatiara a base de seu crânio. Tinha sido um dos últimos a morrer.

Sloan se lembrava de seus olhos vazios a encarando enquanto ela se escondia sob o barco. O sangue morno e pegajoso deslizando na direção dela. O som da playlist idiota do Nirvana tocando ao fundo sem parar...

De algum modo, os jornalistas tinham conseguido botar as mãos nas autópsias também, mesmo que supostamente devessem permanecer confidenciais como parte da investigação em andamento. Pelo visto, todo mundo tinha um preço, mesmo as pessoas trabalhando no Departamento Policial de Money Springs.

A imprensa tinha ido à loucura quando descobriu que Kevin estivera entre os últimos a falecer. Era, afinal, um dos únicos adultos no local e pelo visto sequer percebera o que acontecia — ocupado demais se escondendo, possivelmente, ou, alguns artigos sugeriam, fazendo o necessário para viver mais que os outros.

Kevin era legal, mesmo que Sloan odiasse seu gosto musical e que ele sempre estivesse um pouco suado, com uma névoa de repelente de inseto e desodorante barato o seguindo para onde quer que fosse.

Mas era mais do que isso. Kevin era gentil, acolhedor. Exatamente o que você gostaria que um diretor de acampamento fosse. O que quer que havia acontecido, seja lá o que ele fez ou deixou de fazer... não era culpa dele. O instinto de sobrevivência humano está entre as coisas mais difíceis de aniquilar. Talvez ele tivesse se escondido ou talvez só não conseguisse ouvir nada além dos guinchos de Kurt Cobain em alguma versão qualquer de "Come As You Are". Não importava: Kevin era um bom homem. Merecia algo melhor do que aquilo.

Já era ruim o bastante que estivesse entre as vítimas de uma chacina, argumentara Sloan, que tivesse sido morto por homens brancos de meia-idade com machados e máscaras de animais. Kevin não merecia ser humilhado por isso. Ser chamado de covarde. Ou incompetente. Ou ser alvo de zombarias por sua mortalidade.

Elas precisavam fazer alguma coisa a respeito.

Assim decidido, Sloan havia insistido com Cherry que a ajudasse com um plano. Tinha que começar por Cherry, óbvio, pois ela era a única com memórias daquela noite. A única sobrevivente de verdade.

Para o bem ou para o mal, Cherry havia saído daquela noite ainda intacta. Suas memórias, seu corpo, sua alma, tudo estava inteiro. Era Sloan quem tinha de se virar com pequenas sobras de si mesma, que precisava juntar os cacos. Era Sloan quem implorava no altar de sua mente para que fosse abençoada com míseras gotas de passado.

Quando Cherry percebeu que a namorada não ia desistir da ideia, ela postou uma longa declaração nos Stories do Snapchat a respeito de heróis e da pressa da mídia em julgar, o que, é claro, havia virado captura de tela e sido repostado em tudo o que é lugar, exatamente como elas haviam esperado. Então ambas as garotas adicionaram fotos que combinavam no Instagram — mostrando elas e Kevin naquele primeiro dia, logo depois de terem terminado de pintar os barcos —, com o acréscimo de longas legendas contando o que realmente tinha acontecido naquela noite.

Como elas haviam sido atacadas e estavam se escondendo.

Que a porta não teria aguentado por muito tempo, conforme o machado partia a madeira e elas gritavam indefesas, trancadas em uma cabine com janelas emperradas e nenhum outro modo de sair (um detalhe que Sloan tinha tirado de seus piores pesadelos).

Como Kevin — o brilhante e valente Kevin — tinha dado um grito para chamar a atenção dos agressores e atraí-los para longe delas. Ele tinha tentado levá-los para o mais longe que conseguia, na esperança de que mais alguém conseguisse escapar. Tinha morrido como um verdadeiro herói, as garotas disseram.

A imprensa comeu na mão delas, exatamente como Sloan tinha previsto. A esposa dele, Colleen, as procurou depois disso. Agradeceu a elas por contarem a verdade e por pouparem a imagem de seu marido. Ela sempre soubera que Kevin teria dado tudo de si para salvar todas as crianças.

Cherry tinha se irritado com o termo "crianças", proclamando que se sentia qualquer coisa menos infantil depois do que vivera. Mas Sloan, que se sentia particularmente pequena e vulnerável, havia aceitado o título de bom grado.

— Você quer ir nisso? — perguntou Cherry, interrompendo bruscamente o rememorar de Sloan. — Fica a só umas duas horas daqui. Posso te levar de carro se quiser.

Sloan deu de ombros.

— Acho que ficaria meio feio se a gente não fosse.

— Pois é, ainda mais considerando como ele "salvou" nós duas. — Cherry deu um sorrisinho. Sempre achava graça de como uma mentira podia se tornar uma verdade se você conseguisse fazer pessoas o bastante a repetirem.

Sloan não se incomodava com esta mentira, não mesmo. O que *incomodava* Sloan, no entanto, era como ela havia começado a se mesclar com as próprias memórias. Como haviam se reconstituído ao redor desta nova informação, aceitando-a como um fato, uma pele nova sobre uma cicatriz antiga.

Era a maneira como estava tudo tão embaçado o que a preocupava, mesmo que Beth dissesse que era um fenômeno perfeitamente normal.

— Enfim — disse Magda. — Agora vou me deitar e tentar dormir um pouco. Não consigo pegar no sono à noite quando você não está em casa.

Elas não fizeram questão de apontar como Magda tampouco conseguia pegar no sono quando Cherry *estava* em casa.

— Você precisa comprar umas flores então — disse Sloan assim que Magda saiu.

— Quer mais uma obra-prima?

— Sim, mas algo festivo dessa vez. Nada de copos-de--leite. É um aniversário.

— Mesmo que seja de um morto?

— Especialmente por ser o aniversário de um morto. — Sloan suspirou.

Isto virara uma tradição durante o aparentemente infinito cortejo de funerais a assombrá-las no início: as obras-primas florais de Cherry. Cada arranjo foi ficando maior que o anterior. Nos últimos funerais, os arranjos se tornaram coroas tão avantajadas que as garotas precisavam carregá-las juntas.

— Quer vir comigo? — perguntou Cherry, seus olhos quase empolgados com a ideia de uma tarde cheia de flores.

— Nem pensar. — Sloan riu. Tinha aprendido a lição quando Cherry a arrastara para três floriculturas diferentes antes mesmo do sexto funeral. Era o de Hannah, e Cherry queria que o arranjo ficasse perfeito. Sloan só desejava tirar uma soneca e que alguém removesse aqueles pontos que faziam seu braço coçar. — Pode ir lá resolver isso. Vou continuar lendo o que sobrou desses recortes e então pedir à minha mãe pra me buscar. Ela vai ficar eufórica de alegria.

— Tem certeza? — perguntou Cherry, repentinamente parecendo muito nervosa com a perspectiva de deixar Sloan sozinha.

— Mas é claro. — Ela sorriu. — Vai lá. Divirta-se. É sério!

Cherry hesitou, mas então exibiu um sorriso, parecendo tranquilizada, e se inclinou para mais perto da cama. Ela apoiou a testa no ombro de Sloan e a cheirou de forma dramática — como se estivesse prestes a embarcar em uma longa e perigosa jornada e quisesse memorizar tudo a respeito da namorada antes de partir.

Por que tudo parecia sempre tão pesado?

— Cacete, eu te amo tanto — balbuciou Cherry e deu um beijo no pescoço da namorada.

Sloan ficou tentada a dar uma de Han Solo pra cima dela e dizer "Eu sei", mas Cherry precisava daquelas palavras hoje. Sloan percebia isso.

— Eu também te amo — disse, e se inclinou na direção dela. — Agora vê se dá o fora daqui.

Os lábios de Cherry se ergueram em um sorriso.

— Sim, senhora. — Mais um beijo rápido e logo Cherry havia partido.

Sloan voltou a reunir os recortes e cópias, colocando tudo novamente em pilhas organizadas.

Ela tinha a intenção de parar por aí. Tinha mesmo. Mas então seu pé esbarrou no livro que elas haviam empurrado de qualquer jeito para debaixo da cama depois que chegaram na casa de Cherry. O mesmo livro que era para as duas deixarem pra lá por enquanto. O mesmo livro que Cherry havia pedido para que Sloan não lesse sem ela, para o caso de acionar seus gatilhos novamente. Sloan concordara de maneira relutante, mas isso não a impedia de pegá-lo e folheá-lo, seus olhos dançando pelos desenhos no miolo.

Tecnicamente, isso não era ler, era? Ela estava apenas observando as figuras. Sem contar que não deveria ser ela a decidir para o que estava pronta ou não?

Sloan voltou-se para a primeira imagem. Lembrava mais uma fábula do que um ritual. A história de origem do mal que acabou matando seus amigos. As palavras O PONTO DE RUPTURA estavam escritas em um grande e compacto garrancho no topo da página. A ilustração de uma cidade emergente aparecia logo abaixo do título, devorando as beiradas de uma floresta. Havia todo tipo de animal — ursos, coelhos e até cachorros e gatos —, todos morrendo. Sufocando com a poluição ou atingidos por carros ou feridos por armas.

Era uma cena horripilante, suas caras contorcidas de dor enquanto os humanos na figura riam e seguiam em frente. Mesmo as árvores estavam mortas e ressequidas, sentinelas que haviam fracassado contra as investidas da humanidade. No canto, bem no limite da página, só restava a escuridão: tão preta e grossa que o papel havia cedido sob o peso da tinta.

Sloan respirou fundo enquanto os olhos percorriam a página ao lado. As palavras se misturaram, formando um desconexo sobre o "grande desequilíbrio" e como os humanos haviam se tornado o flagelo do mundo. Isso fez a cabeça de Sloan doer, assim como seu coração. Ela não era um flagelo; nem seus amigos. As pessoas que os tinham matado não eram animais maltratados, independentemente de como se enxergassem. Eram pessoas, assim como Sloan, só que piores.

Pois Sloan nunca havia matado ninguém e jamais mataria.

Ela se esforçou para fazer uma pausa, folheando o livro sem pensar muito enquanto tentava se lembrar dos exercícios de tranquilização que Beth a ensinara certa vez. Parou numa página particularmente gasta, o interior da lombada rachado, talvez por Cherry ou por outra pessoa antes, uma frase sublinhada em meio ao paredão de texto.

Nós encontraremos as prometidas, as almas gêmeas destinadas, que juntas formarão um único receptáculo encarregado de fazer a humanidade pagar sua justa dívida e de levar à Terra suas fartas recompensas.

E então, na página adiante, encontrou o seguinte, sublinhado e entre asteriscos: *Não temereis; pois há de haver conforto na escuridão e a Terra rejubilar-se-á.*

Conforto? Júbilo? Parecia um monte de baboseira para Sloan. Mas ela não conseguia parar de olhar. Enterrou os dedos dos pés no carpete, preparando-se para o acesso de dor de cabeça que se seguiria conforme lia página após página.

Ela estudou cada capítulo, mergulhando no conhecimento sobre o Morte Hominus e suas crenças o máximo que conseguia. Partes do livro eram um testamento do tal de Marco: como ele os havia encontrado; como eram escolhidos especiais; como outras pessoas tinham falhado com eles no passado, mas que dessa vez seria diferente.

O livro funcionava tanto como um manual de instruções para desencadear o apocalipse quanto como um diário do que o grupo já havia feito. As parábolas no início deram lugar a uma série de rituais, cada qual designado para ajudar mais e mais o grupo a localizar as almas gêmeas, ambas supostamente "marcadas ao nascer", e então reuni-las. A seita, e era assim que Sloan os enxergava, acreditava que cada alma gêmea só podia conter metade da escuridão, seu poder removido e dividido por homens estranhos e influentes desejosos de dominar o mundo e arruiná-lo para os próprios ganhos pessoais.

Apenas o Morte Hominus seria capaz de restaurar a escuridão, e apenas a escuridão seria capaz de restaurar a Terra.

E na frente do grupo em todas as ilustrações estava o coelho, sempre o coelho, liderando o rebanho.

Sloan passou o dedo sobre o desenho final. A cabeça do coelho inclinada em uma oração, suas grandes orelhas descansando na grama enquanto a escuridão inundava toda a página, emanando de duas garotinhas — as almas gêmeas prometidas, supôs Sloan —, e ela não conseguia respirar. Ela não conseguia respirar. Ela encarava o coelho e não conseguia respirar.

Sloan desejou, enquanto empurrava o livro de volta para debaixo da cama — a foto que era de Sasha, até então esquecida, deslizou para fora —, que tivesse seguido o plano. Que tivesse feito exatamente o que dissera a Cherry que faria. Avaliar os recortes. Limpar a bagunça. Ajeitar a cama e voltar para casa. Talvez ela pudesse ter andado parte do caminho para gastar um pouco de energia — Beth dizia ser importante para seu processo de cura que se movimentasse com regularidade. Ou talvez ela tivesse ligado para a mãe e esperado pacientemente que a buscasse.

Sloan desejou ter feito isso. Porque agora, ao som dos leves roncos de Magda no andar de cima e com a foto de Sasha firme em seu bolso, ela se encontrava novamente cara a cara com o armário debaixo da escada.

Isso era doentio.

Ela estava doente, repreendeu-se, se ainda continuava presa nessa história.

Desejou nunca ter tocado naquela caixa. Que nunca tivesse aberto sua tampa. E ainda assim, uma voz insistente sussurrava em seu ouvido: "Se não houver nada lá, então qual é o problema? Mas se tiver? Ah, mas se tiver!".

Com as mãos cerradas e ecos dos desenhos em sua mente, Sloan encarou a maçaneta de latão desgastada. Sabia que aquela provavelmente seria sua única chance. Magda quase não dormia, e Cherry nunca a deixava sozinha. Não seria melhor para todo mundo se ela finalmente pudesse acalmar suas suspeitas? Se ela pudesse finalmente seguir em frente? Se o coelho no livro e o coelho na caixa fossem apenas figuras familiares que não tinham nada a ver um com o outro?

Então ela poderia mandar uma mensagem para Connor e eles dariam risada de como ela estava errada a respeito de tudo.

Ou não. Ela e Connor tinham voltado ao silêncio. Sloan imaginava que ele estava aliviado com isso. Ela estaria, se seus papéis fossem invertidos.

Antes que pudesse mudar de ideia, seus dedos envolveram a maçaneta. Cedeu com facilidade à pressão de sua palma. Quase fácil demais.

O primeiro pensamento de Sloan quando a porta se abriu foi que a caixa tinha desaparecido. O medo comprimiu seu estômago enquanto ela remexia nas coisas. Mas não, não, ainda estava ali, atrás de casacos e sob uma pilha de sacolas plásticas de mercado, mas no mesmo lugar.

Cuidadosamente, ela empurrou as bolsas e os casacos para fora do caminho e puxou a caixa para a frente. Passou as mãos sobre o papelão macio e se ajoelhou diante dele. A verdade se revelaria no momento em que abrisse a caixa, para o bem ou para o mal. Mas não podia continuar se perguntando. Não podia continuar suspeitando. Precisava saber.

Com um inspirar profundo, Sloan removeu a tampa e olhou lá dentro, ligando a lanterna de seu celular conforme se inclinava para a frente. Ela pegou o coelho, a madeira áspera arranhando sua palma enquanto o estudava de todos os ângulos. Era cheio de reentrâncias, anguloso; lembrava-lhe da horrível fase Art Déco de sua mãe, quando tudo em casa parecia ter saído de uma pintura cubista.

Sloan soltou o coelho e esticou a mão para dentro da caixa. O que puxou a seguir foi uma tábua de pinho; as silhuetas de diversos coelhos em uma campina entalhadas na superfície irregular. Na borda, um lobo os espreitava. Era uma peça inacabada, apenas um palpite do que viria a se tornar.

Sloan se identificava com ela; estava tão empacada e cheia de promessas de morte quanto o bosque semifinalizado diante de si. Se perguntou se era nisso que o pai de Cherry vinha trabalhando quando faleceu.

Deixou a tábua esculpida ao lado do coelho e voltou a vasculhar a caixa. Tirou em seguida uma pilha de papéis, a maior parte recibos e contas antigas já vencidas. Luz e gás. TV a cabo. Nada útil. Nada bom. Nada que lhe provasse ou refutasse que estava na presença do Coelho ou apenas de sua imaginação hiperativa. Não era impossível que estivesse na presença de ambos.

Finalmente, seus dedos sentiram a maciez familiar e escorregadia de fotografias Polaroid. O coração de Sloan estava na garganta quando ela as puxou, quando as aproximou do rosto, quando a verdade da verdade finalmente, *finalmente*, apresentou-se. Ela veria quem era a pessoa. Ela veria…

O som retumbante de um telefone tocando rompeu a calmaria da residência. Sloan deixou as fotos caírem com o susto. Quase havia se esquecido de que tinha outra pessoa em casa com ela, mas o toque do celular de Magda — um bipe horroroso que fazia Sloan pensar em submarinos e sondas por algum motivo — fez com que se lembrasse rapidamente.

— Alô? — disse Magda, sonolenta. O piso rangeu quando ela saiu da cama e começou a perambular.

Se Sloan estivesse mais calma, se não estivesse ansiosa a ponto de não conseguir pensar direito, ela provavelmente teria apenas tampado a caixa e fechado a porta do armário. Teria andado até a cozinha e pegado um copo de água e mandado uma mensagem para a mãe. E se Magda descesse as escadas, Sloan fingiria surpresa e diria estar apenas esperando sua carona.

O que tecnicamente teria sido verdade.

Mas Sloan não estava calma. Era uma lebre capturada em uma armadilha, presa na campina da perdição como os coelhos se escondendo do lobo no entalhe. Então, em vez disso, o que ela fez foi tropeçar para dentro do armário e fechar a porta atrás de si. Ela desligou a lanterna do telefone e se espremeu atrás dos casacos velhos — a caixa agarrada contra o peito, a escultura de coelhinho na mão, sua respiração saindo em arfadas silenciosas e aterrorizadas — quando Magda desceu as escadas.

— Você sabe que não pode me ligar quando estou em casa — disse, parando em frente à porta do armário fechada.

Sloan prendeu o fôlego, observando através das frestas. Se Magda abrisse a porta agora, ela nunca escaparia disso. Ela estaria, como Ronnie adorava dizer quando ainda respirava, "totalmente fodida".

Magda jogou as mãos para cima com exasperação.

— Já conversamos sobre isso. Ela não pode ser envolvida. E ela está sempre com a namoradinha por aqui. Parece até que eu moro numa comuna, juro por Deus.

Sloan levou uma mão à boca e se obrigou a ficar em silêncio. Quieta como um rato.

Quieta como um coelho.

Seu punho se fechou ao redor da escultura, apertando-a com tanta força que farpas feriram sua palma. Nesse ritmo, logo começaria a sangrar, mas não tinha problema. Não tinha problema. Coelhos já a haviam feito sangrar antes... que mal teria se isso acontecesse mais uma vez?

Sloan se moveu para a frente, só um pouco, só o suficiente para enxergar pela fenda no painel da porta. Magda caminhou até a cozinha e abriu a geladeira, mas logo a fechou. Pegou um copo no guarda-louça, inspecionou-o e então rapidamente o descartou na bancada e voltou a perambular. Magda estava agitada, Sloan percebeu, nervosa até.

— Quem vai decidir o que quer fazer e como vai lidar com a situação é ela. — Magda bufou. — Sério mesmo? Você acha que eu tenho tanto controle assim? Só estou aqui de carona, meu bem; o show é dela.

Quem era o "ela" que Magda mencionava? Cherry? O coração de Sloan parecia um tambor em seu peito. Ela lutou contra a ânsia de arranhar o pescoço, de arrancar a blusa, de sair dali, de se dar espaço, de procurar por ar, de respirar fundo.

— Minha filha? Não. É claro que ela não está envolvida. Que tipo de mãe você pensa que eu sou? — perguntou Magda quando passou de volta em direção às escadas.

Sloan se sobressaltou e silenciosamente praguejou contra si mesma quando os cabides remexeram e bateram uns contra os outros. Por sorte, Magda parecia preocupada demais com a própria conversa para perceber a comoção silenciosa do outro lado da porta.

— Eu não sei, Sash — choramingou Magda enquanto subia os degraus. — Vamos ter que dar um jeito. Todo o resto está indo de acordo com o plano. Estamos no caminho certo. Só precisamos botar todas as peças bem onde queremos que fiquem e então, bum, sucesso garantido. Prefiro que demore um pouco mais se isso significa fazer do jeito certo.

A porta do quarto de Magda se fechou com um clique, sua voz virando um murmurar abafado e incompreensível. Sloan soltou o ar devagar e tentou se acalmar. Não conseguia entender o que havia escutado, mas se agarrou a apenas uma coisa: "Minha filha? Não. É claro que ela não está envolvida."

Cherry não sabia. Fora mantida tão às cegas quanto a própria Sloan.

Mas Magda *sabia*. Sabia de muita coisa. Havia dito "Sash"... Sasha? Será que aquela reunião no restaurante tinha sido armação? Será que Magda queria que ficassem com o livro? De algum modo teria sido ela a arrancar as páginas?

Sloan soltou a caixa diante de si e esticou a mão para agarrar a primeira Polaroid que havia sentido, empurrando, sem olhar, a foto para dentro do moletom ao lado da Polaroid que tinha ganhado de Sasha. Colocou a escultura de coelho de volta ao seu lugar, as partes mais ásperas tingidas com um vermelho-ferroso fresco. Em seguida, colocou a tampa, fechando o que quer que restasse naquela caixa de Pandora.

Sloan encostou a orelha na porta do armário, atenta a quaisquer sinais de Magda se levantando novamente ou deixando seu quarto.

Não ouvindo nada, rastejou para fora. Sloan caminhou até a porta da frente e, ao percebê-la trancada, empurrou o ferrolho de qualquer jeito para o lado. O som ecoou pelo apartamento vazio e ela esperou um instante antes de puxar a porta. Ainda assim não abriu. Ela tentou a tranca outra vez, sem nem se preocupar com o barulho agora, mas nada. Estava presa, assim como em seus pesadelos.

AS ÚLTIMAS SOBREVIVENTES 195

O coração de Sloan palpitava. Sentia como se estivesse sufocando, se afogando, sendo esfaqueada.

Mas não houve som de passos descendo as escadas. Nada de portas batendo ou de gritaria. Magda não a tinha escutado e Cherry ainda comprava flores — Sloan ficaria bem, bastava arranjar um jeito de desemperrar a porta de entrada. Ela ficaria bem! Ela ficaria…

— Olá? — chamou a voz de Magda da porta de seu quarto, agora aberta. — Tem alguém aí? Cherry, você voltou?

Com um puxão final, a porta da entrada se abriu. Sloan prendeu o fôlego ao deslizar para fora. Imaginou Magda se apressando escadaria abaixo, o telefone ainda em suas mãos. Sasha continuaria na linha com ela? Elas a matariam? Será que lhe diriam o que estava nas páginas desaparecidas?

Não. Hoje não. Agora não.

Sloan correu e quando não foi capaz de dar mais nenhum passo…

Ela se escondeu.

Dezenove

Sloan só voltou a respirar quando já havia retornado ao seu quarto, com duas portas trancadas entre ela e o mundo exterior. Ou ao menos achava não ter respirado. Como poderia quando todo o ar fora drenado do universo inteiro ao som do telefone de Magda?

Sem perder mais tempo, Sloan puxou as fotografias amassadas do bolso de seu moletom e as encarou. A foto que tinha roubado não era a mesma do dia da mudança; ela sabia que as chances de acertar eram mínimas. Mas essa Polaroid, a que havia agarrado dessa vez? Era um grande nada. Menos que nada. Cherry ainda bebê corria livre pela campina em um dia ensolarado. Havia um homem com ela, claro, mas apenas a parte de trás de sua cabeça era visível. Atrás de Cherry havia outro homem, mas fora de foco, impossível de ser identificado. A menos que...

Ela a deslizou para mais perto da fotografia que pegou com Sasha. Estavam igualmente amareladas pelo tempo, ambas eram Polaroids desgastadas — diferente das 13x18 grudentas com as quais ela se acostumara nos antigos álbuns de Allison —, mas, fora isso, era impossível dizer se as costas de quem ela imaginava ser o pai de Cherry batiam com a foto que tinha de Marco de frente.

O homem no fundo não era A Raposa; isso ela percebia sem dúvida. É verdade que as pessoas podiam pintar os cabelos, mas não podiam mudar seus ombros. O porte físico era bem diferente.

Ainda assim, Sloan tinha a impressão de que conhecia estes rostos. E não só pelas reportagens, pelas fotos de cenas do crime ou por fotografias prisionais. Seu interior os conhecia, seus próprios ossos os conheciam. Havia algum tipo de conexão ali. Ela podia sentir.

Uma batida na porta a fez saltar. Ela rapidamente enfiou as fotos debaixo do colchão. Quando se virou, viu Simon na entrada do quarto, com um sorrisão no rosto.

— Hoje é noite de flauta mexicana! — proclamou ele.

Simon tinha perdido dois dentes da frente, o que lhe dava uma aparência boba e desajeitada, como a de um cachorrinho fazendo traquinagens por aí sem se preocupar com nada. Não havia muito da vida passada de Sloan a que ela se agarrava, mas seu amor por Simon era parte disso.

— Tá fazendo o quê? — perguntou quando ela não se mexeu para segui-lo escada abaixo. Simon deu alguns passos para dentro do quarto, mas se interrompeu antes de se aproximar demais. A irmã já tinha dado muitas patadas nele para que confiasse completamente nela agora.

— Lendo — mentiu.

— Mas você nem vai mais pra escola — disse Simon, como se essa fosse a única boa razão para mergulhar em um romance.

— Você deveria ler mais — ela deixou escapar uma risada curta — se acha que a escola é o único motivo pra pegar num livro.

Ele bufou.

— Eu leio pra caramba. Só é chato.

— Então você não tá lendo os livros certos — respondeu ela. Isso era tão, tão fácil. Conversar com Simon desse jeito era como uma memória muscular. Deixava o cérebro livre para se concentrar nas fotos sob o seu colchão.

Simon ficou um tempo pensando numa réplica.

— Você é esquisita — falou finalmente.

— Sem dúvidas.

— Você vai ficar esquisita pra sempre? — perguntou, sua voz soando mais séria do que Sloan esperava.

— O quê? — Ele tinha sua atenção agora. Toda a sua atenção.

— Papai diz que tem algo de errado com você. Isso quer dizer esquisita, né? Eu não me importo que você seja esquisita ou algo assim, mas o papai se importa e a mamãe não para de chorar. Será que você não pode ser normal de novo como antigamente? Já não aguento mais todo mundo bravo assim.

Era uma pergunta difícil de responder, mesmo que Sloan desejasse ser capaz. Sabia que Simon precisava que ela respondesse; desesperadamente queria que a irmã respondesse.

Ela considerou dizer algo na linha de "Algumas pessoas continuam esquisitas e está tudo bem" ou "Quando coisas assustadoras acontecem, elas mudam a gente" ou até mesmo "Dá o fora daqui, Simon", mas ela sabia que o irmão ficaria insatisfeito com as duas primeiras e que a terceira o faria dedurá-la aos pais.

AS ÚLTIMAS SOBREVIVENTES 199

No fim, não disse coisa alguma. Ela apenas esticou a mão e deixou que o irmãozinho a puxasse da cama, o cheiro da comida e o bipe suave do timer do forno os guiando escadaria abaixo para o conforto e a mundanidade do jantar em família.

Foi legal.

A partida de Scrabble que sua mãe insistiu em jogar. A comida mexicana malfeita que o pai preparou (que ela amou, de qualquer modo). A banalidade de uma família curtindo uma noite de jogos sentados à mesa de jantar.

Sloan nem se importou quando acabou ficando com as letras Z e Q.

Mais tarde, quando estava de volta ao quarto, mesmo com as Polaroids pesando bem embaixo de sua cabeça, ainda se sentia calma. Em paz de um jeito que ela achava ter se esquecido.

Tentou ignorar a sensação incômoda de que isso tudo logo iria por água abaixo. Que a paz era passageira, impossível, difícil de agarrar e fácil de perder. Que não era para ela. Não mais.

A batida no vidro da janela de seu quarto apenas confirmou isso. Sloan forçou um sorriso ao destrancá-la e deixar que Cherry a abrisse com um empurrão.

— E aí? — cumprimentou Sloan.

— E aí? — falou sua namorada, a preocupação evidente em seu semblante. — A porta da frente estava fechada e a janela também. Está tudo certo?

— Foi só minha mãe tentando se livrar da gentalha — mentiu Sloan. Ela mesma havia fechado a porta, com trinco e tudo. Assim como a janela.

Cherry engatinhou para dentro: uma personificação do passado de Sloan voltando para assombrá-la. Mesmo que ela tenha feito muitos pontos formando o termo "QI" nas Palavras cruzadas, mesmo que tenha enchido a boca de arroz e rido do irmão, mesmo que tenha enviado um pedido de desculpas a Connor e ele nem tivesse se importado de responder.

— Vai ser preciso muito mais do que um trinco pra me manter longe — disse Cherry, espanando um pouco de casca de árvore das pernas. Sloan se lembrava de quando isso era reconfortante em vez de sufocante. Quando havia mudado?

Teria sido com a caixa? Ou antes disso? Sloan havia desesperadamente desejado que Cherry se mudasse para a cidade, então deve ter sido depois.

Depois, depois, depois… Ela estava de saco cheio dessa porra de *depois*.

— Você está bem? — perguntou Cherry.

Sloan lhe mostrou seu melhor sorriso.

— Sempre estou, não é?

Cherry tinha um olhar duvidoso em seu rosto sobre o qual Sloan preferia não pensar muito.

— Você pesquisou mais no Google?

— Não — Sloan respondeu com honestidade. — Passei a maior parte da noite jantando comida caseira terrível-mas-deliciosa e jogando Palavras cruzadas com a minha mãe e o Simon.

— Espera aí. — Cherry riu e olhou para ela com mais atenção. — Você está… Você está de bom humor? Deve ser isso o que eu tô estranhando.

Sloan considerou jogar um travesseiro na cara de Cherry, mas decidiu que seria uma reação hostil demais. Porque, sim, de algum modo, ela estava de bom humor. Era esquisito e Cherry podia implicar com ela por isso, mas Sloan não se importava. Apenas queria se livrar da sensação de que era tudo faz de conta. De que estava fazendo cosplay da sua antiga vida.

— Você acha que eu sou esquisita agora? Digo, mais esquisita do que eu era quando a gente se conheceu? — esclareceu. Pegou dois conjuntos de pijama de dentro do armário e jogou um para a namorada. Era óbvio que ela planejava ficar.

— Isso é difícil de responder — disse Cherry, então parou para pensar.

Sloan tirou a blusa e o top esportivo e então passou a regata de dormir pela cabeça. Um segundo depois, Cherry a imitou.

— Acho que nós duas ficamos diferentes do que éramos — disse. — Mas não sei se isso quer dizer mais estranhas. Por quê?

— Simon. — Sloan suspirou enquanto trocava o jeans rasgado pela lã macia do seu pijama.

— Ah — fez Cherry. — O que você acha que ele estava perguntando de verdade?

— Ele ouviu meu pai dizer que "tinha algo de errado" comigo e gentilmente interpretou isso como ser "esquisita". Mas o lance é: tem mesmo algo de errado comigo, não tem? — Sloan engoliu em seco. — Eu com certeza não estou ficando melhor em lidar com isso. Mas você acha que estou piorando?

Cherry se aproximou de Sloan por trás e passou os braços ao redor dela.

— E o que é que "ficar melhor" significa?

Não se esconder em armários, para começo de conversa. Não passar o dia inteiro se convencendo e depois se dissuadindo de que a namorada, ou pelo menos a família dela, era parte da seita que arruinou sua vida. Não entreouvir uma conversa que basicamente confirmava a história.

Mas Sloan não estava pronta para admitir nada disso.

— Você acha que é esquisito que a gente tenha sobrevivido? — perguntou no lugar.

— Como assim? — Cherry tentou entrelaçar seus dedos nos dela, mas Sloan se afastou.

Pegou um moletom aleatório entre as pilhas deles amontoadas sobre sua escrivaninha e o enfiou sobre a cabeça. Cuidadosamente empurrou os dedos pelos buracos nas mangas de modo que a marca de nascença e a cicatriz que a atravessava ficassem ocultas.

— Sloan? — disse Cherry, e o som de sua voz fez com que a garota desse meia-volta com determinação renovada.

— Como foi que você sobreviveu? E eu?

— Já falamos sobre isso um milhão de vezes. Eu fui pra sua cabine enquanto eles estavam… ocupados… com os outros. Eu te tirei de lá. Você tinha entrado em pânico e se escondia ao lado da cama. Eu te arrastei pra longe dali, a gente subiu e se escondeu numa árvore, você caiu na descida e foi assim que se machucou. Eu me lembrei de ver certa vez num filme os personagens se escondendo debaixo de barcos virados para fugir de um vilão. Então eu te escondi debaixo daquela canoa quebrada perto do escritório do Kevin.

— Mas por que eu não me lembro disso? — resmungou Sloan.

— Você estava em outro plano. Não sei. Se eu segurasse a sua mão e te dissesse pra correr, você correria. Mas se eu não dissesse nada, você só ficaria lá parada. Era um vazio. Foi aterrorizante. Você ficou na minha cola a noite inteira. Eu usei minha blusa para cobrir o seu braço e estancar o sangramento. Eu tentei te afastar do sangue.

— Me conta de novo como a polícia descobriu que havia um problema? — pediu Sloan. Já tinha perguntado isso mil vezes antes, mas ainda não acreditava na resposta.

— O Kevin deve ter ligado pra emergência antes de... — Ela ergueu o queixo. — Antes de ele salvar as nossas vidas atraindo os assassinos pra longe da gente.

— Não faz isso — vociferou Sloan.

— Não fazer o quê? — perguntou Cherry, obviamente chateada.

— Não mistura as coisas na minha cabeça! Não foi assim que aconteceu. Isso foi o que a gente está fingindo que aconteceu pra esposa dele.

— Ok — disse Cherry. — Ok. Eu te deixei debaixo do barco. Não tenho orgulho disso. Mas foi o que eu fiz. Fui pro escritório e eu mesma liguei pra polícia. Quando voltei, percebi que tinha te deixado numa poça de sangue do... — Ela hesitou, olhando com cautela para a namorada. — Qual é a questão aqui de verdade?

Eu não confio em você. Sua mãe é um deles. Você poderia ser um...

— Nada — respondeu Sloan, engolindo o restante de seus pensamentos. — Você chegou a conversar com alguém do lado de fora da minha cabine naquela noite?

— Quê? Não! Eu tentava fazer o máximo de silêncio possível porque havia homens com máscaras de animais matando todo mundo! Lembra?

— Tem certeza? Eu achei ter ouvido alguém. Você, talvez — disse Sloan, esforçando-se para se projetar de volta à memória.

— Você disse que não se lembrava daquela noite e agora, do nada, tem certeza de que ouviu alguém? Suas memórias estão voltando? Isso foi algum tipo de teste? Como eu me saí, Sloan? Eu passei? — A voz de Cherry era dura, áspera e talvez também um pouco magoada. — Está tentando me pegar na mentira ou algo assim? Porque você não vai. Foi isso o que aconteceu.

Sim.

— Não.

Cherry se jogou na cama.

— Você se lembra de mais daquela noite?

— Não, pra ser sincera. Não mais do que o habitual. Eu te contaria se lembrasse. E isso não foi um teste. Eu só...

— Então o que você quis dizer com esse papo de achar ter me escutado?

— Foi só uma coisa que aconteceu enquanto eu estava numa sessão com a Beth. Não é nada.

— Parece ser mais que nada.

— Eu só quero a verdade. Quero saber o que aconteceu.

— Sloan mordeu o lábio. Não era para ser tão difícil e confuso assim. Saber o que era certo e errado. O que era real e o que não era. Qual era o limite e por que ele não parava de mudar de posição?

— Isso *é* o que aconteceu. Bem, tirando a parte do Kevin, mas essa foi uma ideia sua, pra começo de conversa. E amanhã é a "celebração da vida" dele ou sei lá o quê. Não acho que seja a hora de ficar falando mal do cara, e você?

— O que eu acho é que, a essa altura, o Kevin tem um cérebro cheio de vermes e minhocas e que não está nem aí se a gente tá falando mal dele ou não.

— Justo — disse Cherry lentamente. — Então, quando é sua próxima consulta com a Beth?

— Por quê? Porque você acha que eu tô doida? — vociferou ela.

— Não. — Cherry ergueu as mãos. — Relaxa, cara. Se eu realmente estivesse preocupada com isso, não seria a

Beth a pessoa pra quem eu ia tentar te levar. Eu só tô perguntando porque talvez da próxima vez você se lembre de mais alguma coisa.

— Mas eu me lembrei de mais. Eu me lembro...

— Algo que tenha acontecido mesmo... não esse lance de eu estar conversando com alguém, quando, na real, só tentava me esconder. Você vai se sentir muito melhor quando tiver suas próprias memórias de *verdade*. — Cherry revirou os olhos. — Talvez daí você não duvide tanto da minha. — Ela se levantou da cama e foi até a janela.

— Espera, pra onde você vai? — O medo percorreu a coluna de Sloan. Se Magda estivesse envolvida, não queria que Cherry voltasse para casa.

— Não vou ficar aqui parada ouvindo você me chamar de mentirosa.

— Eu não te chamei de mentirosa.

Cherry interrompeu seu andar para lançar à namorada um olhar penetrante. Era raro ver Cherry irritada assim, especialmente com *Sloan*, e isso a abalou mais do que imaginava.

— Você não precisa falar com todas as letras. Isso foi sugerido no restante do que você disse. Se não acredita em mim, então o que é que a gente tá fazendo?

— O que você quer dizer com isso?

— Quero dizer que você tem estado estranha comigo ultimamente. Piorou depois que você conversou com aquela mulher do Reddit.

— Sasha.

— Eu tô pouco me fodendo pro nome dela! — gritou Cherry. — Era pra você ser o meu porto seguro, e eu o seu. Mas aí de repente você começa a desconfiar de tudo. Se você não me quer mais, se sua viagem com o Connor de algum modo estragou nossa relação, então beleza. Que seja. Mas você não vai me arrastar pro seu dramalhão e nem fodendo que eu vou te implorar pra gostar de mim.

— Te arrastar pro meu dramalhão?! — berrou Sloan. — O meu? Foi *você* quem *me* arrastou pra isso quando me tirou da minha cabine e me enfiou debaixo de um barco!

— E o que você queria que eu fizesse? Que te deixasse lá?

— Sim! — gritou Sloan. Estava cansada. Tão cansada daquilo tudo. — Talvez não fosse para eu viver. Você já chegou a pensar nisso?

— Meu Deus, Sloan. — Cherry correu de volta para dentro e agarrou a namorada pelos ombros, segurou seu rosto, embalando sua cabeça, e a puxou para um abraço tão apertado que Sloan sentiu que Cherry tentava escondê-la dentro de si mesma e ali mantê-la para sempre. Lágrimas quentes tocaram a pele de Sloan e, para variar, não eram dela mesma. — Não fala essas coisas — sussurrou a namorada em meio a suspiros trêmulos. — Eu não aguentaria ficar aqui sem você. Nunca... Nunca mais fala isso. Era pra você viver. *É* pra você viver.

Os olhos de Sloan se arregalaram com o estado lamentável de Cherry. Sua namorada não era a fraca da relação. Não era quem precisava de conforto, quem se despedaçava... Era? Sloan se desembolou do abraço para encará-la. Observou com atenção os olhos inchados e vermelhos de Cherry, a coriza que ela limpou cheia de constrangimento.

— Para. — Sloan puxou-a de volta para um abraço. — Me desculpa, tá? Me desculpa. Não vou mais falar isso. Prometo.

— E não pense nisso também. Você não pode nem pensar nessas coisas. Promete?

— Não tenho sido lá muito boa em controlar meus pensamentos recentemente, mas vou tentar. — Sloan ofereceu um sorriso fraco.

Cherry desviou o olhar.

— Eu não aguentaria, sabe. Tô falando sério. Se você um dia... Você estaria me matando também.

— Eu não... eu não faria isso — disse Sloan. Não fora assim que planejara que essa noite corresse. Ela estava feliz. E então ficou irritada. E agora toda a raiva, frustração e desconfiança tinham sido drenadas dela à visão de Cherry chorando ao ponto de soluçar. — Eu não faria isso com nós duas. Nunca, jamais.

— Jura?

— Juro — disse Sloan. — A gente sobreviveu, não foi? Não podemos estragar isso agora.

Cherry assentiu como se tentasse se convencer.

— Voltar pra você foi a melhor coisa que eu já fiz — disse ela.

Espera aí.

— Voltar? — perguntou Sloan, confusa. — Como assim "voltar"?

Cherry desviou o olhar de modo culpado.

— Nada. Esquece. Eu quis dizer ir pra sua cabine.

— Não faz isso — disse Sloan. — Não esconde as coisas de mim. Porque se eu descobrir por conta própria e as minhas memórias e as suas não baterem, vai ser tão, tão pior. Por favor.

Cherry secou os olhos com a palma da mão.

— Eu não quis... — Ela sacudiu a cabeça. — Eu já nem sei mais.

— O quê? — A urgência fez a voz de Sloan falhar. — O que quer que esteja rolando, eu aguento. Você... Cherry, você *conhecia* eles? Sua mãe conhecia eles? Eles te deixaram fugir? Foi isso o que você quis dizer com "voltar"? Você estava em segurança?

— Mas que porra, Sloan? — disse Cherry entredentes.

Sloan mordiscou o lábio. Tinha apostado tudo. Fez as perguntas reais, as perguntas difíceis. O problema é que em vez de uma revelação catártica e incrível, Cherry olhava para ela perplexa.

Sloan ergueu o queixo.

— Eu preciso saber — disse.

— Você tem mesmo que perguntar isso? Tá falando sério?

— Eu...

— Eu sabia que alguma hora isso ia vir à tona. Eu mesma cheguei a pensar algo parecido sobre você algumas vezes. Mas torcia pra que quando a ideia passasse pela sua cabeça, você já me conheceria o suficiente pra nem precisar perguntar. Assim como eu nunca precisei perguntar se você estava envolvida. Mas acho que isso não aconteceu.

Sloan passou a mão pelo cabelo. Não sabia mais o que dizer, fazer, pensar ou sentir.

— Tô cansada demais pra essa merda. — Cherry observou Sloan de cima a baixo com um novo olhar intenso, mas dessa vez com menos rancor.

No entanto, percebeu ela, Cherry não tinha respondido à pergunta.

— Se você *tivesse* me perguntado isso, eu provavelmente também ficaria magoada — disse Sloan. — E eu sinto muito. Me desculpa! Mas não consigo tirar essa ideia da cabeça. Ela tem me incomodado desde...

— Desde quando?

— Desde a caixa — murmurou Sloan.

— Porra, mano — disse Cherry. — De novo isso?

— E aí você falou em "voltar" agora. Você disse que voltou por mim. O que isso significa? Você estava com eles? Conhecia eles? Ou quem sabe não conhecesse, mas sua mãe ou seu pai...

— Caralho, mas que paranoia é essa a sua! — gritou Cherry. — Eu só preciso que você fique bem. Eu *preciso* de você aqui comigo, mas de uns tempos pra cá parece que você tem se perdido mais e mais a cada dia que passa. Não sei o que tá rolando na sua cabeça, mas não é nada bom. Não é. Talvez você precise mesmo ver alguém, alguém com treinamento de verdade pra lidar com essas coisas.

— Mas você disse... — Sloan perdeu o fio da meada, mais confusa a cada instante.

— Eu disse que voltei por você *porque foi o que fiz*. Não gosto de pensar nisso, tá bom? Essa memória é minha, e não sua! Não tem nada para bater porque aconteceu antes de eu ir atrás de você. Puta merda, você espera que eu arregace a minha alma pra você sempre que precisa, mas eu sou humana também, sabia? Essa também é minha história. — Cherry sacudiu a cabeça. — Beleza. Você quer a verdade? Eu já estava do lado de fora quando ouvi o primeiro grito. Saí da minha cabine para ir de fininho para a sua quando ouvi o choro da Anise e o grito do Shane. Eu virei em um canto... estava escuro e ninguém podia me ver, mas vi o que aqueles homens estavam fazendo com eles. Assisti enquanto a lâmina cortava o Shane. O doce e tímido Shane. E eu corri. Não me orgulho disso, mas eu corri. Exatamente como o Kevin tentou fazer, com a diferença de que eu consegui escapar. Estava segura no bosque; nunca teriam me encontrado lá. Eu ia correr o caminho todo para aquele postinho de gasolina do lado de fora do acampamento e então pedir socorro. Talvez devesse ter feito isso. Talvez se eu tivesse, conseguiria salvar mais gente... mas eu não me importava com os outros. Estava apavorada por você. Fiquei pensando no que aconteceria com você enquanto eu estava longe. Então parei. E corri de volta o mais rápido que consegui. Eu me esgueirei por trás das cabines até chegar na sua. Foi quando te encontrei e, bem, o resto você já sabe.

Sloan secou os olhos, tocada pela sinceridade na voz dela. Cherry salvara a sua vida e, como retribuição, ela havia duvidado da namorada, obrigando-a a se abrir. Forçando-a a compartilhar algo de que se envergonhava, mesmo que não tivesse nada do que se envergonhar.

— Você voltou — disse Sloan, aproximando-se até ficarem cara a cara.

— Só por você. E voltaria mais um milhão de vezes. Mesmo que isso significasse que todos os outros morreriam. Mesmo que isso significasse que eu morreria. Eu sempre, sempre vou voltar por você.

A mão de Cherry se enredou no cabelo de Sloan, puxando-a para mais perto. Seus lábios tinham gosto de lágrimas quando se encontraram. Elas se beijaram como se o mundo estivesse acabando. Como se fosse seu último fôlego antes do choque com o asteroide, antes da escuridão cair — antes, antes, antes.

Se beijaram com tanta intensidade e por tanto tempo que Sloan quase se esqueceu de que Cherry nunca chegara a responder a sua outra pergunta, a mais importante. A pergunta "Você estava envolvida nisso?".

Muito depois, quando os lençóis ao redor delas estavam tão emaranhados quanto seus corpos, Sloan imaginou que ela já sabia. Fora proposital. E estava tudo bem.

Elas tinham vivido no final. Talvez vivessem para sempre.

AS ÚLTIMAS SOBREVIVENTES 211

Vinte

A manhã foi esquisita.

As garotas ficaram pisando em ovos uma com a outra, fingindo que a discussão da noite anterior nunca havia acontecido enquanto se aprontavam para a "celebração da vida" de Kevin. Sloan desejava que Colleen simplesmente chamasse aquilo do que era de verdade: um aniversário macabro para um cara morto.

Ela se perguntou, enquanto calçava as meias, se Allison teria continuado a celebrar o seu aniversário. Conseguia imaginar Simon marchando com um bolo sinistro da morte, um sorriso forçado emoldurando seu rostinho. Será que haveria slides? Provavelmente sim. Sloan franziu a testa, percebendo que havia uma grande chance de ter slides no memorial de Kevin.

Sloan odiava exibições de slides. Já tivera a sua cota deles oito vezes.

Embora ela não os odiasse tanto para alguém como Kevin, que pelo menos já era adulto quando morreu. Os slides de retrospectiva das vítimas de sua idade eram deprimentes pra caramba. Fotos de recém-nascidos para fotos de bebês para fotos de crianças para fotos de adolescentes para... nada. Uma caixa de madeira em um palanque. Uma urna brilhante com uma fotografia de formatura emoldurada ao lado.

Horrível. Tudo aquilo.

— Pronta? — perguntou Cherry, com o cabelo ainda pingando após usar o chuveiro de Sloan. Ela tinha o cheiro do xampu dela, e Sloan gostava disso. Mesmo que Cherry talvez fosse uma assassina. Mesmo que Magda provavelmente estivesse envolvida.

— Aham — disse Sloan. Ela pegou a bolsa de sua escrivaninha e a passou pelo ombro. Usava um vestido escuro, azul, não preto. Preto parecia pouco apropriado para um aniversário ou funeral ou seja lá o que aquilo fosse. O vestido era discreto, quieto, como ela se sentia neste dia. Se o humor dela pudesse se materializar em um objeto, seria nesse vestido sem graça.

— Preciso dar um pulo em casa pra pegar as flores. E quero trocar meus sapatos.

Sloan focou os pés de Cherry. Estava de All Stars. No carpete. Allison ia acabar com ela.

— Por mim, tudo bem.

— Pra onde você vai tão cedo? — chamou a mãe quando elas chegaram na porta da frente.

— Pro lance do Kevin — respondeu Sloan.

— Kevin — falou Allison, como se tentasse descobrir onde ouvira o nome antes. — É alguém da escola?

— É o nosso monitor-chefe de acampamento que morreu — disse Cherry, com um tom muito mais alegre do que a situação pedia. — Lembra?

— Como foi que você... — Allison começou a perguntar, mas se interrompeu. Sloan suspeitava que fosse dizer:

"Como foi que você descobriu?". Ou quem sabe: "Como foi que você encontrou o convite depois de eu ter escondido ou jogado fora?". Algo do tipo. Bastou um olhar para o rosto de Allison para Sloan saber que a mãe com certeza teve um papel fundamental para que aquele convite *não* chegasse às suas mãos. — Bem, tenha um bom dia, acho — falou por fim. — Vou buscar você na casa da Cherry mais tarde. Você precisa estar lá antes da sua consulta com a Beth. Vou te levar hoje. Preciso repor minhas misturas homeopáticas.

Sloan revirou os olhos. A única coisa pior do que visitar Beth era ir para lá com a mãe no cangote, tentando entreouvir tudo. Mas não adiantaria discutir. Sloan podia ser tecnicamente adulta, mas não tinha trabalho, nem dinheiro, nem — embora antes já tivesse sonhado com a ideia de fugir de casa para morar com Cherry — qualquer interesse em mudar-se para a possível Habitação do Coelho depois de ouvir a ligação de Magda, mesmo que sua mãe decidisse expulsá-la.

— Não revire os olhos pra mim — disse Allison. — Vou te buscar às quatro da tarde.

— Por mim, tudo bem — falou Sloan, pela segunda vez naquele dia.

Ao seu lado, Cherry franziu a testa.

Havia mais gente na celebração de vida de Kevin do que Sloan esperava. Quando pisou no quartel dos bombeiros que Colleen havia alugado para a ocasião, Sloan pensou que o tamanho era um exagero. Mas agora, conforme o número de pessoas a entrar se avolumava, ela se preocupou que o lugar talvez não fosse grande o *bastante*.

Quantas pessoas Kevin conhecia? Sloan imaginava que houvesse um monte de penetras ali, gente que se encontrara com ele uma ou duas vezes e que agora queria interpretar um pequeno papel na tragédia, à guisa de prestar condolências. "Eu conhecia o cara; cheguei a ir na cerimônia de celebração de vida dele" talvez fosse motivo de orgulho em certos círculos sociais.

E havia os jornalistas também, mas Sloan fez questão de ficar o mais longe possível deles.

— Ginger ale — disse Cherry, entregando-lhe um copo. Tinha ficado em cima de Sloan o dia inteiro. Era desconcertante. No carro, durante as quase duas horas de viagem até este quartel dos bombeiros no meio do nada, Cherry estivera inquieta e ansiosa, e não parava de lançar olhares de soslaio para a namorada. Quando Sloan espirrou, Cherry puxou um lenço de dentro do console de centro com tanta velocidade que o carro chegou a dar uma guinada para o lado na rodovia. Seu cuidado possuía um desespero que não existia antes.

E agora essa ginger ale que ela nem tinha pedido.

Sloan lembrava-se de uma época em que amava ser paparicada assim, quando isso não fazia com que se sentisse tão claustrofóbica. Mas imaginava que era mais difícil apreciar os mimos quando a pessoa fazendo isso poderia ser a razão para ela estar tão ferrada da cabeça, pra começo de conversa.

Talvez.

Pare, relembrou-se. *Aceite a ideia de não saber.*

— Obrigada — disse Sloan finalmente, e bebericou de seu copo.

Colleen escolheu aquele momento para aparecer diante das duas. A multidão se abriu ao redor delas com sussurros abafados quando a viúva abraçou primeiro Cherry e então

Sloan. As garotas tinham sobrevivido por causa de Kevin, afinal, ou pelo menos era o que todo mundo pensava. Colleen parecia acreditar que isso a tornava uma tia honorária delas. Ou não, algo ainda mais próximo, mais pessoal do que laços sanguíneos. Sloan não sabia se havia uma palavra para isso, a maneira como a tragédia unia as pessoas, mas pensava que deveria existir.

— Meninas! Meninas, estou tão contente que puderam vir — disse Colleen, agarrando as mãos de ambas. — Tem tanta gente aqui que eu nem conheço. É legal ver um rosto familiar. Como têm passado?

— Bem — disse Sloan automaticamente.

— Tem sido difícil — falou Cherry.

Sloan deu um sorrisinho. Desde quando Cherry era a sincera ali?

— Imagino, imagino. — Colleen deu tapinhas nas mãos delas com um sorriso ponderado. — Mas eu estou muito contente que as duas estejam aqui. — Pela maneira como disse isso, Sloan sabia que não se referia à festa. Ela se referia à vida. Queria dizer que estava contente por elas não terem abandonado este plano terreno como tantos de seus colegas. Como o seu marido.

Sloan puxou Colleen para mais um abraço, encontrando os olhos preocupados de Cherry e desviando o olhar depressa. Não sabia dizer por que exatamente tinha feito isso, mas quando a mulher mais velha enxugou os olhos e lhes lançou um sorriso lacrimejante, Sloan soube que fez a coisa certa.

— Obrigada pelo abraço, querida. Já está sendo um dia e tanto. De todas as manhãs possíveis, tinha que ser justamente hoje que aquela promotora-assistente decide retornar o meu contato para dizer que Edward Cunningham se recusa a me ver. Dá pra acreditar? Pelo visto, aquele convite só se estende para "as sobreviventes" — disse Colleen com amargura. — Sou uma sobrevivente também! Ele me matou tanto quanto matou Kevin naquele dia.

— O quê? — perguntou Sloan. Ela piscou de volta para Cherry, que, de repente, parecia muito culpada. — Que convite?

— Tenho certeza de que é melhor assim — interrompeu Cherry. — O que mais você tem feito, Colleen? A decoração está adorável. Kevin certamente teria achado fabulosa.

Adorável? Fabulosa? Sloan olhou para Cherry como se a garota tivesse duas cabeças. Não era uma mudança de assunto sutil. Cherry estava ficando descuidada.

— Você queria ver A Raposa? — perguntou Sloan, porque não seria empurrada para fora dessa conversa. — Digo, o Edward Cunningham?

— Bem, sim, meu bem. Preciso perdoá-lo como Jesus desejaria que eu fizesse. É difícil fazer isso se ele só quer ver vocês duas. Conheço alguns dos outros pais que têm a mesma preocupação. Precisamos dizer a ele que está perdoado. Queremos olhar em seus olhos e dizer que ainda pode ser salvo.

— Vocês poderiam escrever isso numa carta — disse Cherry. — Tenho certeza de que ainda contaria. Mas, é sério, onde foi que você arranjou essa ginger ale? Sloan é meio que um dragãozinho e…

— Ah, sim, eu entendo. Com certeza estou ansiosa para ficar cara a cara com ele. — Sloan fuzilou Cherry com o olhar. Parecia a única ali surpresa com esta revelação, o que queria dizer que Cherry já sabia. Sua namorada fora de algum modo notificada de que A Raposa queria vê-las. Como de costume, Allison não devia ter repassado a informação.

Mas nesse caso Cherry tinha escondido isso dela também.

— Vai ser muito bom pra você. Catártico, com certeza. Você pode passar uma mensagem minha pra ele? — Colleen agarrou ambas as mãos de Sloan. — Pode dizer a ele que eu o perdoo? Pode ajudá-lo a encontrar a luz de Jesus ou pelo menos perguntar se gostaria que eu fosse lá ler a Bíblia para ele? Há moças da nossa igreja que já fizeram isso na penitenciária feminina de lá. Dizem que é possível. Se há uma alma que precisa ser salva, é a dele.

Sloan parou de prestar atenção em Cherry para encarar as mãos da mulher, trêmulas e delicadas, envolvendo seus dedos pálidos.

Ela queria gritar.

Estava tão cansada de as pessoas esconderem coisas dela.

Mas sabia que Colleen precisava disso. Que a mulher talvez fosse a única vítima de verdade ali.

— É claro que posso. — Sloan sorriu. — Mas agora, se nos dá licença, precisamos ir. A gente só tinha um tempinho e eu quis dar um pulo aqui para te dar um abraço — mentiu. — A viagem pra casa é longa e temos um compromisso essa tarde.

— Ah, mas a gente ainda nem cortou o bolo! Minha prima fez um bolo de cereja que é uma delícia. E a minha sobrinha até preparou uma apresentação de slides com a música favorita dele. É uma banda de rock cristão! Kevin adorava um rock n' roll.

Sloan tinha quase certeza de que a banda favorita de Kevin era Nirvana, mas não ia dedurar a vida dupla de sua playlist agora.

— Parece maravilhoso, mas a gente realmente precisa ir — falou em vez disso. — Muito obrigada por nos convidar. Vou entrar em contato com você de novo em breve, tá bom?

Agora, volta lá pros seus amigos e pra sua família. Diz a todo mundo que eu mandei um oi. — Sorriu de novo.

— Tudo bem, querida, se precisa mesmo ir.

Colleen puxou ambas para outro abraço em grupo. O corpo de Cherry estava rígido contra o de Sloan. Sair mais cedo não era parte do plano e Sloan podia apostar que a namorada já estava aterrorizada com o que viria a seguir.

Depois de dois potes Tupperware cheios de pizza e pão de alho, além de pelo menos cinco outros abraços de despedida, as garotas finalmente voltaram à picape de Cherry.

— Você vai falar alguma coisa? — perguntou Cherry, depois de vinte minutos de silêncio.

Sloan soltou uma risada seca. Achava estar dizendo o bastante com seus braços cruzados e o corpo voltado para o mais longe possível de Cherry.

— Você tá me assustando — disse a namorada, mas Sloan apenas ficou olhando pela janela, a sensação de traição ardendo em suas veias até ela não ser capaz de aguentar mais nenhum segundo.

— Você sabia — falou com desdém. — E aquela história de "Nada de segredos, nada de mentiras"? Eu poderia te perdoar pela caixa, talvez, mas não por isso.

— Do que é que você tá falando?!

— Você mentiu. E não diga que estou errada porque eu vi o seu rosto quando Colleen falou que A Raposa queria nos ver. Não era choque; era culpa. Há quanto tempo você sabe?

Cherry travou a mandíbula, os olhos ainda fixos na estrada ao falar:

— A Sheridan entrou em contato com a minha mãe. Foi no dia da coletiva de imprensa. Ela queria que minha mãe soubesse antecipadamente que haveria o anúncio, mas também que Edward estava pedindo para se encontrar com a gente.

— E você não pensou em mencionar isso pra mim?

— Você deveria ter recebido a mesma ligação. Eu achei que...

— Para de mentir! Você sabia que a minha mãe não me contaria. Você tá cheia de historinha agora! Por que escondeu isso? Podíamos ter ido ver ele há dias!

— É por isso que eu não te contei! — disse Cherry, os nós de seus dedos brancos de tanto apertar o volante. — Porque eu sabia que você ia querer ir. E de jeito nenhum que a gente vai se sentar com aquele assassino.

— Não é você quem decide isso! Eu já não aguento mais as pessoas achando que podem decidir por mim. Eu tenho direito a opinar também! Eu não sou feita de açúcar. Vivi a mesma coisa que você.

— Não, você não viveu — disparou Cherry.

— Vai se foder.

— A gente precisa parar de se enganar, Sloan. Você *não* tá bem. Não tá. Mesmo que nós duas tenhamos sobrevivido ao ataque, você não está vivendo. Nem um pouco. Noite passada você disse que eu devia ter te deixado lá pra morrer e agora você tá que nem um furacão querendo correr de volta para a pessoa que te deixou catatônica por dias. Eu decido *sim*. A sua mãe decide *sim*. Você não está bem, Sloan. A cada dia você me assusta mais. Na noite passada você chegou a me acusar de ser integrante do Morte Hominus! Você não tá pensando direito!

— Por culpa sua. Por culpa sua e dos seus segredos! Você tá constantemente escondendo coisas de mim. E não estou falando só dos troços no seu armário. Mas disso também! A Raposa! Será que você teria me contado sobre esse lance do Kevin se eu não estivesse lá quando a Magda te entregou o convite?

— Para de chamar ele de "A Raposa", como se ele fosse o vilão mágico de um filme ou algo assim! Ele não é. É só um homem normal usando uma máscara bizarra. Nós não somos criancinhas perdidas na floresta. Ele não é uma raposa astuta. Isso não é a porra de um conto de fadas. O nome dele é Edward Cunningham e ele morava numa merda de van! Ele tem 43 anos e nunca trabalhou ou teve família ou contribuiu com o mundo de maneira nenhuma, e eu queria era ver ele fritar numa porra de cadeira elétrica.

Sloan ficou absolutamente imóvel.

— Como você sabe disso?

— O quê?

— Como você sabe que ele nunca trabalhou nem arranjou uma família? Eu não te contei isso. Não estava em nenhum relatório e nem ferrando que isso foi parar na nossa colagem.

— Eu vou arrancar aquela merda da parede assim que a gente chegar em casa.

— Como você sabe dessas coisas?

A picape ficou silenciosa, apenas os sons do asfalto correndo sob as rodas e os batimentos cardíacos de Sloan palpitando com tanta força que o mundo inteiro poderia ouvir.

— Eu te segui, tá bom? — disse Cherry.

— Quê?

— Eu segui você e o Connor até o restaurante. Usei o aplicativo Find My Friends de novo. Notei uma saída de emergência perto dos banheiros e não parecia ter nenhum alarme então entrei de fininho pelos fundos. Vocês já estavam no meio da conversa. Fiquei sentada numa mesa um pouco atrás, do outro lado. Não dava pra ver através da divisória fosca. Não que você fosse perceber do contrário; estava mergulhada demais no que aquela mulher dizia.

— Você fez o QUÊ?

— Eu estava preocupada com você! Sabia que não ia pra nenhum lugar que prestasse, do contrário teria me deixado te levar. Como acha que cheguei na sua casa quase que na exata mesma hora que você? Eu estava a só uns poucos carros de distância em todo o caminho de volta. Toda vez que a gente parava num sinal vermelho, acabava comigo não poder descer pra te buscar... Você estava tão agitada no telefone... Mas eu não queria que ficasse brava comigo. Eu esperei no final da sua rua por um minuto quando você chegou lá... foi o máximo que consegui aguentar... e então corri até a entrada da garagem. Não consegui ver o livro ou as fotos nem mais nada, óbvio, mas ouvi o que aquela mulher te disse. E no instante que ela mencionou que Marco era o coelho eu soube que você estava pensando no meu pai.

— E então você tirou as fotos dele de dentro da caixa para que eu não pudesse comprovar isso?

— Do que você tá falando?

— Eu ouvi a sua mãe conversando com ela por telefone.

— Com quem?

— Sasha! Sua mãe estava falando com a irmã do Edward. Como é que vocês duas estão envolvidas nisso? Por favor. Pode simplesmente me contar o que tá rolando?

— Meu Deus, ouve só as coisas que você diz!

— Sua mãe falou pra Sasha que você não era parte daquilo. — Sloan sacudiu a cabeça. — Então você e Magda precisam ter uma conversa. Talvez seja você quem está sendo enganada, não eu.

— Nada do que você diz faz sentido. Quando foi que a minha mãe esteve no telefone com alguém? Que fotos? Não sei do que você tá falando!

— Eu escutei a Magda no telefone com uma pessoa que ela chamou de "Sash". Tipo "Sasha". Você tinha saído pra comprar flores e eu ainda estava na sua casa. Ela pensou estar sozinha. Não sei se você está tentando proteger sua mãe ou se simplesmente não sabe, mas tenho certeza do que ouvi.

Cherry trocou de faixa, quase deixando passar a entrada para a cidade delas.

— Minha mãe não está envolvida em nada disso, e com certeza não esteve conversando com a irmã do Edward Cunningham. Não sei por que você continua... Ah. Ah! Não era Sasha. Era Stosh. É o agente dela. — Cherry olhou de relance para a namorada. — Ele sempre tenta me fazer participar dos eventos da minha mãe e tal... pra chamar atenção de uma faixa etária jovem, essas coisas. É nojento — disse Cherry com amargura. — Mas por que você só não perguntou com quem ela estava falando? Minha mãe teria te dito. Acho que a gente poderia até ligar pra ele, se isso te fizer se sentir melhor.

— Não vou contar pra sua mãe que estava me esgueirando pela casa enquanto entreouvia as conversas dela!

— Você fez o quê? Sloan, você precisa acordar. Isso não é um filme de assassinato com uma grande virada no final. Isso é a vida *real*! A gente viveu o inferno, verdade, mas precisamos sair do outro lado, independente do que pareça. Eu te prometo que você não ouviu o que acha que ouviu.

Sloan secou lágrimas recém-formadas com raiva. Ela sabia o que tinha escutado. Não sabia? Não sabia?!

AS ÚLTIMAS SOBREVIVENTES 223

— Stosh, e não Sasha — prosseguiu Cherry calmamente.
— Eu juro. Ele tá produzindo umas colaborações novas entre
ela e uns espetáculos burlescos ou algo assim. Eu tento não
pensar nisso, porque, eca, é a minha mãe. — Cherry fingiu um
arrepio. — Não vou nem te perguntar o que você quis dizer
com "se esgueirando pela casa" e "entreouvir", mas pode acreditar quando digo que minha mãe não tem estômago nem pra
matar inseto. Ela não vai entrar numa fila pra se juntar a uma
seita cheio de assassinos sanguinários. Às vezes um coelho é só
um coelho, e uma coincidência é só uma coincidência.

Sloan queria acreditar nela. Queria tanto acreditar nela.
Só havia um problema.

Não acreditava.

Não podia. Já estava de saco cheio de confiar nas pessoas. Já estava de saco cheio de todo mundo lhe dizer o que
ela sabia, vivera ou ouvira. Já estava de SACO CHEIO. Desa-
taria aqueles nós por conta própria se fosse necessário. E se
pra isso precisasse reviver a noite no Acampamento Money
Springs mil vezes mais, que assim fosse.

Porque ela precisava se lembrar, e ela precisava se lembrar agora, antes que isso fosse ainda mais longe. Antes que
ela não conseguisse mais dizer quem era Sloan e quem era
Cherry, e o que era a realidade como um todo.

Mas Beth não era a única capaz de ajudá-la a desbloquear as respostas. Cherry não era a única com quem poderia
compartilhar memórias. Havia mais um sobrevivente.

Três pessoas tinham saído vivas da floresta naquela noite.

— Eu vou — disse Sloan, voltando o olhar para o lado de
fora da janela do passageiro. — Você pode me acompanhar
ou não, mas eu vou.

— Sloan — disse Cherry —, essa é uma péssima ideia.

— Você não entende, e tudo bem. Mas não vai me parar. Nem você, nem a minha mãe, nem mais ninguém. A Raposa quer me ver, mas eu quero vê-lo ainda mais.

— Sloan…

— Só continua dirigindo, por favor.

Vinte e um

— **Eu vou visitar A Raposa** — disse Sloan.

Não tinha a intenção de que essas fossem as primeiras palavras a deixar sua boca quando se sentou diante de Beth para a consulta, depois de Allison ir embora (com as mãos cheias de misturas homeopáticas fresquinhas). Mas foi o que aconteceu.

— Não estava ciente de que sua mãe tinha discutido essa situação com você.

— Ela não discutiu, mas parece que vocês duas andaram conversando.

Beth teve o bom senso de parecer culpada por um segundo antes de se recompor. Abriu seu sorriso profissional de hipnoterapeuta e escreveu alguma coisa no bloco de notas. Sloan resistiu ao impulso de olhar. Suspeitava que se assim fizesse, veria alguma variação de "Eita, merda. Eita, merda. Eita, merda" rabiscada pela página.

— Você tem o hábito de discutir informações pessoais de seus clientes com outras pessoas, mesmo que sejam maiores de idade? Ou foi, tipo, só dessa vez? Isso não é, tipo, uma quebra do sigilo médico-paciente ou algo assim?

— Tecnicamente não sou médica, como você adora lembrar — disse Beth. — E sua mãe já era minha cliente antes.

— Não me parece ético — respondeu sem entonação.

— Talvez não seja mesmo. — Beth se inclinou para trás em sua cadeira. — Você vai me denunciar? Ou a gente pode começar logo isso?

— Começar o quê?

Beth uniu as mãos sobre o tampo de sua escrivaninha.

— Imagino que a razão para vir aqui não tenha sido gritar comigo só porque sua mãe e eu batemos um papo sobre o que seria mais benéfico para a sua vida. E mesmo que seja essa a razão, tenho notícias frustrantes pra você: sua mãe também é minha paciente. Eu não compartilho com ela nenhuma informação sua ou sobre seu estado mental. Não traí a sua confiança e não quebrei o sigilo médico-paciente. O que fiz, no entanto, foi permitir que sua mãe explorasse completamente os sentimentos dela quando foi notificada de que você teria a oportunidade de falar com Edward Cunningham antes da transferência dele para uma penitenciária federal.

— E quais eram os sentimentos dela? Deixa eu adivinhar: me trancar no quarto até o mundo acabar?

Beth umedeceu os lábios.

— Você chegou aqui como um vendaval, brigando comigo por uma suposta violação de confiança e privacidade, e agora parece esperar que eu viole a confiança e a privacidade de sua mãe. Não. Eu não falo com ela sobre as coisas que discutimos e sobre o seu progresso ou a falta dele. Assim como não vou discutir com você a respeito das coisas que converso com a sua mãe ou o progresso dela como minha paciente. Agora que já reestabelecemos isso, devemos dar início?

— À hipnose? — perguntou Sloan. Tinha ficado desnorteada. Estava preparada para ter raiva de Beth; para que Beth pedisse desculpas ou talvez recuasse com uma mentira. Não estava preparada para a sua honestidade ou para que a sessão ainda fosse uma possibilidade.

— Não, hoje acho que podemos explorar sua visita planejada a Edward Cunningham, o homem que matou seus amigos e tentou fazer o mesmo com você. O que espera receber desta visita? O que a motiva a ir vê-lo?

Sloan soltou uma risada seca. Beth devia saber disso mais do que qualquer outra pessoa.

— Eu só quero a verdade.

— E você confia nele para oferecê-la?

— Não confio em ninguém pra me oferecer a verdade a essa altura — disse ela. — Mas imagino que ele tenha menos a perder do que todo mundo que eu conheço, então por que se incomodaria em mentir?

— É uma perspectiva interessante.

— Bem, ele já foi declarado culpado. Todos os amigos dele estão mortos...

— Você se identifica com ele?

— Com A Raposa?

— Com Edward Cunningham — falou Beth. — Pode se referia a ele como "A Raposa" lá fora, mas prefiro que utilizemos uma linguagem realista durante nossas sessões. Independentemente de como chama aquele homem, você se identifica com ele?

— Não, foi mal, não sou uma psicopata assassina mascarada... Espera, isso era pra ter sido algum tipo de metáfora?

Porque, tipo, eu estou trancada em uma jaula das minhas memórias enquanto ele está trancado na prisão? Qual é, Beth, vamos melhorar o material.

— Podemos filosofar se for assim que você se identifica com ele, mas estava pensando mais no fato de que ambos são os últimos de sua espécie. Ele é o último do Morte Hominus, até onde sabemos, e você é a última entre os monitores. Deve ser solitário.

— Mas eu não sou a última. Eu tenho a Cherry.

— E como vai seu relacionamento?

Sloan ergueu o queixo e encarou a parede com irritação. Não gostava dessa linha de questionamento.

— Sabe, Sloan, é completamente normal que laços de trauma enfraqueçam com o tempo. Especialmente em casos como esse, em que sua mente está te protegendo de suas próprias memórias. Cherry se tornou um escudo para você, tanto na realidade quanto em seus pensamentos e sentimentos. Ela te protegeu naquela noite e preencheu as lacunas do que você não consegue se lembrar. É bastante natural que…

— Se você acreditar nela — interrompeu Sloan.

— Perdão?

— Se você acreditar na versão dos eventos de Cherry, então, sim, ela é aparentemente a heroína e a guardiã das minhas memórias, já que você não consegue desbloquear aquela porta pra mim.

— Nunca foi o meu papel desbloquear a porta da cabine em suas memórias, Sloan. Estou aqui para facilitar a abertura da porta, mas é você quem precisa fazer isso. Mas vamos deixar isso de lado. Cherry…

— Não, não vamos. Me hipnotiza. Eu tô pronta.

AS ÚLTIMAS SOBREVIVENTES 229

— Não é assim que isso funciona. Não vou submeter minha paciente a uma sessão de hipnose se ela já está estressada demais.

— E então o quê? Eu tô te pagando pra ficar sentada aqui por uma hora fingindo que você é psicóloga?

— Tecnicamente, a sua mãe é quem está me pagando. E podemos fazer o que você quiser pela próxima hora. Você pode sair por aquela porta agora mesmo se quiser e ir para a picape que te espera lá na rua. Ela está sempre te esperando bem do outro lado da janela, não está?

— Cherry gosta de ficar por perto. Ela se preocupa — disse Sloan, mas nem mesmo enquanto as palavras saíam de sua boca ela acreditava totalmente nelas.

— É só isso?

— E o que mais poderia ser? — perguntou Sloan, amarelando. Porque quando realmente pensava sobre aquela picape que sempre a esperava, o que mais a atormentava era: a ideia de que talvez Cherry não se preocupasse de fato com ela, mas que estivesse apenas a monitorando... E isso Sloan não podia sustentar.

Dizer isso em voz alta tornaria real de um jeito que ela ainda não estava pronta.

— Me parece que você está questionando o seu relacionamento. Você diria que essa é uma afirmação correta? Você está suspeitando da versão dela dos acontecimentos, o que é perfeitamente saudável, aliás. É uma progressão normal enquanto você ainda está se recuperando, e estou esperançosa de que logo conseguiremos desbloquear essas memórias e que você possa ver por si mesma. Mas, enquanto isso...

— Enquanto isso, eu vou ver A Raposa, e você pode contar à minha mãe que eu falei isso. — Sloan pegou a jaqueta do encosto do divã e se levantou. — Se não pudermos fazer uma sessão hoje, então acho que acabamos por aqui.

Ela vestiu a jaqueta com raiva enquanto caminhava até a porta.

— Sloan — chamou Beth, em um tom que fez com que a garota se virasse.

— O quê?

— Tenha cuidado consigo mesma.

Sloan esperou por um momento para ver se Beth diria algo a mais, mas ela apenas voltou a fazer anotações rápidas.

Tenha cuidado consigo mesma, pensou Sloan enquanto saía pela porta. Ela nem sabia mais o que isso significava.

Vinte e dois

— **Eu quero ir pra casa** — disse Sloan, no instante em que se sentou no banco do passageiro após engatinhar por cima do colo de Cherry.

— Como foi a consulta?

— Se você não quiser me levar pra casa, eu posso só ligar pra minha mãe.

Cherry suspirou e dirigiu para fora da vaga onde tinha estacionado.

— Não falei que não te levaria pra casa. Eu te perguntei como foi.

— Por quê? Pra você me dizer o que eu posso ou não posso fazer e o que eu devo ou não devo saber?

— Não, porque eu estou tentando te apoiar. Só isso. Porra, Sloan, não sei por que você tá tão determinada a me transformar na sua inimiga de repente. Você conversou com a Beth sobre isso?

Talvez você seja a inimiga, pensou Sloan, instantes antes de sua mente ser inundada com memórias; lembranças ale-

232 JENNIFER DUGAN

gres e aconchegantes delas duas. Se Cherry era a inimiga, então talvez Sloan também fosse. Mas não, ela não podia pensar assim. Não deveria.

Cherry deixou a mão cair com a palma para cima no assento entre elas. Antes, Sloan teria se apressado para agarrá-la. A mão de Cherry seria uma lufada de conforto em um mundo doloroso. Mas, no momento, parecia mais uma acusação. Sloan desviou o olhar.

— Então é isso? — perguntou Cherry, sua mão voltando a apertar o volante com tanta força que devia doer. — Você simplesmente acordou um dia decidida a me odiar por ter te salvado? Eu sei que a culpa do sobrevivente é uma merda, mas distorcer as coisas pra me transformar na vilã da história é golpe baixo, mesmo pra pessoas como nós.

— Eu não te odeio por me salvar.

— Então o que é isso? Porque você era apaixonada por mim, não era? Mas hoje você não quer nem me tocar. Você olha pra mim como se eu te enojasse. Se precisa que eu seja a vilã da sua história, então é o que vou ser, mas não vou pedir desculpas por ter feito tudo o que eu podia pra te salvar naquela noite.

Sloan não sabia como responder a isso. Não sabia como responder a nada disso. Estava tudo tão embaralhado e confuso. O relacionamento inteiro delas havia sido uma coisa incrível e terrível, desde o instante em que seus universos colidiram.

— Talvez *seja* melhor acabar aqui — disse Sloan, e as palavras a chocaram. Não havia esperado que saíssem. Sequer sabia se teve a intenção de dizer aquilo. O suspiro no banco ao lado fez o coração de Sloan trovejar para voltar atrás.

Cherry cutucou o interior da bochecha com a língua e encarou a estrada adiante. Sloan conhecia bem aquele olhar.

Era o mesmo de quando estava aborrecida com sua mãe, o mesmo de quando Kevin tinha gritado com ela por trocar sua playlist do Nirvana por uma de Sloan para ser legal. Era o rosto de alguém que tentava engolir as próprias palavras; e se engasgava em cada uma delas.

— Cherry — disse Sloan, baixinho, baixinho, baixinho.

— Para.

— Eu…

— Não. Diga. Mais. Uma. Palavra. — Um tremor percorria o corpo sempre tão firme de Cherry. E, ah. Sim. Sloan era a responsável por isso. Sloan a havia magoado. Muito. E, no processo, tinha se magoado ainda mais.

Por que de repente tudo parecia tão fora de controle?

— Eu não quero isso de verdade — Sloan deixou escapar, mesmo depois de Cherry erguer a mão no gesto inconfundível de "Por favor, cala a boca". Mas Sloan não calaria. Não podia. — Estaciona. Para o carro.

— Por quê? Pra você poder pular pra fora? — vociferou Cherry. — Já estamos chegando na sua casa. Apesar do que você pensa, eu não sou uma cuzona. Deixa só eu te levar pra lá em segurança, que depois eu me mando.

— Cherry…

— Não me obriga a te largar no meio-fio — disse ela, sua voz soando patética, quase um choramingo. Sloan nunca ouvira algo assim. — Por favor, Sloan, eu não posso. Vou ficar preocupada com você pelo resto da minha vida, e ainda sentindo saudades. Não me obriga a começar agora. Só… me dá um minuto. Me deixa levar você em casa. *Por favor*.

— Estaciona, Cherry — disse Sloan novamente. Dessa vez, sua voz soou gentil. — Você tá tremendo.

Cherry suspirou e deixou a cabeça pender antes de parar o carro bem no limite do estacionamento de um posto de gasolina.

— Tomar um pé na bunda num posto de gasolina não estava nos meus planos pra hoje.

Sloan se virou para encará-la, mas Cherry continuava a olhar pela janela, os olhos fixos na logo amarelo-vibrante.

— Olha pra mim — disse Sloan calmamente, como se Cherry fosse um animal assustado prestes a morder. Quando a namorada não se mexeu, Sloan decidiu tentar uma outra abordagem. — Não é como se eu pudesse pular pra fora do seu carro, de qualquer forma. Sua picape é uma merda e essa porta não abre.

— Eu sabia que tinha um motivo pra eu não consertar ela. — Cherry deixou escapar um respiro que poderia ter soado como uma risada se não fosse tão triste.

— Porque assim você poderia sequestrar garotas desavisadas? — provocou Sloan, percebendo tarde demais que era uma piada péssima.

— Bem, eu sou parte de uma seita assassina, não sou? Eu e minha mãe. Meu pai também, provavelmente, né? — Ela cruzou os braços. — Imagino que você considere sequestro apenas parte do meu trabalho.

— Eu não acho que você seja…

— Não acha? Nem minha mãe, pelo menos? A porra do meu pai morto?

— Eu não sei. Está tudo tão embaralhado.

— O que você sente, Sloan? Porque isso não é amor, é? Não dá pra amar alguém desse jeito.

Sloan revirou os olhos.

AS ÚLTIMAS SOBREVIVENTES 235

— As pessoas se apaixonam por assassinos em série o tempo todo — disse. — Metade deles são casados, alguns mais de uma vez. Não tem nada a ver.

Cherry olhou para ela, incrédula.

— Tá ouvindo as coisas que você diz?

— Eu falei tudo errado — resmungou Sloan. — Só quero dizer que eu te amar não contradiz... eu já nem sei mais.

— Essa foi sua maneira extremamente imbecil de dizer que ainda há esperanças para que eu encontre o amor mesmo que seja uma genocida? Caramba, Sloan.

— Eu não sei o que tô dizendo — falou Sloan. — Eu só... eu pensei que a gente fosse durar pra sempre.

— A gente pode.

— Nada de segredos, nada de mentiras. Você diz isso desde o início, e agora de repente parece que só o que a gente tem são segredos e mentiras. Você vem escondendo coisas de mim, como A Raposa querer nos ver... Desculpa... O Edward. Mas, sabe, foi *você* quem começou a chamar ele de A Raposa, pra início de conversa.

— Isso foi antes — disse Cherry com tristeza.

— Não houve nada antes — falou Sloan, cruzando os braços. — Só houve o depois. Nós *sempre* fomos só o depois. Eu te conhecia havia literalmente dias em Money Springs. Tivemos umas duas noites ótimas e *um* beijo antes de ficarmos cobertas de sangue. Não importa o quanto a gente queira fingir que tivemos um grande amor ou coisa assim; foram *dias*, Cherry. Dias. Se nada disso tivesse acontecido, quem sabe onde estaríamos quando as férias acabassem.

— Mas aconteceu e aqui estamos nós — disse Cherry. — Não importa se teria sido diferente.

— É exatamente disso que tô falando! Você me salvou. E você quer que eu esteja aqui, e quer que eu *queira* estar aqui, certo? Então a gente precisa começar a fazer as coisas do meu jeito também. Você não pode sair por aí decidindo o que esconder de mim e o que eu mereço ou não saber. Todo mundo faz isso comigo desde os meus quatro anos. Já tô de saco cheio!

— Eu não tô tentando ser assim. Só tô tentando descobrir o que é melhor pra você.

— Não é seu papel descobrir isso. Que droga. Quando não é você, é a minha mãe. Quando não é a minha mãe, é a agência de adoção e os meus arquivos confidenciais. Não sei o que aconteceu nessas férias. Não sei o que aconteceu catorze anos atrás. Não sei o que tá acontecendo agora! Você tem ideia de como é a sensação de não saber de onde você veio? Tudo o que eu sei é que tenho essa marca de nascença. — Sloan puxou a manga para cima com violência e empurrou o antebraço no rosto de Cherry. — E uma porra de Polaroid de dois estranhos que... — Ela perdeu o fio da meada, suas sobrancelhas se unindo.

— Sloan?

Sloan inclinou a cabeça, lembrando-se de ter quatro anos, cheia de medo, enquanto se agarrava à fotografia. Uma mulher — sua mãe biológica — pressionara a Polaroid em sua mão com um sussurro suplicante: "Lembre-se de quem você é."

Então partira, deixando Sloan com uma mulher estranha que cheirava a hospital, mas tinha um sorriso caloroso. "Sua nova mamãe está esperando por você. Um dia você vai ver que foi melhor assim", dissera.

Sloan tinha gritado. Havia se agarrado à Polaroid como se fosse uma boia salva-vidas, uma promessa. Começaram com o pé esquerdo, e a insistência de Allison para ser chamada de "mãe" já no primeiro dia não havia ajudado. Sloan sabia que não era sempre assim com outras crianças. Tinha ido a muitos psicólogos infantis e grupos de apoio de adoção quando pequena. Muitas delas amavam seus pais adotivos como se fossem os biológicos desde o começo, ou pelo menos desde não muito tempo depois da adoção. Família não precisava compartilhar laços de sangue. Mas talvez as mães biológicas dessas crianças não tenham implorado para que elas se lembrassem. Não assombrassem seus sonhos com breves lampejos.

Fazia anos que ela não se sentia conectada com seus pais biológicos. Tinha demorado, mas havia se assentado em uma rotina com Allison e Brad. Pensava neles como seus pais há mais anos do que não pensava; tinha instantaneamente amado Simon com tanta intensidade e genuinidade quanto amaria um irmão de sangue. Achava que havia trancado este trauma em particular, a perda de sua família biológica, na caixinha em sua cômoda.

Mas ao ficar parada ali sentada — Cherry ainda chamando seu nome —, ela percebeu que poderia haver mais uma razão para o homem na fotografia com Marco e A Raposa parecer familiar para ela.

Talvez ele fosse seu pai.

Era possível que esse fosse o motivo para seus pais biológicos a terem entregado para a adoção. Eles tentavam protegê-la, mas a seita a havia encontrado de alguma maneira. Fazia sentido, de uma maneira desconexa. Mais uma peça do quebra-cabeça se encaixava. Suas veias palpitavam de empolgação.

— Sloan! Você tá me assustando — disse Cherry.

— Você ainda pode me dar uma carona pra casa? — perguntou ela ao voltar à realidade. Precisava ver as três fotos lado a lado. Precisava ver a verdade.

— Você está bem? Eu pensei... pensei que tivesse sumido de novo. Como naquela noite. Eu estava...

— Estou bem. — Sloan sorriu e dessa vez não foi um sorriso forçado. Era de alívio.

— Sloan...

— Eu estou bem. Você está bem. *Nós* estamos bem — falou. — Ainda podemos durar pra sempre se você quiser. Eu só preciso conferir uma coisa em casa. Me desculpa por te assustar. Eu só estava tentando entender tudo.

— Do que você se lembrou? Foi alguma coisa daquela noite?

— Eu te conto assim que tiver certeza.

Cherry suspirou e conduziu o carro até a casa de Sloan.

— Sinto que se eu continuar perguntando, você vai me afastar de novo — disse baixinho. — Não me afasta, por favor.

— Não estou te afastando. Não vou. Eu só... Eu fiquei muito brava por você não ter me contado sobre A Raposa querer nos ver. Não lidei bem com isso. Realmente fui pega de surpresa, e sinto muito. — Apenas parte disso era mentira. Estava começando a se aproximar da verdade; conseguia sentir. Mesmo que não fosse capaz de desbloquear todas as memórias dentro de sua cabeça, ela ainda podia entender as coisas do lado de fora.

Era só uma questão de tempo.

— Será que a gente pode... — Cherry começou a perguntar, mas hesitou ao estacionar na frente da casa da namorada. Era noite em família, como de costume. Ela não teria permissão para entrar nem mesmo se Sloan a quisesse ali. Mas, hoje, Sloan não queria.

Esperou que Cherry terminasse a frase, de todo modo, sabendo que tinha passado dos limites com ela hoje. Sloan vinha

AS ÚLTIMAS SOBREVIVENTES 239

sendo muito agressiva, barulhenta e confusa, e se não se endireitasse, as pessoas começariam a se preocupar cada vez mais de um jeito ou de outro. Cherry a estava protegendo, afinal.

A namorada sacudiu a cabeça e posicionou a mão para abrir a porta.

— Espera — disse Sloan, seu rosto se suavizando. — O que você ia dizer?

Cherry saltou para fora do carro, abrindo espaço para Sloan sair. Como Cherry não respondeu, ela engatinhou pelo banco. Lançou à namorada um sorriso suave e torto quando alcançou a porta. Seus rostos ficavam à mesma altura assim: com Cherry parada do lado de fora enquanto Sloan ainda estava dentro do veículo.

— O que você ia dizer, Cherry?

— Nada. É idiotice.

Sloan suspirou e saltou para a calçada. Ficou parada o mais perto possível.

— Não tem nada de idiota em você, Cherry. Me desculpa por te magoar e me desculpa por brigar com você. Isso é difícil.

E você não sabe nem da metade.

— Eu só quero… — Cherry sacudiu a cabeça. — Eu só quero saber se de repente poderíamos ser normais amanhã. Mesmo que a gente precise fingir ao longo do dia. Será que a gente pode ter um dia normal? Porque acho que me esqueci como eles são, e isso me apavora.

— Da última vez que tentei ser normal, acabei tendo um ataque de pânico incontrolável e jogando café gelado pra tudo que é lado.

Cherry lhe lançou um pequeno sorriso.

— Isso foi porque você não estava comigo — disse.

Sloan soltou uma risada.

— Mas então o quê? — perguntou. — Você quer tomar sorvete e dar uma volta pela cidade que nem todo mundo?

— Seria algo tão ruim assim? — perguntou a namorada, seus olhos se enchendo antes que pudesse desviar o olhar. — Apenas um dia, só um, em que a gente não vai conversar sobre o que aconteceu ou pensar no que aconteceu ou se perguntar...

Sloan ficou na ponta dos pés. A diferença de altura não facilitava beijos surpresa, mas a cabeça de Cherry estava baixa o bastante para que Sloan encontrasse o alvo sem qualquer problema.

— Sim — disse ela quando interromperam o beijo para respirar. — A gente pode ser "normal", se é disso que você precisa. A gente pode almoçar e então sair pra caminhar e fazer uma parada na Target.

— Na Target?

— Eu sei lá. Não é isso o que as pessoas fazem?

Cherry abriu um sorriso.

— Parece incrivelmente mundano — disse ela.

— A ponto de ser chato, inclusive.

Cherry a beijou de novo.

— Mal posso esperar — falou Sloan, porque sabia que era o que a namorada precisava ouvir e porque, por mais que seu amor por Cherry fosse grande (e ela ainda a amava de algum modo, mesmo em meio àquele furacão emocional), a necessidade de encerrar a conversa era ainda maior.

Quanto mais cedo pudesse subir os degraus para a sua casa — para o seu quarto —, mais cedo seria capaz de comparar as fotografias.

Vinte e três

Sloan conseguiu se esquivar do apelo de Simon para jogar Palavras cruzadas e ignorar o suspiro desapontado da mãe ao recusar seu pedido para que ajudasse com o jantar. Logo se encontrava sozinha em seu quarto, repensando os acontecimentos do dia.

Não tinha certeza de como interpretar sua conversa com Cherry — discussão, na verdade. E definitivamente não sabia o que pensar da resolução que tiveram, se é que dava para chamar assim.

Mas se Cherry precisava que Sloan sorrisse e fosse normal, seja lá o que isso significava agora, então era o que ela faria. Porque se havia uma coisa que tinha percebido com certeza era que Cherry não era tão forte quanto pensava. Existia uma tristeza na namorada que por algum motivo ela até então deixara passar, algo com que Sloan provavelmente tinha colaborado, pra falar a verdade.

Mas nada disso importava no momento.

Sloan girou a tranca da porta do quarto e esticou os braços até a parte de cima de sua cômoda para pegar a caixinha de madeira. Era feita de pinho; lógico que era. Quase riu ao perceber.

Ela a posicionou cuidadosamente no centro da cama antes de se abaixar para apanhar as duas Polaroids embaixo de seu colchão. Por um momento, ficou preocupada que Allison as tivesse encontrado e jogado fora, mas logo sentiu o leve toque delas contra a ponta dos dedos.

Sloan as colocou na cama e cuidadosamente subiu no colchão para se juntar a elas. Engoliu em seco e esticou o braço para a caixa. O pinho imaculado pressionava a carne de suas coxas quando finalmente destrancou o pequeno trinco de ouro e a abriu.

Era quase engraçado, pensou, como essa caixinha de treze por vinte centímetros contivesse a inteireza do que ela sabia sobre sua vida antes de ser adotada. Mal era consciente naquela idade. Um pedacinho de carne que possuía ainda menos controle da própria vida do que agora.

Sloan enfiou a mão na caixa e puxou uma cópia dobrada de sua certidão de nascimento. Era cheia de rasuras, todos os dados ocultos, com exceção de seu primeiro nome e a data em que tinha nascido. Até a cidade havia sido rasurada e removida. Connor é quem tinha colocado a certidão na caixa, quando Sloan não fora capaz de largá-la. Connor... que ainda não havia respondido à mensagem dela e que provavelmente nunca responderia.

Allison nem sabia que a filha tinha a certidão. Sloan havia tirado uma cópia certa vez, quando a mãe deixara o cofre aberto e ela por acaso entrara no escritório para pegar um lápis. E lá estava ela, enfiada entre o passaporte e o novo cartão com seu número do seguro social, reexpedido — este chamando-a de "Sloan Thomas" em vez do que quer que fosse antes.

Em seguida, saiu da caixa um pequenino bracelete de contas. Sloan tinha inventado centenas de histórias a respeito deste item em particular. Será que ela mesmo o confeccionara? Ou fora sua mãe biológica? Será que tinham feito juntas? Havia se recusado a removê-lo até seu pulso ficar grande demais para ele. Fora o bracelete o que motivara a existência dessa caixa especial, para começo de conversa: a sugestão de um terapeuta, obviamente.

A intenção de Allison era que a pequena Sloan colorisse a caixa, encorajando-a com tintas e canetinhas novas que a transformassem no que desejasse. Um lugar especial para guardar coisas especiais, como o bracelete que prendia sua circulação e a Polaroid amassada com que ela dormia em suas mãozinhas todas as noites.

Sloan sabia o que Allison realmente havia desejado. Queria que os objetos fossem deixados de lado. Queria se livrar do "antes", da mesma maneira que desejava que Sloan se livrasse do "antes" agora. *Esqueça seus pais biológicos. Eu sou a sua mãe*, os olhos de Allison sempre disseram. *Esqueça o trauma. Você tem a mim. Por que eu não sou o bastante? Por que eu nunca sou o bastante?*

(Sloan percebeu naquele momento que talvez Cherry e Allison tivessem mais em comum do que percebiam.)

A pequena Sloan tinha pegado o pincel, bem diante dos olhos ávidos de Allison, e feito um grande círculo preto no topo da caixa que havia sido deixada sem pintura. Pois era assim que ela se sentia a respeito do "antes", mesmo na pré-escola. Era nada. Era um vácuo. Um lampejo de antisséptico.

Uma promessa de uma nova mãe. Um apelo sussurrado para que não se esquecesse.

Quando Allison quis saber o que o ponto preto significava, Sloan simplesmente dissera que era a sua antiga mãe. Allison ficou preocupada depois disso. Sloan não agia adequadamente. Não estava desenhando bonecos de palitinho nem sorrindo nem agindo como filhas perfeitas agiam. Ela pintava vácuos e os chamava de "mamãe"; e ninguém achava isso bom, muito menos Allison.

Sloan não havia percebido o quão estranha era até Simon aparecer anos depois. O que começou como um acolhimento de emergência se tornou uma acomodação de longo prazo até finalmente virar adoção completa. Sloan o amava, é óbvio que o amava, mas uma parte bem pequenininha dela tinha ciúmes. Ele se juntara à família com dois dias de idade. A mãe biológica dele sequer o segurara. Estava chapada e confusa demais. Não suportava seus gritos enquanto ele se contorcia para nascer em meio a crises de abstinência. Não o queria para começo de conversa e mal podia esperar para que fosse embora. Allison era a única mãe que ele conheceu e que teve de fato. A mãe biológica de Simon não implorara para ser lembrada; mal podia esperar para ser esquecida.

Era uma gentileza. Uma benção, se fosse mais mística.

Sloan colocou o bracelete de lado. Escutou Simon, lá embaixo, reclamando que ninguém queria jogar Palavras cruzadas com ele. Ouviu o tilintar de panelas no fogão onde a mãe cozinhava; ouviu o pai prometer brincar depois do jantar, o que fez Simon chorar pois isso demoraria muito.

Eram os sons da vida que ela deveria ter. A vida que ela deveria ser grata por ainda ter... e que nunca parecera tão distante.

Sloan abaixou o olhar. Só havia mais um item na caixa. Estava com a face voltada para baixo e amassada. Outras crianças tinham bichinhos de pelúcia, paninhos ou cobertorezinhos, mas não Sloan. Ela possuía uma Polaroid amarelada e desbotada que se fincava em seus punhos, deixando sulcos tanto em seu coração quanto em sua palma.

Ergueu a Polaroid e a posicionou sobre o colo com a face voltada para baixo antes de pegar as outras duas fotos e alinhá-las diante de si. Estudou cada uma com cuidado, primeiro a que tinha pegado de Cherry e depois a que Sasha havia lhe oferecido. Então encarou a coisa amarrotada em seu colo. Ela a alisou o melhor que podia, ainda sem virá-la.

Ali estava: a hora da verdade. Bem, a primeira do que ela esperava que fossem muitas horas da verdade. Talvez "desenrolar" fosse uma palavra melhor, porque só Deus sabia como, no momento em que puxasse esse fio, não seria capaz de parar até estar tudo dilacerado.

Sloan virou a Polaroid no colo e a posicionou ao lado das demais. Não ousou olhar para todas, não ainda, os olhos penetrados pela imagem de seus pais. Ou o que ela sempre considerara que fossem seus pais. Apertou a imagem gentilmente, alisando o plástico enrugado mais um pouco e esfregando os dedos na superfície bastante arranhada.

Ela absorveu a imagem, deixando que as sensações de familiaridade a inundassem e descarregassem endorfinas em seu cérebro. Havia anos desde a última vez que pegara esta fotografia. Tempo até demais.

Sloan sabia que algumas pessoas adotadas procuravam pelos pais biológicos e, secretamente, sempre tivera a intenção de fazer isso quando completasse dezoito anos. Tinha pensado em tentar quando estivesse na faculdade, em segredo, quando não precisasse mais se preocupar com Allison e seus sentimentos ou com os olhos enxeridos de Simon. Era o plano, antes.

O problema era que… tudo estava errado agora. Todos os seus planos perfeitos tinham ido por água abaixo.

Ela respirou fundo e moveu os olhos para a foto que conseguira com Sasha. Para Marco, A Raposa e o homem misterioso. E então para a terceira foto, a com Cherry brincando no quintal, com as costas do pai de Cherry e mais um homem, embaçado, a cabeça jogada para trás enquanto ria.

De volta à própria fotografia. Então a de Sasha novamente. Então a de Cherry.

Os olhos de Sloan giraram de um lado para o outro, sem parar, sua respiração em pânico. Eram iguais. Aquelas três fotos. Tinham o mesmo tom amarelado desbotado. As mesmas roupas.

As mesmas pessoas.

Era o pai de Sloan parado ao lado de Marco e da Raposa. Era seu pai quem brincava de bobinho com Cherry. Eram a mesma pessoa.

Eram. A. Mesma. Pessoa.

A adrenalina irrompeu de dentro dela. O horror, o êxtase, seu corpo virando um misto confuso de tudo e nada. A sensação sinuosa dando lugar a um calor alegre que deu lugar a um furacão que deu lugar a… Ai, meu Deus, ela ia vomitar.

Sloan correu para a porta e a empurrou com força, quase tropeçando em Simon a caminho do banheiro.

— Mãe! — gritou ele enquanto descia as escadas de novo. — A Sloan me empurrou!

Que bom, pensou, *que bom, que fique bravo comigo*. Que a dedurasse. Que Allison gritasse com ela e a mandasse ficar no quarto. Que Sloan passasse a eternidade deitadinha ao redor dessas três Polaroids, que continham algo tão lindo e perfeito.

Que tudo derretesse.

Tudo, menos elas.

Vinte e quatro

Infelizmente, Allison não a colocou de castigo por supostamente ter empurrado Simon. Ela a sentenciou a mais tempo em família. O que significou participar de duas rodadas de Palavras cruzadas e ainda ter que ajudar na confecção da torta de frango para poder escapar de volta para o quarto e para as fotos.

Ficou tudo tão normal, tão chato, que depois de formar s-e-r no tabuleiro de Palavras cruzadas pela segunda vez na noite, Sloan começou a duvidar de si mesma. Será que sua mente estava pregando peças nela de novo? Estava formulando uma fantasia na qual seus pais biológicos eram selvagens e poderosos, se acreditasse no que estava escrito no livro de Edward? Pessoas determinadas a ajudar o mundo, a restaurá-lo, de uma maneira que os seus canudos de metal e a sua lixeira de coleta seletiva jamais seriam capazes.

Ao voltar para o quarto, trancada lá dentro em segurança novamente — tendo deixado seus pais e Simon satisfeitos com a mostra de que ela não estava enlouquecendo; que, na verdade, estava bem —, Sloan percebeu que não se enganara.

Tem coisas que a gente só entende depois que prova, como sua avó gostava de dizer. Bem, neste caso, as fotos eram a prova.

Ao acordar na manhã seguinte com o alarme gritando que era hora de começar seu "dia normal" com Cherry, ela tinha ainda mais certeza de tudo.

Sabia que era verdade, da mesma maneira como sabia que ninguém acreditaria nela. Sloan precisava de confirmação e havia apenas um homem que com certeza poderia oferecer isso a ela. Esse homem estava dentro de uma prisão a horas de distância, a poucos quilômetros do Acampamento Money Springs, aguardando sua transferência.

E ele queria vê-la. Podia confirmar tudo o que Sloan já sabia.

Porque tudo começava a fazer sentido.

Beth estava errada.

Havia um motivo para tudo ter acontecido.

Sloan tinha sacado a história inteira durante a noite, escrevendo pequenas anotações para si mesma em um pedaço de papel que depois guardou na caixinha de pinho junto com as três fotografias. Ninguém jamais olharia ali.

Ela desejou poder contar a Cherry como as coisas faziam sentido agora. Como não havia sido um ataque aleatório: estavam procurando por ela. Talvez Cherry estivesse dizendo a verdade e não tivesse conhecimento de nada, mas Magda definitivamente tinha. Stosh, porra nenhuma. Sloan sabia o que tinha escutado. Se houvesse algum envolvimento de Magda, isso significava que o Morte Hominus *não estava* completamente dissolvido, afinal de contas. O que significava que seus pais talvez ainda…

— Ei, a sua mãe me deixou entrar — disse Cherry, batendo à porta aberta do quarto. — Tá pronta?

Sloan conferiu seu reflexo. Fez com que a expressão culpada em seu rosto desaparecesse antes de cumprimentar a namorada.

— Mal posso esperar.

Sloan sorriu.

Ia dar um jeito de ser "normal" nem que isso a matasse.

Quão rápido alguém pode morrer por exposição a um clima semimoderado?, perguntou-se Sloan enquanto lambia seu sorvete de casquinha em um banco grudento do lado de fora da loja. Era um dia frio, gelado demais para isso, e ela desejou ter pensado em usar luvas para cobrir seus dedos doloridos.

Mesmo que o sorvete *fosse* de especiarias picantes típicas do outono, não se sentia aconchegada. Estava, na verdade, o oposto de aconchegada: pois isso implicaria algum calor. Sloan pensou que o nome da loja, Cafofo Cremoso, era epicamente exagerado.

Ao seu lado, Cherry franziu o nariz.

— Meu cérebro congelou — disse, ainda com uma porção de sorvete de chocolate quente na boca. — Ai, Deus. Ai, Deus.

Sloan sorriu. Apesar do frio, o sol batia no cabelo de Cherry em um ângulo perfeito, iluminando-o como uma auréola. Ela era linda.

Sloan sempre soubera disso, sentira isso profundamente nas partes mais calorosas de seu âmago desde o momento em que seus olhos se encontraram pela primeira vez, mas agora era diferente. Conseguia ver uma leveza em Cherry como não via em um longo, longo tempo. Ela imaginava que isso tivesse a ver com a proibição de falar sobre A Raposa e tudo pelo que elas vinham passando.

Isso estava acabando com Sloan: não poder conversar com Cherry sobre as coisas que descobrira, não poder mostrar as fotografias, não poder cutucar seus pontos fracos, esperando por uma confissão ou pelo menos uma pista de que Sloan estava no caminho certo.

Se os pais biológicos de Sloan foram amigos de Magda — se seus pais foram todos parte do Morte Hominus —, então era possível que seu relacionamento com Cherry fosse mais do que uma mera conexão pelo trauma ou o fato de serem duas garotas *queer* que não conseguiam deixar de lado um casinho de verão.

Talvez seus corpos, suas almas, se lembrassem uma da outra — uma infância compartilhada ou, ao menos, o fragmento de uma; um tempo em que existia segurança, calor e contentamento.

— Nossa, tá tão frio que minhas bolas congelaram — disse Cherry, que, se não arruinou o clima, pelo menos conseguiu mudá-lo um pouco. Sloan não fez questão de apontar que Cherry não tinha "bolas". Até porque ela estava com a mesma impressão.

— E o que vem agora? Target?

— Você quer mesmo ir na Target? — perguntou Cherry, em dúvida.

— Não, mas acho que a gente precisa ir. Podemos comprar papel-toalha ou algo assim. Não é isso o que gente normal faz em dias normais?

Cherry riu de forma barulhenta e para valer. Isso teve um efeito em Sloan. Já fazia tempo desde que ouvira esse som.

— Eu amo seu comprometimento com a causa. — Cherry sorriu. — Mas a gente não precisa ir tão longe. Podemos fazer algo mais divertido.

Sloan gostou do brilho no olhar da namorada.

— Ah, é? Tipo o quê?

Cherry deu um sorrisinho e olhou Sloan de cima a baixo de um jeito que fez seu estômago se contrair e esquentar.

— A gente pode ir pro boliche — disse, assim que o rubor havia alcançado o pescoço de Sloan.

Ela milagrosamente resistiu ao impulso de empurrar Cherry do banco grudento. Em vez disso, apertou os lábios um contra o outro e tentou com muito afinco não sorrir ou parecer desapontada. Não deixaria Cherry vencer esta rodada, de jeito nenhum.

— Boliche?

— É — disse. Ela tentou parecer pensativa, mas, para Sloan, era óbvio que Cherry só dizia isso para provocar. — Vou até te deixar usar as canaletas.

— Canaletas — disse Sloan secamente.

— Ou… — Ela se inclinou para mais perto, tão perto que Sloan conseguiu sentir o seu hálito, quente e cheirando a chocolate, em seu pescoço. — A gente pode voltar pra minha casa e se pegar até a hora que minha mãe voltar do estúdio.

— A segunda opção. Definitivamente a segunda opção. — Sloan riu.

Cherry agarrou a mão da namorada e a ajudou a se levantar do banco, os sorvetes esquecidos na lixeira enquanto elas corriam de volta para a picape. A leveza, as risadas… a sensação era boa.

Ela desejava que pudesse durar.

— Você redecorou — disse Sloan, recolocando a camisa.

Magda tinha ruidosamente anunciado a própria chegada poucos minutos antes, como se soubesse que as garotas precisariam de um aviso antes que subisse as escadas.

— Pois é. — Cherry aguardou.

Sloan não tinha certeza do que dizer em seguida, mas podia sentir a tensão se infiltrando no seu dia até então perfeito.

Cherry havia arrancado a colagem da parede. Em seu lugar, agora havia pôsteres novos, ainda levemente encurvados nas pontas, após terem sido transportados dentro de tubos de papelão. Não havia qualquer vestígio do que elas haviam passado: nenhuma história nova nem post do Reddit nem fotografias cuidadosamente recortadas. A Raposa não estava em lugar algum, assim como as manchetes. Se alguém conhecesse Cherry agora e entrasse em seu quarto, jamais saberia que era *a* Cherry, a mesma cuja foto estava postada sob o tópico *Sobreviventes* na página da Raposa da Murderpedia, a enciclopédia on-line de assassinos.

Sloan olhou para a parede que costumava conter suas histórias compartilhadas e então de volta para a namorada. Não tinha certeza do que fazer em seguida. Era impossível ignorar a mudança óbvia, o elefante branco bem no meio do quarto, mas elas se esforçaram muito para serem pessoas diferentes hoje, quaisquer outras pessoas. Chamar a atenção para os relatórios desaparecidos com certeza despedaçaria a ilusão.

— Gostei dos pôsteres novos — disse Sloan finalmente.

Cherry relaxou de maneira visível.

— Achei que você pudesse ficar brava.

Era complicado. Porque uma parte dela estava brava, ou pelo menos se sentindo traída, mas não podia simplesmente dizer isso se quisesse que o restante da noite continuasse bom.

— É o seu quarto. — Sloan ficou orgulhosa daquela resposta. Nem confirmava nem negava o que sentia.

— Então você está brava. — Cherry franziu a testa.

— Você quer ser normal ou quer falar dos nossos sentimentos?

— Falar dos nossos sentimentos não é normal? Não deveria fazer parte do que estamos fazendo?

— Não quando o assunto é isso. — Sloan enfiou as pernas na calça. Se atrapalhou com o botão no jeans, sentindo os olhos de Cherry sobre ela o tempo todo.

— É, acho que não.

— Está com fome? — perguntou Sloan, ao mesmo tempo em que Cherry dizia:

— Você vai mesmo ver ele?

Ambas ficaram sentadas em silêncio depois disso. Sloan achava que nenhuma delas sabia as palavras que deixariam suas bocas até aquele momento. Não estava com fome, não comeria nem mesmo se Cherry estivesse faminta. Quanto a Cherry, ela praticamente bloqueou a boca com a mão. Talvez não quisesse realmente saber disso, no fim das contas.

— O que a gente tá fazendo? — perguntou Sloan após outro instante de silêncio.

— Como assim? — Cherry olhou de forma cautelosa para ela, como se isso fosse virar mais uma briga, mas essa não havia sido de forma alguma a intenção de Sloan.

Ela voltou a se sentar na cama e passou os dedos gentilmente sobre o pequeno sinal de nascença no quadril da namorada que combinava com o de Sloan. Cherry dizia que sentia uma cócega gostosa sempre que ela o tocava, então a garota procurava fazer isso com frequência.

— Você quer continuar fingindo que somos versões mais sem graça de quem costumávamos ser ou quer falar sobre quem somos agora? Por mim, tanto faz. Eu só quero que seja tranquilo pra você também.

AS ÚLTIMAS SOBREVIVENTES 255

— Por que você tem que ir pra lá? Por que você precisa vê-lo? — perguntou Cherry, sua voz virando um choramingo fino.

Sloan estaria mentindo se dissesse que não esperava que o assunto fosse ser mencionado. Pois esperava. Tinha inclusive se preparado para isso: a caixinha de pinho confortavelmente assentada no fundo de sua mochila, por via das dúvidas. A caixa aguardara, observara enquanto elas comiam sorvete, enquanto elas estavam juntas, e agora chamava por Sloan, instigando-a a mostrá-la para Cherry, sua paciência gasta como o seu pequeno trinco de ouro.

— Tem certeza de que quer conversar sobre isso? — perguntou.

— Tem alguma coisa que eu possa fazer para que você mude de ideia?

Sloan negou com a cabeça.

— Beleza — disse Cherry. — Cacete, pelo menos me deixa te levar.

— Quê? — Isso a pegou completamente desprevenida.

— Quero te levar até lá. Fiquei pensando nisso na noite passada. A Allison só pioraria as coisas e não parece que você vem conversando com o Connor desde… você sabe, então não sei se ele seria uma opção. Não quero que você dirija por conta própria, porque vai que você acaba ficando mal e não conseguir voltar depois de conversar com ele?

— Achei que você não quisesse ir.

Os cobertores se amontoaram no colo de Cherry quando ela esticou o braço para pegar o sutiã.

— Ah, eu com certeza não vou entrar — disse. — Mas sei que vou enlouquecer sabendo que você vai estar naquela cidade sozinha. Se eu não posso te convencer a sair dessa, então eu preciso estar lá, mesmo que sendo inútil do lado de fora.

— Você não é inútil — disse Sloan, sua palma na boche- cha da namorada. — Não diga isso.

— Eu não sou forte o bastante pra entrar — disse ela. — É demais. Só de pensar que vou estar na mesma cidade que ele me dá arrepios. Não consigo.

— Mas a gente podia fazer isso juntas. Poderíamos mesmo.

Cherry sacudiu a cabeça.

— Não tem nada que você possa dizer que me convença a ficar na mesma sala que ele. Isso foderia demais a minha cabeça. E provavelmente vai foder a sua também, mesmo que não admita.

Sloan assentiu, mas não conseguiu evitar o pensamento mesquinho bem no fundo do cérebro, a voz sombria e per- versa. A mesma que a ajudara a sobreviver. *Essa é a única razão?*, perguntava-se. Ou estaria Cherry preocupada com outra coisa? Ser reconhecida, talvez? Ou teria receio de que A Raposa fosse deixar escapar a informação de que a conhe- cia ou que já a conhecera algum dia? Como o fato de seu pai ser O Coelho, mesmo que ela não soubesse disso. (Ou mesmo que ela soubesse.)

— O quê? — perguntou Cherry, e Sloan percebeu que murmurava consigo mesma.

— Nada — disse. — Só estava pensando nisso. Em como vai ser a sensação de me sentar cara a cara com ele.

— Traumatizante — disse Cherry. — E é por isso que não quero que você vá.

— Eu preciso ir.

— Por quê? Pra que se colocar numa situação dessas? Você diz que a gente tá fingindo ser quem era, mas não é isso o que eu tô fazendo. Eu não fingi ser alguém que não sou. Estou tentando entender quem sou *agora*. Quero ser uma pessoa com a parede cheia de pôsteres em vez de recortes de notícias. Quero ser alguém que come sorvete e vive a própria vida e que é mais do que a porra de uma sobrevivente. Você não?

— Sim, mas sei que a única maneira de ser assim é se eu conseguir todas as respostas.

— Mas que porra de respostas?! — gritou Cherry enquanto se esforçava para recolocar o moletom. O capuz caiu gentilmente em sua cabeça, projetando uma sombra sobre seu rosto que a deixou com a aparência ainda mais cansada que antes. — Por que você acha que ele tem qualquer resposta? Ele é a porra de um psicopata que matou todos os nossos amigos e então tentou matar a gente! Não tem um significado mais profundo, mesmo que a irmã dele tenha te dado um livro cheio de balela que diz o contrário. Ele é um desvairado. Todos eram. E é isso! Essa é a sua grande resposta secreta.

— Está tudo bem aí? — A cabeça de Magda apareceu na porta quando ela deu pancadinhas no batente.

Salva pelo gongo, a parte mais sombria de Sloan, pensou. Chegou na hora certa de garantir que Cherry não arruinasse o disfarce delas.

— Sim — disse Sloan, ao mesmo tempo em que a namorada gritava:

— Não!

Magda olhou de uma garota para a outra e suspirou.

— Eu costumava brigar igualzinho com seu pai, sabe. Ele dizia que só ficamos bravos assim quando nos amamos.

— E o que vocês faziam? — perguntou Sloan. Imaginou se poderia tranquilizar Cherry do mesmo jeito que Magda havia tranquilizado O Coelho anos atrás.

Magda riu.

— Eu dava espaço a ele. Deixava que entalhasse seus animaizinhos e conversasse com todo mundo no grupo. E aí quando estávamos mais calmos, fazíamos as pazes com o melhor s...

— É sério isso? — gritou Cherry para a mãe. — Pode parar por aí. Para.

Mas Sloan não conseguia focar no presente. Ficou presa no que Magda acabara de dizer. Entalhar animais: imaginava que se referisse aos coelhos. Mas e sobre conversar com todo mundo *no grupo*? Que grupo? O Morte Hominus?

Talvez não fosse Cherry quem precisasse ser monitorada. Talvez Magda é quem fosse a verdadeira incógnita ali. Sloan precisaria conversar com ela mais tarde, assim que conseguissem ficar a sós.

— Desculpa, Magda — disse Sloan, dando seu melhor sorriso reservado para pais. O mesmo que sempre os tranquilizava e fazia com que pensassem nela como uma "boa garota". A melhor das garotas. Perfeita para ser sua nora. — Vamos falar mais baixo, prometo. Você tem razão: a gente não ficaria irritada assim se não se amasse. Precisamos nos lembrar disso.

Cherry revirou os olhos em seu canto, mas o sorriso de Magda era grande demais para que percebesse. Ela deu um passo para dentro do quarto e soprou dois beijos na direção de Sloan.

— Eu sabia que você era boa para a minha garota. — Ela deu meia-volta, de saída. — Vou ficar lá embaixo, caso precisem de mim. Com a música ligada, bem alta. — Deu uma piscadela e fechou a porta. Cherry deixou escapar um gemido que soava como se desejasse desaparecer.

— Então, isso aconteceu. — Sloan riu.

— Pois é, né — murmurou Cherry.

Sloan não queria voltar a discutir. Queria que as coisas ficassem bem entre elas. Independentemente da verdade a respeito de Cherry ou Magda, ela sabia que queria manter a namorada. Cherry era dela de um jeito que ninguém jamais poderia ser. Era como se elas fossem dois lados da mesma moeda.

— A gente pode pular a briga e ir logo pra pegação — provocou. — Erm… Reparação. Eu cem por cento quis dizer que a gente pode pular logo pra reparação.

Cherry revirou os olhos de novo, mas dessa vez não havia irritação de verdade ali.

— Você é impossível — disse. Ela deslizou para a cama, puxando Sloan consigo. — Eu só quero que você fique segura. Quero que seja feliz. E não acho que ir para aquela cadeia e conversar com aquele monstro vá te deixar mais perto de qualquer uma dessas coisas.

— Shhh — fez Sloan. Pressionou um dedo contra a boca de Cherry e então se inclinou para um beijo.

Cherry a beijou de volta, mas foi de forma lenta e triste. Toda aquela urgência de antes, de quando tentavam ter o perfeito dia normal, havia desaparecido. Estava tudo arruinado agora, e Sloan não conseguia deixar de lado a sensação de que a culpa era dela.

Ela manteria a caixa de pinho na mochila. Esperaria mais para conversar com Magda. Ficaria bem, por Cherry, independentemente das circunstâncias. Por tanto tempo quanto conseguisse.

Mas precisava da verdade. Estava disposta a morrer para obtê-la.

Vinte e cinco

Sloan não conseguia dormir.

Ficou deitada na cama ao lado de Cherry sem saber o que fazer em seguida. Sua namorada queria felicidade; queria reinícios e sorrisos. Ou ao menos foi o que *disse* que queria. Era difícil saber o que era verdade e o que era mentira agora, mais difícil ainda na escuridão da noite.

Com sorte, A Raposa esclareceria tudo para ela em breve. Sloan só precisava aguentar mais um pouquinho.

Ainda estava encarando o teto quando ouviu Magda descer para a cozinha, seguido dos sons típicos de canecas arrastando por prateleiras e grãos sendo moídos. O café da manhã tinha oficialmente começado.

Eram quase cinco da manhã, e Sloan ainda não tinha dormido. Ao seu lado, Cherry fungou contra o travesseiro. Parecia tão serena. Tranquila, contente e aquecida.

Teria gostado desse lado de Cherry, pensou, se tivesse chegado a conhecê-lo por mais de uma semana. Sloan se perguntou se ainda seria capaz de desenterrá-lo de sua namorada, se ele estaria dentro dela, aguardando... Cherry provavelmente não perderia a oportunidade de exibi-lo, se ao menos Sloan desistisse de sua investigação e de seus planos de conhecer A Raposa.

O problema era que Sloan precisava de respostas de um jeito que consumia tudo. Um jeito que Cherry não entendia.

Sloan afastou os cobertores com cuidado e deslizou as pernas para fora da cama. Vestiu um dos moletons de Cherry — um antigo, dos tempos do ensino médio, com uma mascote tigre rugindo na frente — e saiu de fininho pelo apartamento em busca de Magda e, mais importante, de café. Com um pouco de sorte, teriam algumas horas a sós antes que Cherry acordasse. Horas em que Sloan torcia para interrogar... Não, não podia pensar assim. Esperava conseguir *ter uma conversa com* Magda.

— Já está acordada? — Magda lia sentada à mesa da cozinha, com uma caneca de café fumegante em uma mão e uma das pernas sobre o assento diante dela. Ela passava um ar acolhedor e despreocupado, no qual Sloan não confiava.

— "Ainda", na verdade — respondeu ela. Encheu uma caneca para si e então puxou uma das cadeiras vazias em torno da mesa.

— Pesadelos? — Magda franziu a testa. — Cherry achou que estavam melhorando.

— Não, estão sim. Mais ou menos, quando ela está por perto. — Sloan deu de ombros. — Eu só não consegui dormir mesmo. Desisti de tentar já tem um tempo.

— Humm. — Magda soltou a caneca, entornando um pouco de café no processo. Círculos brancos e turvos surgiram no verniz barato da mesa. Espalharam-se ainda mais quando a mulher falhou em sua tentativa de secá-los com a manga. — Porcaria.

Quando Magda se apressou para pegar um paninho da bancada, os olhos de Sloan se fixaram no livro que ela estava lendo.

À primeira vista, pensou ser uma segunda cópia do que Sasha havia lhe entregado, e uma onda de entusiasmo percorreu seu corpo. Finalmente! Uma prova do envolvimento de Magda. Mas quando olhou com mais atenção, percebeu que era o mesmo que obtivera com Sasha. As mesmas páginas rasgadas. A mesma dobra no mesmo ponto da capa.

— Onde você conseguiu isso?

— Ah. — Magda soltou o pano na mesa como se nada de mais estivesse acontecendo. — Cherry me deu.

— Ela *deu* pra você?

Magda limpou com mais força. Arruinaria o verniz permanentemente se continuasse assim, mas não parecia se importar.

— Bem... — Magda ficou quieta. Ela largou o pano na mesa e voltou a se sentar. — Você vai contar pra ela que eu estava lendo, não vai?

— Ela não deu pra você, então?

Magda suspirou.

— Cherry não me quer mais vendo essas coisas, mas encontrei esse livro no quarto dela outro dia e não pude resistir.

Sloan franziu a testa. Isso não se encaixava de jeito nenhum na narrativa.

Era para Magda já saber o que havia no livro. Era para Magda ser parte disso. Magda, Sasha, Cherry, os pais biológicos de Sloan e sabe-se lá quem mais. Estiveram procurando por ela, todos eles. Precisavam estar. E quando a encontraram, eles atacaram. Fazia sentido.

Era a única coisa que fazia sentido.

Então por que Magda parecia tão abalada e confusa?

— Ela não quer que você veja essas coisas? — repetiu Sloan, mas as palavras soaram como uma pergunta.

Magda esfregou as mãos e desviou o olhar.

— Às vezes eu acabo me empolgando. Passei horas tentando entender quem eram essas pessoas que haviam tentado machucar o meu bebê. Foi bem ruim.

— Defina "ruim" — disse Sloan.

Magda empurrou o pano para ainda mais longe de si, com um leve rubor de constrangimento nas bochechas.

— Eu fiquei tão obcecada com o que aconteceu... o que quase aconteceu... que parei de produzir conteúdo por um tempo. E quando voltei, era tudo centrado naquilo. Meus fãs não gostaram muito. Comecei a perder seguidores, o que quer dizer que contas não foram pagas. O proprietário ameaçou nos expulsar por acúmulo de aluguel atrasado. Eu adoraria poder dizer que nos mudamos pra cá por causa de vocês duas e seu namorico, mas a verdade é que teríamos acabado na rua se ficássemos por lá. Prometi pra Cherry, quando nos mudamos, que me esforçaria para esquecer isso. E quase sempre eu consigo — disse com firmeza, como se Sloan a tivesse acusado de mentir. — Tenho produzido para meus fãs uma porção de conteúdo original e sem qualquer conexão com o incidente para não deixar a peteca cair. Cherry ficou pra morrer quando precisamos colocar o nome dela na conta de luz. Foi um grande sinal de alerta para que eu ajeitasse a minha vida. No mês que vem, vou dar início a mais uma instalação de arte que deve deixar nosso saldo no azul pra valer. Eu não devia ter pegado esse livro, sei disso, mas, por favor, não conta pra Cherry. Não quero mais que ela fique preocupada comigo.

— Não — disse Sloan, porque nada disso fazia sentido. Nada. Não era para Magda estar tentando obter respostas como Sloan; ela deveria *tê-las*.

Magda tomou as mãos de Sloan nas dela.

— Não conta pra ela, por favor — disse.

— Mas você já sabia — falou Sloan. Não conseguiu evitar. — E quanto às fotos? E quando você conversou com a Sasha pelo telefone? Eu te escutei! Estava no armário quando...

— Você estava o quê? — Era a voz áspera, sonolenta e confusa de Cherry.

Ambas as mulheres na cozinha enrijeceram e se viraram para olhá-la. A conversa devia tê-la acordado.

Cherry soltou o batente onde havia se apoiado e deu um passo na direção delas com um olhar desapontado.

— Do que está falando, meu bem? — Magda fez uma tentativa frustrada de esconder o livro embaixo do paninho úmido. Cherry foi mais rápida e o puxou dali.

— Qual é o problema de vocês duas? — perguntou Cherry, mas em vez de parecer irritada, soou apenas triste.

— Agora você rouba as minhas coisas, mãe? E quanto a você, Sloan? Se escondendo pelos cantos e bisbilhotando? Vocês duas não se enxergam, não?

Magda desviou o olhar, envergonhada, mas Sloan ergueu o queixo para encontrar os olhos da namorada.

— Eu preciso de respostas.

— Que respostas? — perguntou Cherry, espumando de raiva.

— Eu... eu tenho fotos. O seu pai talvez tenha... Eu acho que os seus pais conheciam os meus. Acho que eram amigos.

— Posso te dizer com certeza que Magda e Allison nunca foram amigas.

— Não a Allison. Meus pais biológicos.

Cherry pareceu confusa.

—Achei que você não conhecesse seus pais biológicos.

— E não conhecia. Não conheço. Mas tenho essa foto, que combina com as outras. Acho que são todas da mesma época. Pra mim tanto faz se for você ou a Magda ou A Raposa, mas alguém precisa me dizer como isso tudo se encaixa.

— Meu anjo, eu não sei mais dessa história do que você — disse Magda.

— Ela acha que o papai era um integrante do Morte Hominus — bufou Cherry.

— Peter? O meu Peter?

—Aham, Sloan decidiu que ele era líder de uma seita porque, quando estava nos ajudando com a mudança, encontrou um coelho que o papai entalhou. Ela acha que isso tem alguma coisa a ver com as máscaras que aqueles homens usavam.

Sloan cerrou a mandíbula quando Magda deu tapinhas em sua mão.

— É verdade que o Peter amava coelhos, mas isso não tem nada a ver com... — Ela gesticulou com as mãos como se dissesse "toda essa história".

— Diz pra ela o motivo, mãe — falou Cherry, mais irritada do que Sloan jamais a tinha visto.

Os olhos de Magda ficaram marejados.

— Eu não acho...

— Diz pra ela o motivo — falou entredentes. — Ela é que nem você. Não vai desistir até saber tudo. Acaba logo com isso.

— Peter — começou Magda, e então parou para algumas respirações trêmulas. — Peter e eu nos conhecemos numa feirinha agrícola quanto tínhamos dezessete anos. Ele estava lá com um grupo da 4-H, uma dessas organizações juvenis voltadas para atividades agrícolas e a vida em comunidade. Cuidava da criação de uns coelhos engraçados. Tinham um nome francês... sei lá. Eram branquinhos, branquinhos com os olhos mais pretos que eu já vi. Pareciam até usar delineador... era ridículo. Peter estava trocando o feno e era gato como só um fazendeiro melancólico consegue ser. E quero dizer gato meeesmo. Ele...

— Mãe.

Magda deu um sorriso para Cherry.

— Ué, ele era.

— Se concentra na história — disse Cherry.

— Tá bom, tá bom. — Bebericou o que restava de seu café. — Enfim, eu queria chamar a atenção dele, então fiz uma piada horrível perguntando quanto My Chemical Romance os coelhinhos precisaram ouvir ao crescer pra ficarem daquele jeito. Ele respondeu que não conhecia a banda porque preferia ouvir coisas tipo Tim McGraw. Eu passei meu número de telefone pra ele e disse: "Por que você não me liga qualquer dia e eu apresento eles pra você?" E foi o que ele fez, e eu apresentei a banda, e a história é essa.

Sloan estreitou os olhos.

— E o quê? Ele não parava de entalhar coelhos porque foi assim que vocês se conheceram?

— Conta o resto da história, mãe. E vê se não pega leve. É óbvio que ela *precisa* saber. Certo, Sloan? Quem se importa se isso vai magoar alguém, desde que você consiga suas respostas, né?

Magda olhou de uma garota para a outra e então afundou em seu assento.

— Cherry, não sei se essa é uma boa ideia.

— É uma ótima ideia. — Cherry cruzou os braços.

— Você não precisa... — começou Sloan.

—Ah, não. Ela precisa, sim. Com certeza precisa. Quem sabe depois de ter todas as porcarias de respostas, você deixe isso pra lá.

— Tá bom, só... Tá bom — disse Magda enquanto remexia a ponta do pano. — Vou contar as partes boas e ruins e feias de tudo. Tem certeza de que quer isso?

Cherry assentiu.

— Eu me apaixonei pelo pai de Cherry e por seus coelhos emos e nerdizinhos bem rápido. — Magda riu. — Os pais dele me odiavam, mas eu e o Peter nos amávamos muito pra nos importarmos. Começamos a fazer um monte de planos, sabe? Ele já tinha sido aceito na faculdade de Ciências Ambientais... Sabia que aqueles coelhos eram tecnicamente uma espécie ameaçada de extinção? Doideira. O plano era morar com o Peter em um pequeno apartamento perto da universidade dele... mas eu não tinha dinheiro. Ele ainda criava coelhinhos e começou a vender parte deles aqui e ali para economizar. Pagavam uns duzentos dólares por cada um deles, sabe. Até eu comecei a me envolver nisso, dava mais grana do que trabalhar como garçonete, pra falar a verdade. Mas então, logo antes de ele se formar... — Magda suspirou e passou um dedo sob os olhos. — Descobrimos que íamos ter a Cherry.

Sloan olhou de relance para a namorada, parada com os lábios cerrados ao lado da mesa.

— Está tudo bem, Magda. Se você não quiser...

— Não, não é isso. Eu... É que eu não falo sobre o Peter já tem um tempo. É legal, de um jeito esquisito. — Cherry colocou uma mão no ombro da mãe, e Magda deu-lhe alguns tapinhas. — Os pais dele obviamente ficaram furiosos quando decidimos ficar com o bebê. Peter estava muito empolgado, mesmo que isso significasse abandonar a faculdade e arranjar um emprego. Uma das outras famílias da 4-H tinha uma fazendinha com um apartamento embutido e disse que podíamos ficar lá pagando pouco desde que o Peter continuasse ajudando as crianças com os lances da 4-H. A gente poderia até trazer os coelhinhos, se deixássemos a garotada cuidar da criação de alguns e exibi-los... Era quase bom demais pra ser verdade. Estava tudo dando certo, sabe? Levamos nossas coisas, armamos os novos criadouros e voltamos para buscar os nossos coelhos... Mas não tinha restado nenhum.

Sloan se inclinou para a frente em sua cadeira.

— O que aconteceu?

— Morreram todos. Todinhos. O pai do Peter estava sentado na varanda, com um sorriso que ia de uma orelha à outra quando comecei a chorar. Disse que a gente devia ter deixado as portinholas abertas quando fomos alimentá-los pela manhã e que os cachorros acabaram entrando. Mas a gente não fez isso. Ele deixou os cachorros entrarem. Deve ter ficado sentado ali na varanda sorrindo enquanto eles destroçavam os nossos pobres coelhinhos. Havia só sangue e... — Ela secou os olhos de novo e endireitou a postura. — Eu me acabei de chorar durante todo o caminho de volta. Não sei se eram os hormônios da gravidez ou se era o fato de ter visto aquelas lindas criaturas que significavam tanto para o Peter reduzidas a restos de carne e pelo. Ele ficou com a impressão de que era culpa dele que eu estivesse tão abalada, mesmo que não fosse. Peter me levou pra casa, me acomodou na cama e então desapareceu no quintal. Voltou um tempo depois com um pedaço de pinho e começou a entalhar. Na manhã seguinte, eu tinha um coelhinho pra mim e isso me consolou.

— Foi o que você encontrou na caixa, Sloan — disse Cherry, com a voz firme. — O coelho que meu pai entalhou para ela naquele dia. Agora você já sabe.

Magda sorriu.

— A gente levava aquele coelhinho pra todo lugar que nos mudávamos. E, depois disso, ele começou a entalhar coelhos pra mim sempre que eu ficava brava com ele. Isso até... até ele morrer. Ficou muito difícil olhar para eles depois disso, então eu dei alguns e guardei os mais especiais. E foi isso. Todo o nosso casamento... enfiado em uma caixa no armário.

Sloan sacudiu a cabeça.

— Não, mas eu pensei... Tem que ter mais coisa nessa história.

— Não tem, meu anjo. Peter era um bom homem, um ótimo marido e um pai melhor ainda, que por acaso amava coelhos. Não tem...

— Eu não... — Sloan engoliu em seco. — Eu não sei.

— Sloan. — Cherry olhou para ela com tristeza, do jeito que alguém olharia para um gatinho abandonado ou para um passarinho com a asa quebrada. Era isso o que Sloan era para ela agora? Ou pior, percebeu, teria sido isso para sua namorada durante todo esse tempo? Um pássaro ferido. Algo digno de pena. Algo a ser salvo. Algo que estava errado.

— Não olha pra mim assim. — Sloan deslizou a cadeira para trás. Quase caiu ao disparar para fora do cômodo. Precisava sair dali. Precisava se afastar. Ir para um lugar quieto. Um lugar onde ninguém ficaria encarando-a ou contando histórias que não faziam sentido.

Ela já estava quase na porta da frente quando percebeu que tinha deixado sua mochila no andar de cima. A mochila com a caixa de pinho dentro. Não podia abandoná-la. Lentamente, deu meia-volta e marchou escada acima. Cherry vociferou um "Lido com você depois, mãe" antes de subir as escadas correndo.

— Me deixa em paz — gritou Sloan.

Não podia encarar Cherry nem seus olhos cheios de dó; não iria fazer isso, não queria. Mas não teve saída, pois Cherry estava bem atrás dela.

— Que fotos? — perguntou Cherry, aparecendo na frente de Sloan e bloqueando o caminho para fora do quarto.

— Não faz isso — disse Sloan. — Você não acredita em mim mesmo.

— Eu quero acreditar.

Sloan ergueu o olhar e buscou por quaisquer sinais de que a namorada estivesse mentindo. Não encontrou nenhum, mas isso não queria dizer nada. Ela sempre fora impossível de ler.

— Se você quer acreditar, então por que não acredita?

— Porque a história não bate, Sloan. Não bate. Eu adoraria que existisse toda uma conspiração imensa que desse sentido a tudo isso, mas simplesmente não existe.

— E como você tem tanta certeza?

— Eu quase perdi a vida por causa dessas pessoas. — Cherry olhou para baixo. — E aí quase perdi minha mãe por causa da obsessão dela por esse grupo. E agora sinto como se estivesse perdendo você do mesmo jeito. Dá pra me culpar por querer que tudo isso acabe? Será que a gente não pode só seguir em frente e ser feliz? Eu quero entrar de penetra no seu dormitório da faculdade no ano que vem, a ponto da sua colega de quarto me odiar. Quero viajar pelo mundo antes que os mandachuvas o destruam por completo. Eu quero que a gente…

— Eu preciso voltar pro passado antes de ser capaz de seguir pro futuro, Cherry. — Sloan desviou o olhar. — Você sobreviveu àquela noite, mas eu só tenho histórias de outras pessoas. Você se lembra de coisas de antes, durante e depois que não consigo nem imaginar. É como se eu estivesse à deriva na vida agora, oscilando de um segundo para o outro. Tudo o que estou tentando fazer é endireitar as coisas na minha cabeça até que façam sentido. Não vou pra faculdade desse jeito, porque não consigo. Não sou capaz de começar a viver até ter o meu passado de volta. Se você não entende isso, então não sei o que te dizer. *Eu preciso disso.*

— Me deixa ver as fotos. Talvez façam sentido pra mim ou me façam lembrar de alguma coisa. Sei lá. Tô disposta a tentar se você quiser.

Cherry esticou a mão em direção à mochila, e Sloan deixou que a pegasse.

— Na caixa de pinho. No fundo — disse.

Um sorriso amargo se formou nos lábios de sua namorada.

— Combina.

— O quê? — perguntou Sloan.

— Uma caixa de pinho? Tipo um caixão?

Um arrepio percorreu o corpo de Sloan quando Cherry tirou a caixa da mochila e a carregou consigo até a cama. Não havia pensado nisso.

Cherry respirou profundamente, cravando os olhos nos de Sloan depressa antes de abrir a caixa, com uma careta, como se pensasse que algo pudesse sair voando dali de dentro para atacá-la. *Apenas a verdade*, pensou Sloan, *apenas a incontestável verdade.*

Sloan enfiou a mão na caixa para pegar as fotografias. Posicionou a primeira bem diante delas.

— Esta foto é a da Sasha. Esse aqui é A Raposa. Esse homem é O Coelho… conhecemos ele como Marco, mas acho que é um nome falso. E esse aqui… poderia ser o meu pai.

— O dedo de Sloan flutuou sobre cada homem na primeira foto, até Cherry assentir.

Sloan posicionou a Polaroid seguinte. Essa era mais difícil de explicar.

— Essa eu encontrei aqui.

Cherry franziu o rosto.

— E como você *encontrou* ela?

Sloan se preparou. Se queria a verdade, precisava estar disposta a retribuí-la também.

— A razão pra eu ter entreouvido a conversa da sua mãe foi que estava me escondendo dentro do armário.

— Maravilha — disse Cherry, claramente irritada. — E por que você estava escondida no nosso armário mesmo?

— Eu não conseguia parar de pensar no que a Sasha disse. Sobre como o Marco era O Coelho. E seu pai tinha todos aqueles coelhos entalhados.

— Meu Deus, Sloan. — Ela passou a mão pela testa.

— Olha — disse, apontando primeiro para Marco e depois para as costas do homem na foto com Cherry bebê, o pai dela. — Mesma camisa.

Cherry deixou a cabeça pender para trás.

— Não é possível que você esteja falando sério. É uma camisa social branca com as mangas enroladas. Metade dos homens do mundo devem ter uma igualzinha. Você não pode pensar que meu pai era o Marco só por causa de uma camisa branca e uma nuca. Minha mãe te contou a história dos coelhos! Não tem nada a ver com...

— Olha pro outro homem na foto. — Sloan apontou para o sujeito embaçado rindo no fundo da Polaroid com Cherry bebê. — Acho que esse é o meu pai de novo.

— Quê?! — gritou Cherry. — Da onde você tá tirando que *qualquer um* nessas fotos pode ser o seu pai? Você nem conheceu ele! Foi um processo de adoção fechada. Você mesma me contou!

— Por causa disso. — Sloan posicionou a última fotografia. A peça perdida de todos os quebra-cabeças dela. — Esses são os meus pais. Eu tinha essa foto comigo quando fui adotada. Costumava dormir agarrada nela.

— Posso? — perguntou Cherry, como se sentisse o quão importante a fotografia era. Sloan assentiu. Cherry ergueu-a perto do rosto. — Que doideira. Não sabia que você tinha uma foto deles. Talvez a gente possa encontrar os dois. Minha mãe conhece uma pessoa que provavelmente conseguiria ajudar. Isso poderia ser uma ótima...

— Você entende o que isso significa, Cherry? Acho que meus pais estavam no Morte Hominus, e os seus também. Sei que sua mãe diz que não é nada, mas todas as outras pistas indicam que o seu pai era O Coelho.

Cherry deixou escapar um suspiro pesado, seus olhos arregalados.

Por um segundo, achou que havia convencido a namorada. Mas então aquele olhar estava de volta: o olhar de pena. O estômago de Sloan se revirou.

— Você não acredita em mim.

— Sloan, essas fotos... Digo, a que Sasha deu não está tão ruim, mas a da caixa no meu armário está embaçada, e a sua está amassada e arranhada demais. Meu pai não é o Marco. Não é ele na foto da Sasha. O nome dele era Peter. Ele não comandava nenhuma seita; ele trabalhava num posto de gasolina, enchendo tanques e trocando óleo. Você ouviu a minha mãe: os coelhos eram coisa da 4-H. Ele era um baita de um nerd, juro. E não é o seu pai jogando bola com ele. É meu tio Jared. E definitivamente não é o Jared na foto com o Marco ou na foto com sua mãe biológica. Me desculpa. Eu queria que fosse verdade. Queria poder te dar esse tipo de sensação de encerramento.

— Tá, mas e quanto a isso? Você não acha esquisito que sejam todas Polaroids? Sei que câmeras no celular não eram realmente comuns na época, mas a maioria das fotos antigas da minha mãe eram normais. E não Polaroids instantâneas como essas! Mas faria sentido para o Morte Hominus. Seitas de juízo final anticapitalistas não vão fazer fila pra investir em smartphones ou em câmeras caras. Sem contar o fato de que provavelmente eles não queriam gente de fora revelando seus filmes e sendo capazes de identificá-los. E ainda combina com toda essa baboseira hippie retrô deles. Pensa só nisso!

— Meu Deus do céu, um monte de gente tira fotos tipo Polaroid! Até o seu irmão tem uma câmera Instax! Você acha que ele faz parte do Morte Hominus também? — Cherry ergueu a mão. — Espera, *não* me responda.

— Eu sabia que você não levaria isso a sério.

— Eu tô tentando, mas não tem nada a ver!

— Beleza, digamos que seja tudo uma gigantesca coincidência. Não é estranho como nós ficamos tão próximas, tipo, na hora? Era como se a gente já se conhecesse. E acho que foi o que aconteceu. Eu realmente acho que a gente já se conhecia!

— Sloan, isso não é verdade. A gente cresceu em lados opostos do...

— Eu não sei onde eu morava antes de ser adotada! Eu poderia ser de qualquer lugar. Poderia ser sua vizinha. Você me disse que vocês viajavam pra caramba.

— Pras apresentações da minha mãe!

— E como é que você tem tanta certeza?! Como sabe que as pessoas com quem você viajava não eram...

— Porque eu me lembro. Eu estava lá.

Sloan fez uma careta. Aquelas palavras eram como um punhal fincado em sua barriga. *Cherry* se lembrava. *Cherry* esteve lá. Algo que Sloan jamais poderia dizer.

— Que bom pra você. Que bom que você é capaz de se lembrar. Que bom que você não foi arrancada de uma vida e então atirada em outra.

— Amor — disse Cherry, com os olhos cheios de lágrimas. — Eu sei que é difícil, mas...

— Para. — Sloan recolheu as fotos e as enfiou de volta na caixa, fechando-se tão rapidamente quanto fechou a tampa. Estava tudo bem. Estava tudo bem. Não era a primeira vez que perdia algo que amava. Algo que pensava que não poderia viver sem.

— Sloan, por favor.

— Você leu o mesmo livro que eu! Você sabe que eles acreditavam que existiriam almas gêmeas predestinadas desde o nascimento. Fadadas a se encontrarem. Que elas trariam o reinício à tona. Você viu os rituais, pelo menos os que não foram rasgados. E se formos nós?

— Espera, a gente tá envolvida nisso também? Quer dizer que é todo mundo parte de uma grande conspiração?

— E se não for conspiração? E se for uma profecia?

— Cacete, Sloan. Eu retiro o que disse antes. Você não está soando como a minha mãe; você está soando como *eles*. Não tem profecia! Vem cá, vamos deitar um pouquinho. Você não tá falando coisa com coisa. Você chegou a dormir na noite passada? Está com uma cara péssima. Precisa descansar.

— E se formos nós, Cherry? — disse Sloan ainda mais alto. — E se nós formos as almas gêmeas?

— Você está... Você acredita mesmo nas coisas escritas naquele livro?

— Não, mas... — Sloan suspirou. Porque não acreditava. *Não acreditava.* Mas não sabia como explicar de outro modo. — Entendo como poderiam pensar que somos nós. É muita coincidência. A gente até tem sinais que combinam.

— Sinais que combinam?

— Diz no livro que as almas gêmeas seriam marcadas desde o nascimento. — Sloan puxou a manga do moletom para cima e esticou o pulso. — Eu tenho esse sinal. — Ela tocou no quadril de Cherry. Quase como se pudesse sentir a marca sob as roupas. — E você tem esse aqui.

— Sloan. Vamos ser sinceras. A sua parece só uma queimadura de cigarro. É provavelmente o motivo pra você ter ido parar no sistema de adoção, pra começo de conversa. E a minha marca também não é um sinal de nascença! Eu caí de um daqueles passeios em pôneis quando tinha, tipo, cinco anos e rasguei o quadril numa pedra.

— Talvez seja isso em que você queira acreditar.

— É o que eu sei.

— Não, a Beth disse que as memórias podem ser transitórias. Se alguém te contar muitas vezes uma mentira, uma lembrança pode se formar ao redor dela. Você não sabe mais do que eu sobre quem está naquelas fotos ou como conseguimos essas marcas. E se a gente se conheceu quando éramos crianças? E se a gente se amou desde o primeiro dia? Você seria mais do que só minha namorada. Você seria minha família. Minha alma gêmea.

Cherry empurrou um pouco de cabelo para longe dos olhos de Sloan.

— Amor…

— Estarmos destinadas a encontrar uma à outra é tão ruim assim?

Cherry deu um beijo suave na testa de Sloan e a puxou para perto.

— Não, Sloan — disse baixinho. — Eu amaria isso, mas não assim. Você é minha e eu sou sua, mas não por causa de um livro ou cicatrizes que combinam ou um trauma idiota. Se somos predestinadas, almas gêmeas ou seja lá como você queira chamar isso, é porque eu te amo e quero continuar te amando. Não tem *nada* a ver com ninguém além de nós duas. Não tem.

As lágrimas escorriam quentes e grudentas pelo rosto de Sloan quando o enterrou no pescoço da namorada, confusa. Sobrecarregada de emoções.

— Está me ouvindo direito? — disse Cherry, dessa vez com mais firmeza. — Não tem.

Sloan assentiu entre suspiros trêmulos. Mil perguntas e dúvidas percorriam sua mente, mas Cherry tinha muita certeza. Soava muito convicta.

— Mas… — disse Sloan, sem nem se incomodar em erguer a cabeça.

— Nada de "mas". Já sei tudo o que preciso saber sobre a gente e a nossa relação. — Cherry a apertou com mais força. — Da próxima vez que você me disser que eu pertenço a você, que eu sou sua alma gêmea, é bom que tenha uma droga de sorriso no rosto, ok? É bom que estejamos felizes e que toda essa história seja uma página virada. A gente merece isso.

Sloan assentiu, entorpecida com seu cérebro zumbindo como se estivesse cheio de abelhas. Estava tudo tão gelado. Ela sentia tanto frio.

Cherry agarrou um cobertor de lã pesada e a conduziu até a cama.

— Vem cá. Vamos fingir que foi tudo um sonho ruim.

Um sonho ruim.

Sloan estava acostumada com eles.

Vinte e seis

Sloan acordou com uma dor no peito como nunca sentira antes e o mesmo pavor que não a deixava há meses. Uma sensação tenebrosa e nauseante se intensificava em sua língua e se espalhava por seus membros.

Ela sentiu falta do torpor. Do vazio. Desejou que o cérebro se desligasse novamente, como tinha feito naquela noite; desejou uma pausa. Desejou que os braços de Cherry, quentes, pesados e enroscados ao redor dela, fossem o suficiente.

Desejou que tudo dentro de si não parecesse tão sem peso, como se ela estivesse à deriva no mundo, em seu corpo. Um minúsculo átomo cercado por incontáveis outros, todos sem leme e perdidos.

Cherry tinha sido sua âncora, sua muleta, seu bote salva-vidas, e agora Sloan havia arruinado tudo. Tinha certeza disso.

Seu ataque, sua insistência de que eram almas gêmeas marcadas ao nascer, de que eram parte do Grande Reinício, de que todo mundo estava envolvido — uma conspiração que se originava no dia em que foi adotada —, tudo parecia tênue à luz do dia. Ralo. Um emaranhado de teias de aranha que se partiria à mais leve das brisas.

E só Deus sabia como Cherry sempre fora uma tempestade de raios trovejantes.

Sloan se sentou, se espreguiçou e tentou com afinco engolir o medo crescente. As coisas tinham feito sentido por um minuto e então tudo explodiu em mil pedacinhos.

— Você está pensando alto demais de novo — murmurou Cherry contra o seu travesseiro e então se sentou. Ela olhou para a namorada com cautela. — Está... está se sentindo melhor?

Sloan sabia que a pergunta verdadeira era: "Já se recompôs? Já descobriu o que é real e o que não é? Já tomou jeito?" Sloan esfregou os olhos e retribuiu o olhar de Cherry. Queria encontrar as palavras certas: para consertar as coisas ou para as destruir completamente, ela não tinha certeza. Mas quaisquer que fossem, não conseguiu achá-las.

Seja lá o que Cherry viu em seu rosto deve ter bastado, pois ela puxou Sloan para um abraço apertado, enterrando o nariz no cabelo da namorada e inspirando-o.

— Eu só quero que a gente fique bem — sussurrou.

Sloan assentiu e afundou no abraço. As palavras "Eu te amo" pingaram da ponta de sua língua antes que pudesse impedi-las. Sloan não sabia se ainda importavam, ou se algum dia importou. Provavelmente estava errada por sequer dizê-las. Mas a maneira como o corpo inteiro de Cherry relaxou sobre o dela fez valer a pena.

Queria que Cherry fosse feliz, mesmo que de forma passageira. Mesmo que Sloan não pudesse ficar. Não pudesse comer sorvete em bancos. Não pudesse segurar sua mão enquanto caminhavam na rua, sorrindo.

Porque a pequena parte de Sloan que não insistia em tentar consertar as ruínas de seu relacionamento com fita adesiva tinha certeza de que encontrara a verdade.

Havia a encontrado no livro, apesar das páginas rasgadas.

Havia a encontrado nas fotografias borradas, mesmo que Cherry não pudesse ver.

Ela precisava seguir o rastro de pistas, sem deixar que Cherry a interrompesse, ainda que fosse tão mais fácil permanecer embrulhada nesta bolha. Ainda que fosse mais seguro.

— Preciso ir — disse Sloan. Ela se afastou de Cherry para conferir a hora em seu celular. — Tenho uma consulta com a Beth daqui a pouco.

— Posso te levar lá — respondeu a namorada. — A gente toma um café e então mais tarde a gente pode…

— Prefiro caminhar. — O desespero esperançoso na voz de Cherry não passou batido para Sloan. Aquilo doeu. Feriu lugares profundos que ela sequer se lembrava ter; lugares que ela achava que tivessem sido mortos naquela noite quente de verão, quando os mosquitos rondavam e o sangue cheirava a cobre.

— Você não vai deixar isso pra lá, vai? — perguntou Cherry, resignada.

Sloan cuidadosamente colocou a caixa de pinho na mochila e em seguida a pendurou nos ombros.

— Preciso seguir esse rastro o máximo que puder. O que tiver que acontecer, vai acontecer. Eu vou terminar isso. Haja o que houver.

Torcia para que isso fosse o bastante. Torcia para que a promessa de "quase" fosse o suficiente para segurar Cherry pelos próximos dois dias.

Tinha uma consulta com Beth hoje, uma última tentativa de abrir a porta em sua mente. E seria a última. Podia sentir em seus ossos: tudo mudaria depois que ela conversasse com A Raposa, depois que ouvisse seus segredos, depois que tudo viesse à luz.

Até onde ela entendia, havia dois desenrolares possíveis. Um, A Raposa confessaria tudo o que sabia. Todas as coisas se alinhariam perfeitamente com o que Sloan já tinha descoberto: Sloan e Cherry estavam predestinadas uma à outra de alguma maneira cósmica esquisita — não que fossem terminar o que o Morte Hominus havia começado. Não tinha nenhum interesse em fazer nada disso, nem acreditava nos rituais. Bastaria saber que estava certa.

Ou dois, ela descobriria que tudo o que pensava saber, tudo o que pensava ter descoberto, era pura e total baboseira. E aí o que aconteceria? Ela voltaria para casa e aprenderia a amar tomar sorvete de especiarias de abóbora em bancos grudentos e seguiria em frente. Aceitaria a ideia de que não era especial. Que havia ido para a adoção porque seus pais não a queriam, não podiam cuidar dela ou algo assim. Que tinha sobrevivido a uma chacina por uma aleatoriedade do universo. Que poderia muito bem ser Anise, Rahul ou Dahlia sentados ali com Cherry. Essa compreensão fez seu estômago se revirar com pensamentos ciumentos e possessivos.

— O que você quer dizer com "terminar isso"? — A voz de Cherry a fez voltar ao mundo real. Parecia preocupada, e Sloan percebeu como devia ter soado.

— Não… não é o que você tá pensando. Quero dizer que vai ter acabado. Ou eu vou ter as respostas ou terei esgotado todas as pistas. Não vai ter mais nada que eu possa fazer.

— Tem certeza de que não vai acabar encontrando mais uma besteira pra perder tempo depois de tudo? Consegue mesmo terminar isso? Pra valer? E aí a gente vai seguir em frente?

Sloan assentiu.

— De um jeito ou de outro, amanhã acaba.

— Promete? Não importa o que aconteça? — Cherry parecia tão triste, tão pateticamente triste, que o coração de Sloan se contraiu.

— Sim, não vai restar nada depois disso. Fomos atrás de todas as pistas que tínhamos. Se você diz que sua mãe não está envolvida...

— Ela não está — disse Cherry com firmeza.

— Então é A Raposa ou nada. Espero que você possa entender por que preciso fazer isso. Ou pelo menos aceitar.

— É, eu entendo. Você não conhece a sua história e não se lembra daquela noite, mas em vez de comprar um kit de DNA da 23andMe e dar umas risadas quando os resultados mostrarem que você é parte neandertal ou sueca ou sei lá o que, você decide fazer uma trilha pelo inferno como algum tipo de penitência confusa por ter sobrevivido. — Cherry se levantou e balançou a cabeça. — Entendi tudo direitinho?

— Eu preciso fazer isso.

— Eu sei. — Cherry pegou a mão de Sloan. — Mas eu não sou obrigada a gostar.

Sloan apertou os dedos da namorada com um sorriso triste antes de puxar sua mão de volta e enfiá-la no bolso. Sentiu a perda do contato imediatamente, no fundo de seu coração. Mas era melhor assim. Arrancar Cherry de si como se fosse um Band-Aid, em vez de afastá-la lenta e dolorosamente.

Cherry tinha razão: Sloan precisava mesmo fazer uma trilha pelo inferno.

E aparentemente caminharia sozinha.

— Você parece muito relaxada hoje — disse Beth, com as pontas de seus dedos coladas umas às outras diante do peito.

— E o objetivo não é esse? — perguntou Sloan.

Mas não estava relaxada, e sim resignada. Seria sua última visita a Beth. Sabia disso tão certamente quanto sabia que o sol nascia no Leste, que a Terra era redonda e que A Raposa possuía a chave para solucionar tudo.

Sloan tinha considerado faltar a consulta. Não era estritamente necessário, mas queria voltar uma última vez às suas memórias para ver se seria capaz de destrancar aquela porta sozinha, se conseguiria se lembrar de algo que a ajudaria na visita à prisão no dia seguinte. Uma pista que a levaria a fazer todas as perguntas certas e a obter todas as respostas corretas.

— O meu objetivo é a cura — disse Beth. — Em minha experiência, o processo de se recompor muito raramente é relaxante. Gostaria de conversar a respeito do que mudou?

— Não.

— Isso está relacionado com a sua viagem de amanhã para ver Edward Cunningham?

Não se lembrava de ter dito a Beth quando iria visitá-lo, mas se a informação não havia partido dela, certamente fora de Allison. Que, inclusive, estava preocupadíssima e de cabelo em pé por causa de toda essa história.

Sloan tinha passado em casa para tomar banho e trocar de roupa antes da consulta, e teve que praticamente bater a porta na cara de Allison para que parasse de choramingar

AS ÚLTIMAS SOBREVIVENTES 285

sobre como aquela visita era uma má ideia. Sloan não estava muito surpresa com a ideia de que a mãe provavelmente havia ligado para Beth antes.

— Não gosto de impor minhas próprias expectativas em meus clientes — disse Beth —, mas antecipei que seus níveis de estresse estariam mais altos que o normal hoje.

— O que posso dizer? — perguntou Sloan. — Sou uma anomalia. Só estou contente por conseguir algum encerramento.

— Encerramento?

— É, quando eu conversar com A Raposa... com o *Edward*... amanhã.

— Talvez seja útil ajustar um pouco suas expectativas — disse Beth, antes de fazer uma anotação em seu arquivo.

— Olha, nós duas sabemos que você não é uma psicóloga de verdade, né? — Sloan se inclinou para a frente na cadeira. — A gente não precisa fazer toda essa, tipo, pseudoterapia. Eu só queria ser hipnotizada uma última vez.

— Uma *última* vez?

Droga, não tivera a intenção de dizer essa parte em voz alta.

— Sei lá. *Mais* uma vez. Sinto que a gente tá chegando perto. E se eu conseguir recuperar minhas memórias até amanhã seria o ideal.

— E como isso te ajudaria, Sloan? Você estaria entrando em uma situação emocionalmente carregada em um estado muito vulnerável. Isso não é como apertar um interruptor. Está mais para abrir as comportas de uma represa. Pode ser muito traumatizante. É por isso que fazemos o procedimento aqui, num ambiente controlado, onde posso te monitorar.

— Certo. E aí está você e aqui estou eu. Me monitora, então. Vamos nessa. — Ela tentou exibir um sorriso atrevido, mas sua voz soou desesperada até para os próprios ouvidos. Isso não fazia parte de seu plano na busca por encerramento. Era para Beth ajudá-la. Era para Beth querer ajudá-la.

— Você entende que a honestidade é uma parte integral de nosso relacionamento, correto? Só posso te ajudar se você quiser ser ajudada.

— Eu quero ser ajudada. — Sloan cruzou os braços sobre o peito.

— Tem certeza disso, Sloan? — perguntou Beth. Seu tom de voz era equilibrado, gentil e calmo como sempre, mas havia uma acusação subjacente. Quando Sloan não respondeu de imediato, Beth balançou a cabeça. — Você sabe que sou obrigada a reportá-la caso eu julgue que oferece perigo para si ou para outras pessoas.

— Ai, meu Deus, você acha que eu quero… Não. Não! Desculpa, eu total entendo que isso é provavelmente o que uma pessoa que *gostaria*, tipo, de abandonar este plano terreno diria, mas juro que não tô pensando nisso. Eu nem cheguei a considerar isso. Palavra de escoteira. — Ela ergueu a mão, apesar de nunca ter sido escoteira. — Não tem nada a ver.

Beth ergueu uma sobrancelha. Sloan imaginava que nada do que disse era tranquilizador, mas não sabia como convencê-la de outro modo.

— Está bem, um ajuste de expectativas — falou Sloan. — É o que você queria fazer, não é?

Beth parecia apreensiva, mas assentiu.

— Podemos tentar.

— Beleza. — Sloan não sabia por onde começar. Não é como se pudesse admitir a verdade sobre suas esperanças para o dia seguinte. Com base na reação de Cherry, provavelmente não soava como algo muito lógico. — Encerramento.

— Ela se decidiu, finalmente. — Tudo o que eu quero é um encerramento.

— O que "encerramento" significa pra você?

Sloan fez uma pausa para escolher as palavras com cuidado.

— Acho que vou saber quando o vir.

— Como assim?

— Sinto como se tivesse tentado entender tudo o que posso. Tentei desbloquear as minhas memórias, e pesquisar, e aprender sobre a seita e um monte de coisas diferentes. E nada me levou a qualquer lugar que fosse real. Ou, se levou, só deixou as coisas mais confusas.

— E você espera que Edward Cunningham tenha as respostas.

— Sim.

— E se ele não tiver?

— Então eu vou precisar arranjar uma psicóloga de verdade e seguir em frente, né?

Beth riu.

— Apesar do que você acha, posso te ajudar com isso também. Não precisamos trabalhar no reprocessamento das suas memórias. Posso te ajudar a se curar de outras maneiras.

— Acho que eu ia gostar disso — disse Sloan, e percebeu que estava sendo sincera. Não importava o que acontecesse no dia seguinte, teria que deixar essa história para lá, como havia prometido a Cherry. — Mas…

— Mas — disse Beth, franzindo a testa de leve — é isso o que você quer para a sessão de hoje.

— É o que quero. E sei que você está preocupada, mas nunca estive tão bem desde que começamos. Quero tentar uma última vez. Quero ver se sobrou algo para ver quando me sinto realmente pronta de um jeito que nunca senti antes.

— O que mudou para você? — perguntou Beth. — O que a colocou nesta perspectiva tão positiva?

Sloan deu de ombros e sacudiu a cabeça.

— Eu só... estou pronta.

Beth respirou profundamente. Seus olhos vasculharam os de Sloan, e então assentiu. Pareceu satisfeita com o que quer que viu neles.

— Há um gatilho que podemos tentar. Estive hesitante antes porque você estava... digamos, sensível — disse Beth.

— Qualquer coisa.

— Podemos usar isso. — Ela ergueu o celular. A capa de um álbum do Nirvana encarou Sloan do outro lado da tela de vidro. — Você disse que isso estava tocando enquanto tudo acontecia. Especificamente enquanto você se escondia perto do escritório de Kevin. Posso te hipnotizar, fazer com que se sinta segura e tocar o álbum num volume baixo. Veremos se gera alguma reação. Ficarei ao seu lado o tempo inteiro. Você vai estar em segurança. Terminarei a sessão se seus níveis de estresse ficarem impossíveis de administrar.

— "Come As You Are" — sussurrou Sloan.

— Hum?

— Era a música que estava tocando quando ele...

— Estou disposta a ver o que acontece se eu tocar a música quando você alcançar a porta. Apenas se você se sentir confortável. Como falei, não precisamos fazer nada disso hoje.

— Não, é uma boa ideia. Posso tentar. Eu quero tentar.

Beth assentiu, mas, tirando isso, permaneceu impassível.

— Muito bem, Sloan. Vejamos o que vai acontecer.

* * *

A madeira se encravava com força nos joelhos de Sloan. Ela abriu os olhos devagar, a névoa se dissipando para dar lugar à clareza, deixando apenas pequeninos trechos borrados nos cantos. Apenas o suficiente para que ela soubesse que não era real. Que este mundo não existia quando ela não olhava para ele.

Mas havia uma novidade.

Não estava onde sempre começava até então. Não estava certo. Era para Sloan começar no banheiro. Isso era antes do banheiro? Ela esticou o braço e tocou o próprio rosto. Algo morno e úmido cobria seu dedo. Sangue. Não, lágrimas, percebeu enquanto afastava a mão. Isso era o depois. Depois? Antes? Mas ela estava se escondendo. Já devia ter ouvido os gritos, pensou. Aquilo já devia ter acontecido. Ela tentou fazer força para se levantar, para se mover e tirar a lasca de madeira de seus joelhos. Para encontrar outro lugar. Mais seguro. Mais escuro. Que não fosse no meio do piso. Que ela fizesse mais do que aguardar que A Raposa a encontrasse.

A música começou. O zumbido familiar da introdução de guitarra.

E os gritos. Tantos gritos.

Eles estavam sendo assassinados ao som de rock de tiozão. Lembrava de pensar isso. A madeira se cravou mais fundo nos joelhos, e ela a deixou... aguardando, aguardando, aguardando a sua vez.

A garganta dela queimava e uma mão rígida tampava a sua boca. Era sua própria mão. Os gritos que vinha ouvindo eram os dela. E agora estava sendo arrastada de costas, a madeira ainda se enterrando, arranhando a pele. Um lampejo prateado. Uma faca?

As farpas em suas pernas se fincaram ainda mais fundo quando ela resistiu. Tentou se concentrar nelas, deixar que as mantivessem presente. Mas haviam desaparecido. A sensação tinha desaparecido. Estava tudo se misturando e ficando embaçado ao seu redor. Seu braço sangrava e a madeira do piso fincou, fincou, fincou sob sua pele novamente. Não, não era o piso. Uma árvore. Era uma árvore. A madeira de uma árvore. A mão sobre a boca desapareceu, e Sloan caiu.

Sua garganta doía. Sua garganta doía. O rosto de Cherry. A música. Estava tudo girando tão rápido. A cabine, a canoa, a árvore, a faca, a lâmina, a pele, a pele, a pele... O que estava se esquecendo a respeito da pele?

— Sloan! — A voz soou alta e dura, tão barulhenta quanto o seu grito.

E a garganta dela ardia. Ardia tanto. Havia mãos tampando a sua boca, não, seu rosto, enquanto seus olhos sem foco observavam a sala rodopiante. A cabine, a canoa e os pinheiros tinham desaparecido. Os pinheiros. Os pinheiros!

No lugar deles, havia uma Beth de expressão muito, muito preocupada. Beth era mais jovem do que Sloan tinha percebido. De perto, sem seus óculos ou os dedos entrelaçados ou as anotações que escrevia em seu arquivo. Sloan se perguntou qual era exatamente a idade de Beth. Ela parecia nem ter chegado aos trinta. Sloan se perguntou se elas poderiam ter frequentado a faculdade na mesma época em uma outra vida. Isso é, se Beth tivesse um diploma universitário na parede e se Sloan não tivesse adiado a sua ida.

— Chega de música. — Beth se inclinou para trás. — Não vamos tentar isso de novo.

— Eu estava no caminho certo. — Sloan fez força para se sentar. — Vi coisas que ainda não tinha visto. Minhas memórias estavam voltando. Só que fora de ordem, em pedacinhos.

AS ÚLTIMAS SOBREVIVENTES 291

— Isso acontece às vezes, mas não pode ficar tão fora de controle. — Beth se levantou. — O objetivo dessas sessões sempre foi reprocessar memórias em segurança, e não te traumatizar novamente. Estou preocupada com você, Sloan. Peço desculpas por aumentar o seu nível de estresse.

— Estou bem — insistiu ela. — Vamos de novo.

— De jeito nenhum. — Beth voltou para sua escrivaninha. — Você estava certa quando falou que esta seria a última vez. E agora acabou. Em nossa próxima consulta, você vai relatar como foi sua visita ao Sr. Cunningham, e então seguiremos adiante a partir daí. Adiante, Sloan. E não para trás. Já chega de olhar para o passado, por enquanto. Você precisa estar numa posição mais estável para isso. Hoje você me induziu ao erro, e isso nunca mais vai acontecer.

— Você não pode me deixar de mãos abanando assim.

— Eu não sou sua traficante — disse Beth, com a voz firme. O assunto claramente não estava aberto para discussão. — Ofereci a você uma quantidade substancial de ferramentas para que possa trabalhar nesse processo. Mais do que a maioria. E preciso manter minha integridade profissional. Francamente, eu nem deveria ter feito a hipnose hoje.

— Por que não?

— Porque não é saudável. Você não está tentando reprocessar memória nenhuma; você vem se alimentando delas. Isso tem feito mais mal do que bem a você agora. Sei que quer respostas, mas às vezes não há um bom motivo pelo qual as coisas acontecem. Precisamos aceitar isso.

— Você tá mesmo me dizendo pra "perdoar pois Deus sabe de todas as coisas"? — zombou Sloan.

— Existem coisas piores que isso. — Beth fechou o arquivo. — Quero que você pegue leve esta noite. E gostaria que pegasse leve amanhã também, mas sei que não vai. Fizemos progresso hoje de um jeito que não me deixa confortável. Você avançou, mas não de modo seguro. Receio que sua visita amanhã possa provocar o ressurgimento dessas memórias e eu não estarei lá para ajudar você a processá-las.

— Mas eu quero recuperar as minhas memórias. — Sloan ergueu o queixo. — Não importa como. Não preciso de você nem de mais ninguém pra me ajudar a processá-las. Tomara mesmo que elas voltem amanhã. Assim, pela primeira vez na porra da minha vida eu vou ter todas as peças do quebra-cabeça.

Os olhos de Beth se estreitaram.

— Tem mais alguma coisa que você gostaria de compartilhar?

— Nada que a gente já não tenha conversado, *doutora* — respondeu Sloan, divertindo-se com a expressão incomodada que surgiu rapidamente no rosto de Beth.

— Eu não sou médica, Sloan, como você adora mencionar. Creio que talvez o seu caso esteja além do tipo de ajuda que posso oferecer.

— Você tá me demitindo? — Sloan riu. De todas as coisas que poderiam acontecer, essa era a mais inesperada. — Isso não é muito "namastê" da sua parte, Beth.

— É claro que não — respondeu ela. — Mas as nossas sessões vão mudar daqui pra frente, caso deseje continuar. Se acreditar que eu ainda posso ter alguma utilidade para você, basta me ligar ou me mandar uma mensagem. Mas acho que precisa avaliar o que espera receber das sessões, e o que posso lhe oferecer, tendo em vista a minha recusa de prosseguir com a regressão sensorial.

— Não é o seu trabalho descobrir isso?

— Eu só posso te levar até certo ponto em segurança. Depois dele, é possível que eu te prejudique mais do que te ajude.

Sloan balançou a cabeça e puxou sua jaqueta no gancho.

— Beleza. Tchau, *doutora*.

— Sloan — disse Beth, e a garota parou no corredor, uma das mãos mantendo a porta aberta. — Tenha cuidado amanhã. Mesmo que decida desistir de nossas sessões no longo prazo, pode me ligar se precisar de mim nos próximos dias. Vou tirar o celular da vibração. Rever Edward Cunningham pode provocar uma grande crise em você. Não precisa passar por isso sozinha.

Sloan assentiu e saiu lentamente pela entrada dianteira como fizera centenas de vezes antes. Desceu os degraus. Andou pela calçada.

Já ia atravessar a rua quando percebeu que a picape de Cherry não estava ali.

Pela primeira vez, Cherry não havia aparecido.

Vinte e sete

Às quatro da manhã Sloan se levantou e começou a perambular.

Tinha conseguido pegar no sono uma ou duas vezes durante a noite, mas só por alguns minutos. Não despertou com Cherry ao seu lado como esperava, apenas com meias memórias e a sensação de madeira pinicando a pele. O pinho do piso, a casca da árvore, a sensação de mergulho de quando caiu.

Caos. Sua cabeça era puro caos.

Além disso, agora havia o problema da carona.

Cherry não tinha aparecido depois da consulta com Beth. Não entrou engatinhando pela janela de Sloan no meio da noite. Não tinha feito nada do que Sloan se acostumara a esperar dela, o que queria dizer que havia uma forte chance de não aparecer neste dia também.

Sloan ainda tinha algumas horas antes de partir. Uma saída ao meio-dia para um compromisso às quatro da tarde. Era uma viagem de três horas de carro, mas queria chegar adiantada, sempre adiantada. E agora não tinha como.

Talvez roubasse o carro de sua mãe. Ou quem sabe conseguisse chamar um táxi. Sua cidade era muito pequena e distante de grandes centros urbanos para oferecer serviços do tipo Uber com regularidade, e muito metida à besta para ter uma linha de ônibus funcional.

Sloan daria um jeito, mesmo que tivesse que fugir. Precisava saber por que o pinho feria como uma faca. Precisava saber se o que havia cortado sua pele tinha sido aço ou lascas de madeira. Fugiria para sempre para descobrir essas coisas. Fugiria, sim.

Sua mãe saiu para trabalhar cedo, por volta das seis, recusando-se a sequer fazer contato visual com a filha. Tinha criado esse hábito recentemente: ir trabalhar cedo e ficar lá até tarde. Seu pai não era muito diferente, sempre correndo para levar Simon para visitar a avó ou os amigos dele ou para um treino extra de baseball, mas Sloan entendia o que estavam realmente fazendo.

Eles fugiam. Tentavam escapar do monstro na casa deles, da memória do que havia sido perdido. Do invólucro vazio que restava. Fugiam de Sloan... e agora Cherry fazia o mesmo.

Estava tudo bem, pensou ela, *estava tudo bem*.

Abriu a porta do quarto e se aprontou para o dia. Teria que encontrar seus tênis.

Sloan não esperava ouvir o ronco familiar da picape de Cherry quando desceu as escadas, já prestes a ligar para o número do serviço de táxi que tinha procurado mais cedo. Conforme o esperado, sua mãe tinha ignorado suas repetidas mensagens de texto implorando para que voltasse para casa. Por meio segundo, chegou até a considerar mandar uma mensagem para Beth, antes de decidir que não valia a pena. O cofrinho de Simon estava perturbadoramente recheado, mesmo com Sloan ainda em dívida. Sabia que o irmão nem perceberia.

Mas agora sua carona tinha chegado, e na hora certa. Cherry não fugiu, afinal de contas. Sloan mordeu o lábio, determinada a não chorar.

Não era dia de ficar emotiva.

Era dia de ficar bem. De obter respostas. De ser fria, distante e fingir que seu trauma tinha acontecido com outra pessoa. Era uma jornalista em uma missão de descoberta de fatos; nada mais, nada menos. Mas agora Cherry estava ali, com a porta da picape escancarada, e Sloan *quase* se sentiu normal de novo. Quase se sentiu humana novamente, em vez de uma bola de questionamentos recoberta por pele.

— Você veio. — A voz de Sloan estava suave e sem fôlego.

— Falei que vinha — respondeu Cherry, sem o menor vestígio de sorriso na voz. Não tinha expressão, estava neutra. Sloan odiou isso.

Queria que Cherry a beijasse ou lhe desse um tapa, que gritasse com ela ou que a abraçasse com força. Alguma coisa. Qualquer coisa teria sido melhor que isso.

Sloan acabou escolhendo responder com um "valeu" e então pulou para o lado do passageiro.

Não é dia de ter emoções, lembrou-se ela.

Cherry ficou calada. Tomou seu lugar atrás do volante e suspirou ao sair lentamente do meio-fio. Sloan imaginou se a namorada teria esperado que ela mudasse de ideia, que fosse lhe dizer como tinha pensado melhor nas coisas e que não queria mais ir ao presídio. Ou talvez Cherry esperasse que ela a beijasse ou a chutasse ou que fizesse milhares de outras coisas. O que quer que provasse que ainda estava ali.

Sloan deixou a mão cair no assento, com a palma para cima e aguardou para ver a reação de Cherry. Deixou a mão ali, imóvel como uma pedra, por quase dez minutos, olhando pela janela para as estradas que passavam e fingindo que aquilo não machucava profundamente. O espaço vazio onde a mão de Cherry deveria estar era frio e colossal.

E aí, tão subitamente quanto o vazio, houve presença. Pele quente, uma leve pressão, seguida por um aperto e pelo respirar trêmulo da garota do outro lado do assento.

— Acaba hoje, certo? — perguntou Cherry, e Sloan virou a cabeça para encará-la.

Ela estudou a expressão da namorada: a mandíbula tensa, cerrada com força, os olhos cravados na estrada mesmo que fossem praticamente as únicas ali, a mão no volante tão apertada ao redor dele que os nós de seus dedos estavam brancos.

— Acaba hoje — disse Sloan.

Cherry assentiu, apenas uma vez, tão de leve que foi quase imperceptível.

Ficaram sentadas em silêncio durante a maior parte da viagem. Sloan quase teria se esquecido de que Cherry estava ali, não fosse pela maneira como o carro diminuiu a velocidade, seu aperto na mão de Sloan se intensificando, conforme passavam pelos portões dianteiros trancados à corrente do Acampamento Money Springs.

Precisavam passar por ali para chegar ao presídio, um fato que Sloan não havia se dado conta. Era como se pedacinhos pontiagudos de gelo se espiralassem por suas veias.

O acampamento parecia deserto de um jeito inédito, diferente até do primeiro dia de preparação no verão anterior. Pedaços de fita policial esvoaçavam ao vento, fazendo nós ao redor dos pinheiros, aparentemente esquecidas depois do resto ter sido cortado e jogado fora. Os portões da frente estavam fechados; um cadeado pesado atava duas grandes correntes que se cruzavam, selando-o. Provavelmente existia para impedir a entrada, mas Sloan não pôde evitar a sensação de que na realidade o que ele impedia era a saída de algo... a verdade? Suas memórias daquela noite?

Tudo isso?

Cherry acelerou. A visão do acampamento deu lugar a mais alguns quilômetros de pinheiros e moitas. Estavam nas profundezas da floresta agora. A mão de Cherry se afrouxou na sua e então se afastou, como se a namorada precisasse de ambas as mãos no volante agora, como se só assim fosse conseguir mantê-las no rumo certo.

— Você ainda pode mudar de ideia — disse Cherry quando do passaram pelo posto de gasolina. Já tinham ido até lá uma vez antes, quando ainda estavam no acampamento. Cherry havia tentado usar uma identidade falsa para comprar bebida alcoólica barata e falhara espetacularmente. O fato de que o balconista ainda assim a deixou comprar tubos de alcaçuz Red Vines e chocolate com recheio de pasta de amendoim deixava evidente como o povo dessa cidade era bacana.

— Não vou — disse Sloan. — A gente devia comprar Red Vines na volta pra casa — acrescentou.

Cherry sorriu ao ouvir isso, só por um segundo, e Sloan se perguntou se a outra garota tinha se lembrado da mesma coisa.

Continuaram a viagem, para além da rua principal onde gostavam de beber café, para além da agência de correios, da Associação Cristã dos Moços, do pequeno lava-jato, até finalmente chegarem à delegacia do xerife e ao presídio logo atrás.

Não era lá grandes coisas, pensou Sloan enquanto observava o grande edifício cinza, suas cercas e arames farpados

AS ÚLTIMAS SOBREVIVENTES 299

enrolados em círculos gigantescos no topo. Parecia simples demais, um recipiente muito básico para conter alguém que Sloan suspeitava carregar a chave de toda a sua existência. Era quase desapontador.

A reação de Cherry pareceu ser exatamente oposta. Encarou o grande prédio diante dela com olhos arregalados e assustados, suas mãos trêmulas.

— Vai entrar? — perguntou Sloan. — A promotora-assistente Sheridan disse que você pode esperar na sala de descanso dos agentes. O Wi-Fi é bom. Ela não te deixaria sentada na sala de espera padrão, onde todo mundo poderia ver.

— Não posso — disse Cherry. Não era "Não vou" ou "Não quero". Era "Não posso".

Sloan pousou uma mão no braço de Cherry e então a esticou por cima para puxar a maçaneta da porta.

— Tá tudo bem.

Parou quando estava no colo de Cherry e esperou que a namorada a olhasse. Quando ela o fez, Sloan a beijou — um beijo longo, intenso e triste. Como se nunca mais fosse ter outra oportunidade. Como se esse não fosse apenas o fim de sua busca por respostas, mas também o fim delas, dane-se o destino.

Cherry interrompeu o beijo primeiro, seus olhos fechados bem apertados, os punhos dos dois lados do corpo, como se precisasse de toda a sua força de vontade para não agarrar Sloan. Para não aprofundar o beijo. Para não abraçá-la, mantendo-a aprisionada em seu colo, na picape, no estacionamento, em qualquer lugar que não fosse aquele prédio cinza gigantesco com boca de arame farpado.

Sloan apertou a testa contra a de Cherry, mas só por um instante. Então empurrou mais a porta do carro e saiu.

O ar estava frio e seco. O outono havia assassinado o verão completamente, seu calor nada mais que uma memória sob as botas de Sloan. Ela recuou um passo e deu uma última olhada em Cherry. Não é como se ela pudesse fechar a porta atrás de si. A namorada teria que fazer isso por conta própria. Talvez antes de pegar o carro para ir embora.

E tinha certeza de que Cherry iria embora. De que quando aquilo terminasse, Sloan voltaria ali só para encontrar vazios a vaga de estacionamento e seu coração. Provavelmente isso não teria volta. Ela só podia torcer para que ter a cabeça cheia de respostas compensasse.

Antes que Sloan pudesse dar mais um passo, a mão de Cherry envolveu seu pulso e a puxou de volta. De volta para a picape, de volta para Cherry, que tinha saído para buscá-la. Ela apertou, apertou, apertou Sloan contra seu corpo, como se quisesse mantê-la ali, absorvê-la, deixá-la em segurança dentro de si. Sloan sentiu o coração da namorada, seus batimentos fortes e firmes agora substituídos pelo tamborilar cacofônico do medo.

— Me promete — disse Cherry, parecendo à beira das lágrimas. — Me promete que a gente vai comprar aquelas Red Vines.

Sloan se afastou, ainda segurando as mãos da namorada. Queria que ela visse seus olhos. Que tivesse certeza. Que sentisse quão convicta estava.

— Eu prometo — disse, e então a soltou.

Vinte e oito

A promotora-assistente Colleen Sheridan era uma mulher alta e negra com um gosto impecável para terninhos, que de algum modo conseguia parecer séria mesmo quando sorria. Ela aguardava Sloan do lado de dentro, perto das portas, como disse que faria quando se falaram pelo telefone poucos dias atrás. Isso parecia ter sido há anos.

— Boa tarde, Sloan — disse.

Breve. Eficiente. Sloan ficou grata por isso. Não queria ser recebida com um abraço ou um sorriso cheio de dó. Já não aguentava mais ser a vítima. Finalmente chegaria às respostas. E quem sabe seguiria em frente. E talvez comprasse alguns Red Vines, no fim das contas.

— Vamos passar por aquele detector de metal e então seguiremos pelo corredor. Vão nos deixar entrar. Pode deixar o seu casaco na sala de descanso dos agentes. A Cherry decidiu não entrar?

Sloan assentiu enquanto passava pelo detector de metal e seguia Sheridan pelo corredor.

— Posso me sentar ao seu lado durante a conversa ou ficar no cômodo para ser de assistência, caso deseje — prosseguiu Sheridan. — Ou posso te oferecer privacidade. Todos os documentos foram assinados e ele será transferido amanhã. Meu principal trabalho durante esta visita é ser sua defensora. Estou aqui para apoiá-la.

— Eu... eu prefiro conversar com ele sozinha.

Sheridan assentiu e educadamente aguardou que Sloan depositasse suas coisas.

— Se já estiver pronta, é por aqui.

Sheridan a guiou para uma sala grande com piso de linóleo barato. Lembrava um pouco o do refeitório feioso de sua antiga escola. Lembraria mais se não fosse pelos telefones enfileirados ao longo de uma divisória de vidro e por tantas barras logo atrás.

O lado de Sloan, o dos visitantes, possuía diversas divisões e uma fileira de bancos de plástico duro, embora um deles tivesse sido substituído por uma cadeira de escritório de aparência confortável. Sloan ergueu o olhar para Sheridan, a pergunta já se formando em seus lábios. A promotora-assistente sorriu.

— O chefe de polícia Dunbar quis que você ficasse mais confortável — disse. — Ele trouxe a própria cadeira para cá.

Sloan assentiu, grata. Tinha sido bacana da parte dele.

Sheridan seguiu até a porta quando Sloan sentou-se em seu lugar.

— Vou estar bem do outro lado desta porta caso precise de mim, Sloan. Você terá tanta privacidade quanto é possível. Um guarda vai ficar do outro lado do vidro com o sr. Cunningham e há câmeras de segurança em todos os quatro cantos da sala. A visita será gravada, seguindo o procedimento padrão.

Você pode ficar aqui por quanto tempo desejar. Não há horário de visitação hoje. Esta sala está reservada para você pelo tempo que quiser. Tem alguma pergunta?

— Não.

Sloan aproximou mais sua cadeira do vidro. Não sabia se já devia pegar o telefone para se preparar, mas decidiu que seria bobo fazer isso sem ninguém do outro lado. Impaciente demais. Em vez disso, ficou sentada aguardando.

— Se estiver pronta, vou pedir para que o tragam agora — disse Sheridan.

Sloan respirou profundamente. Estava pronta. Estava *pronta*.

Vinte e nove

A Raposa, também conhecida como Edward Cunningham, também conhecida como o bicho-papão que morava embaixo da cama de Sloan e em seus sonhos, entrou na sala caminhando pesadamente. Um painel de vidro fino era tudo o que a separava de seu pesadelo vivo e ambulante.

Sloan encarou A Raposa, a confusão colorindo seu rosto com o mais pálido dos tons de rosa. O homem diante dela parecia... tão humano. Tão comum. Mesmo algemado, tinha a aparência de uma pessoa com quem ela esbarraria no supermercado e a quem pediria para, por gentileza, pegar uma caixa fora de seu alcance. Sloan franziu a testa — como era possível que fosse o mesmo homem que havia...

Ele se remexeu um pouco e, com as mãos algemadas, puxou uma pequena cadeira de plástico. As correntes escuras faziam um forte contraste com o azul pálido do macacão prisional. Ele era alto, mais alto que a média. Os relatórios diziam ter 1,88m, mas nos seus sonhos era maior que isso. Era um ser furioso de três metros. Um monstro que ganhou vida.

Sloan sentiu os olhos dele sobre ela, mas não conseguiu se obrigar a erguer o olhar, ainda não. Estava ocupada demais encarando as mãos do homem, as mesmas que haviam matado seus amigos. Ao catalogar cada detalhe delas, pôde ver: unhas sujas, pele ressecada, um trecho vermelho de eczema que se estendia do polegar ao indicador. Ele o coçou enquanto ela observava, seja porque o incomodava, seja porque ficou constrangido. De qualquer maneira, foi tão humano. Tão espetacularmente humano. Ela quase riu.

Talvez Cherry estivesse certa quando disse que este presídio não lhe ofereceria nada de interessante. Talvez Cherry estivesse certa quando disse que Sloan deveria parar de chamá-lo de A Raposa. A pessoa diante dela era Edward Cunningham. Era um nome absolutamente tedioso e, ao observá-lo cutucar a pele entre os dedos, ela percebeu que combinava com ele.

Edward ergueu uma das mãos e deu pancadinhas no vidro, o que fez Sloan se assustar e empurrar a cadeira para trás.

— Para com isso — vociferou um guarda parado atrás dele, sua voz profunda e abafada pela divisória. O tom ameaçador fez com que Edward abaixasse as mãos novamente.

Sloan cravou os olhos nos do presidiário. E aqueles olhos? Eram inteiramente da Raposa.

A máscara.

O pinho.

A lâmina.

Os gritos. Os gritos. Os gritos.

Sloan piscou com força para os olhos que tinham assombrado seus sonhos por tanto tempo.

Era para isso que ela havia vindo.

Precisava fazer isso. Por si mesma, por Cherry, por suas famílias. Precisava de respostas. Precisava dar um fim a essa história. Precisava tanto.

Sloan empurrou sua cadeira de rodinhas completamente, até alcançar o apoio de braço diante dela. A Raposa inclinou a cabeça, mas seus olhos nunca a deixaram. Um arrepio percorreu o corpo inteiro de Sloan. Um pequeno sorriso apareceu nos lábios rachados e secos de Edward.

Ele estava *gostando* disso. E não. Não, pensou Sloan, ele já havia se deliciado com seu medo por tempo demais. Ela estendeu a mão para o telefone.

A Raposa sorriu e fez o mesmo. Alguns dentes estavam faltando. Sloan se perguntou se sempre fora assim ou se isso teria sido cortesia da delegacia do xerife. Já tinha lido que cadeias e presídios não eram lugares particularmente acolhedores para quem machucava crianças. Imaginou se ela ainda contava como criança. Não se sentia infantil já havia muito tempo.

Se uma pessoa assassinasse uma mulher, ninguém estaria nem aí: quem sabe o assassino até virasse um episódio especial do programa investigativo *Dateline*, que milhares assistiriam só para se divertir. Mas matar uma criança ou um bebezinho faria com que o mundo devorasse você ainda vivo.

Se bem que talvez fosse este o objetivo dele, não? Que o mundo o devorasse ainda vivo?

A mão da Raposa hesitou no telefone e, por um segundo terrível, Sloan achou que ele não fosse atender. Que ele havia desejado que ela fizesse todo aquele percurso por nada. Só para ver se ela estaria disposta a ir. E ela foi. Ela foi.

Mas então ele lentamente se inclinou para a frente e ergueu o aparelho até a orelha.

Sloan não sabia por onde começar.

Ela quase disse "alô", mas se segurou. "Alô, como vai você?" não parecia ser a saudação apropriada para o homem que havia mudado a sua vida da pior maneira possível.

Ela escutou os sons pesados e úmidos da respiração dele em seu ouvido e enterrou suas unhas na palma da mão. Fechou os olhos e tentou se lembrar: já ouvira aquela respiração antes? Ouvira? Ou será que Cherry dizia a verdade e A Raposa nunca de fato havia se aproximado muito delas, assim como os demais assassinos? Não tinha certeza.

Ela prendeu o aparelho entre o ombro e a orelha e respirou fundo, tentando se decidir por onde começar.

— O que aconteceu naquela noite? Por que vocês foram para lá? Por que aquele lugar? Por que a gente? — As perguntas saíram apressadas de sua boca, mas o homem não se mexeu. Não vacilou nem estremeceu nem sequer agiu como se a tivesse escutado.

Beleza. Tentaria algo diferente. Sloan dobrou a manga lentamente e expôs a cicatriz longa e irregular que percorria todo o seu antebraço, esfregando sem perceber o ponto em que ela se cruzava com seu sinal de nascença.

— Foi você quem fez isso? — perguntou Sloan, tendo o cuidado de manter a voz neutra embora seu braço tremesse.

Edward grunhiu do outro lado do vidro. O aparelho de telefone ecoou o som em seus ouvidos.

— Foi ou não foi? — perguntou de novo, mas ele ainda se recusava a falar.

Ela deslizou o dedo sobre o sinal de nascença e apontou.

— Isso aqui é uma marca da alma?

A pergunta ao menos lhe rendeu mais um sorriso. Este era menos ameaçador; lembrava mais a expressão de alguém que estava aprontando.

— Conversei com a sua irmã. Sasha.

À menção do nome dela, o semblante de Edward ficou confuso. Sua mão apertou o telefone com mais força, como se estivesse se obrigando a não reagir. Sloan conhecia o sentimento.

— Sasha me deu o livro. Ela... me contou sobre você. Ela acha que você é bom. Você é bom?

Nada. Nenhuma reação.

— Por que você arrancou as últimas páginas do livro? O ritual final sumiu. Você percebeu como aquela porra era zoada?

Um ar de surpresa cruzou o rosto de Edward. Durou um piscar de olhos, mas esteve lá. Sloan tinha certeza.

— Não foi *você* que arrancou as páginas, né? Então quem foi? Foi o Marco?

Nenhuma resposta, apenas o som da respiração pesada em seu ouvido, lenta, estável e ameaçadora.

Sloan abaixou a manga, e A Raposa se recostou em sua cadeira, observando, aguardando.

— Se você não vai conversar comigo, então por que me pediu para vir até aqui? Pra que se dar o trabalho de fazer qualquer coisa?! — gritou ela.

O guarda atrás da Raposa se remexeu de leve. O dedo se contraiu para perto da arma, como se esperasse que Edward reagisse de algum modo, mas o homem só ficou sentado ali. Perfeitamente imóvel. Encarando Sloan.

— Beleza. Tchau — disse ela. Tentou se forçar a desligar o telefone, mas foi incapaz de fazer isso.

A Raposa não fez qualquer gesto para impedi-la, percebendo seu blefe sem dificuldades.

— Por que é que estou aqui? — resmungou Sloan. Não sabia se estava perguntando por que havia sido convocada

AS ÚLTIMAS SOBREVIVENTES 309

àquele presídio, por que estava viva ou por que tinha aceitado ficar sentada ali diante dele. Talvez todas as alternativas anteriores. Provavelmente.

— A gente nunca esquece quem consegue escapar. — A voz dele chocou-se contra seu ouvido, fazendo Sloan pular. Era uma voz profunda, mais parecida com um rosnado, tão arrepiante quanto o restante daquele homem. Tão forte quanto.

Edward sorriu de novo, satisfeito. Tinha desejado assustá-la, percebeu Sloan. Ele esperou para pegá-la de surpresa, esperou que estivesse tranquilizada.

Filho da puta.

Ela desligou o telefone com raiva, mas afundou na cadeira em vez de ir embora. Estava novamente à mercê dele. Dessa vez por respostas e não pela própria vida; ainda assim, odiava isso.

Sloan pegou o telefone novamente e Edward inclinou-se para a frente, seu hálito embaçando o vidro.

— Mas eu não escapei, não é? Vocês me deixaram escapar. Era parte do plano. Eu estou com o livro. Sei tudo sobre seus rituais, sobre O Abate. Vocês precisavam de oito vítimas. Comigo, teriam sido nove. Eu nunca estive em perigo.

O rosto dele se contorceu e o sorriso voltou.

— Tem certeza disso, *Sloan*?

Ouvir o seu nome deixando os lábios daquele monstro a fez estremecer. Mais um sorrisinho ao observar a reação dela. Estava tudo bem, pensou Sloan. Edward podia submetê-la de novo à posição de vítima o quanto quisesse, se fosse o que precisava para oferecer respostas a ela.

— Sim, tenho. Eu li o livro. Sei o que vocês estavam tentando fazer com o reinício. Vocês precisavam que eu vivesse. Sou uma das almas gêmeas, não sou? Cherry é a outra?

— Mas que desperdício, mas que desperdício — disse A Raposa, seu sorriso virando uma careta de desprezo. — Que desperdício é você. Vamos tentar de novo. Vamos tentar de novo na próxima vida e na seguinte e na seguinte e na seguinte... Por tanto tempo quanto for necessário. Os outros já estão trabalhando nisso.

— Quem? As pessoas na sua seita de merda? Eles estão todos mortos, Edward. — Chamá-lo pelo nome a fez sentir-se poderosa.

Ele riu. Era um som nauseante.

— Se você acreditasse mesmo nisso, não estaria me perguntando sobre marcas da alma — disse Edward.

Sloan segurou o fôlego enquanto pegava uma das fotografias de dentro do bolso do moletom e a batia contra o vidro. Os olhos de Edward se moveram rapidamente para a Polaroid dos pais biológicos de Sloan e então de volta para ela.

— Você conhece eles, não conhece? — perguntou ela. — Onde eles estão? O meu pai era parte do Morte Hominus? E o da Cherry? Me diz o que é esta marca no meu pulso. Me diz por que eu ainda estou viva. Me diz...

— E se você é nascida de nosso sangue, então trará à tona a escuridão?

— O que isso...

— Está em você? Está no seu sangue, Sloan? Você consegue sentir? — perguntou, mais e mais alto. Gotas de cuspe voaram de sua boca e chocaram-se contra o vidro, amareladas, pegajosas e escorrendo pela superfície a três centímetros do rosto dela. — Você consegue sentir, Sloan? Consegue nos sentir em seu sangue? — As veias saltavam de seu pescoço quando ele gritou: — Está no seu sangue? ESTÁ NO SEU SANGUE?!

AS ÚLTIMAS SOBREVIVENTES 311

Agentes entraram apressados na sala e obrigaram-no a se levantar com resistência enquanto Sloan observava horrorizada.

— Está no seu sangue? Está no seu sangue?! — gritou enquanto os agentes o prensavam contra o vidro e apertavam suas algemas.

Sloan se afastou em um sobressalto, deixando o telefone cair. Os guardas empurraram Edward contra o vidro novamente, fazendo com que o nariz dele batesse com um ruído nauseante de um estalo. O sangue jorrou no painel, espalhando-se quando o homem arranhou e esmurrou o vidro, ainda gritando coisas sobre o sangue dela, o sangue dela, o sangue dela, mesmo depois de Sloan já ter soltado o telefone havia tempo.

A promotora-assistente Sheridan passou apressada pela porta e tentou girar a cadeira de Sloan para que a encarasse.

— Sloan, Sloan, olhe para mim — disse com urgência. — Não olhe para ele. Vamos tirar você daqui.

Sloan queria desviar o olhar de Edward, mas não conseguia. O que ele queria dizer? "Está no seu sangue?" Sangue no sentido de família? Teria ele acabado de confirmar o envolvimento de seus pais? Ou isso era só mais um jogo?

Os agentes finalmente o arrastaram de lá, as grades retinindo atrás de Edward com uma finalidade que fez Sloan pular. Sheridan continuava tentando chamar a atenção da garota, mas Sloan só conseguia encarar as manchas de sangue deixadas para trás e se questionar. Era para ela sair dali com respostas, mas tudo o que ele fez foi lhe oferecer mais perguntas.

— Sloan — disse Sheridan novamente, e, dessa vez, Sloan olhou para ela. — Você está bem?

Sloan balançou a cabeça, o torpor voltando agora que a adrenalina baixava.

Era para isso ser o fim. Precisava ser o fim. Tinha prometido a Cherry que iriam comprar Red Vines. Elas mereciam Red Vines. Mas não obtivera nenhuma resposta ali e estava cansada. Estava tão cansada.

— Pedi a um agente que fosse chamar a Cherry para você. Ela vai...

— Não. — Sloan se levantou. Não faria isso com a namorada. Não a obrigaria a entrar neste lugar, a resgatar Sloan novamente. — Eu tô bem. Só fiquei nervosa. Precisava de um minuto.

—A experiência que você teve...

— Não foi nada. Preciso ir. Cherry está me esperando.

A promotora-assistente Sheridan a observou caminhar para fora da sala em direção a seu casaco. Não restava mais nada a fazer.

Trinta

Foi um início de viagem silencioso. Sloan tentava processar tudo o que havia acabado de acontecer. A Raposa tinha sido vaga, sim, mas houve a sugestão de que o ataque fora parte do Abate. Ele não negou isso. E então houve a insinuação de que o Morte Hominus era, se não um direito de nascença dela, no mínimo algo com que seus pais podiam ter se envolvido.

Você consegue sentir?

Os olhares nervosos de Cherry não passaram despercebidos por Sloan. Nem a maneira como a namorada perguntou diversas vezes se deveria estacionar, se Sloan precisava conversar, se precisava de qualquer coisa. A maneira como ela empurrou uma garrafa de água morna em sua mão e disse para beber em pequenos goles a irritou. Já estava de saco cheio de se sentir como um animalzinho assustado. De saco cheio de ser algo que outros precisavam cuidar.

Elas mal haviam percorrido um quilômetro e meio desde o presídio, mas poderiam muito bem estar na Lua. Tudo parecia tão embolado agora. Sloan tentou dar sentido aos lampejos em sua cabeça: o antes, o depois, o agora.

Está no seu sangue?

A voz dele ecoava em sua mente, e ela desejou saber a resposta. A única coisa que sabia sobre seu sangue era como ficava quando escorria pelo braço. Ela traçou a cicatriz com o dedo novamente e olhou pela janela.

E ainda havia a questão das páginas desaparecidas. Claramente não tinha sido ele a sumir com o texto, e mesmo que Edward só tivesse quebrado sua cuidadosa neutralidade uma vez — um pequenino momento de surpresa —, Sloan achava que o mais provável era que aquilo tampouco tivesse sido obra de alguém que ele conhecia. Então quem?

Cherry começou a tagarelar, falando sobre tudo e nada ao mesmo tempo. Estava nervosa, provavelmente, em seu esforço de preencher o espaço. Já havia preenchido espaço o bastante para as duas da última vez que a namorada desmoronara dentro de si mesma. Estava fazendo de novo; provavelmente faria isso para sempre se Sloan deixasse.

E deveria deixar, percebeu ela. Deveria deixar Cherry viver em um mundo onde nenhuma de suas teorias e seus medos mais profundos tivessem sido praticamente confirmados por um louco de nariz ensanguentado.

Ela tinha inveja da ignorância da namorada, do fato de Cherry ter decidido que era tudo baboseira. O fato de Cherry ter tanta certeza de que nada daquilo tinha qualquer significado.

Sloan queria aquilo para si.

Em vez disso, o que ela fez foi se apoiar na janela e ficar pensando em como havia sido colocada em um caminho para a vida, enquanto a maioria das pessoas que tinha se candidatado àquele trabalho de férias idiota foi colocada em um caminho para a morte. Como é que o Morte Hominus tinha conseguido fazer este trabalho tão perfeitamente?

Está no seu sangue?

Nada disso fazia sentido.

Nada disso.

Cherry pisou no freio, o que fez com que a garrafa d'água de Sloan voasse de sua mão. Ela quicou contra o painel do carro e então saiu rolando para debaixo do banco.

— Desculpa — disse Cherry timidamente, antes de dar uma guinada acentuada à esquerda, para o posto de gasolina decrépito. — Mas eu te prometi Red Vines.

Sloan olhou rapidamente para ela.

— Acho que tecnicamente fui eu quem prometi a *você*.

— Pois é, você prometeu. Quer vir comigo comprar alguns?

— Nem fodendo. — Sloan riu.

— Beleza. Quer saber? Esses são por minha conta. Mas você me deve uma. — Ela deu uma piscadela. — Fica aí, tá? Volto já, já.

Sloan sorriu quando Cherry lhe deu um beijo rápido na bochecha antes de desaparecer porta afora. Sentia-se confortável e em segurança agora, acobertada pela picape da namorada sob as luzes intensas do posto de gasolina — quase bem, talvez. Cherry sabia como espantar os monstros de sua mente, mesmo que o efeito nunca durasse muito tempo.

Pelas janelas gigantescas do posto, Sloan observou enquanto Cherry ia direto na direção dos doces, seus passos apressados e impacientes. Sorriu quando a namorada puxou a embalagem do mostruário com tanta força que ele chegou a balançar. Cherry parecia empolgada. Parecia feliz. E talvez isso bastasse. Talvez Sloan pudesse manter a promessa, para variar. Esquecer todo o resto.

Quando Cherry caminhou em direção ao gigantesco refrigerador de bebidas no fundo da loja, Sloan se lembrou de sua própria água, escondida sob o assento. Ela se dobrou para a frente e esticou o braço o mais longe que conseguia. Sua mão esbarrou na ponta da garrafa plástica, e em mais alguma coisa. Algo gelado e duro. Ela o puxou para fora.

Era uma grande faca de caça.

Um lampejo de aço. A ardência do pinho.

Sloan mal havia trazido a faca à luz antes de deixá-la cair no chão e tentar empurrá-la de volta para debaixo do assento.

Por que Cherry tinha uma faca? O que mais estava escondendo? Põe de volta, põe de volta, põe de volta!

Devia haver uma explicação. Ela espiou por cima do painel do carro: Cherry parecia estar se decidindo entre sabores de Gatorade. Sloan flexionou os dedos e esticou a mão para ainda mais longe, por via das dúvidas, só por garantia. Ela encostou no plástico da garrafa d'água de novo e na bainha da faca... e então colidiu com a pontinha de alguma outra coisa. Folhas de papel?

Espremeu-se para baixo ainda mais e arrastou os papéis para a frente com a ponta dos dedos, trazendo todo o resto com eles. Uma lanterna — uma Maglite preta gigantesca — rolou para fora ao lado da faca e então, finalmente, os papéis.

Sloan as ergueu do chão com mãos trêmulas. Torcia para que fossem os registros do carro, recibos ou revistas velhas, coisas inofensivas, coisas que não machucariam. Coisas que fariam com que logo estivessem comendo Red Vines na estrada. Mas não, lá estava a fonte familiar, o papel acetinado, a promessa de magia e restauração.

AS ÚLTIMAS SOBREVIVENTES 317

O Ritual das Almas Predestinadas, lia-se.

O último ritual.

Havia cerca de uma dezena de páginas. Todas tinham sido empurradas para debaixo do banco, atrás de uma faca e de uma lanterna Maglite grande o bastante para ser usada como arma, conforme prestativamente explicou seu cérebro.

Tudo aquilo havia jazido bem debaixo de Sloan esse tempo todo.

Cherry devia tê-los colocado ali. Cherry tinha mentido.

Um lampejo de aço. A ardência do pinho. Uma voz do lado de fora da porta.

"Essa não. Essa aqui é minha."

Sloan enterrou as unhas na palma da mão e obrigou-se a se concentrar novamente nas páginas diante de si. Sacrifício, almas gêmeas, reinícios… estava tudo ali. Mais uma pintura acompanhando as palavras. Uma das garotas matava a outra. Dando começo ao Grande Reinício. Reunindo a escuridão em um único receptáculo: a verdadeira sobrevivente.

Sloan foi inundada pela compreensão: Cherry ia matá-la. Completaria o ritual por conta própria.

O medo se infiltrou nas veias de Sloan como se fosse sangue. Não, aquilo não estava certo. Não podia ser. Podia? Todas aquelas noites que tinham passado juntas, para quê?

Para mantê-la por perto até que fosse a hora certa?

Não.

Os olhos dela se voltaram apressados para a janela da loja. Cherry estava na fila para pagar agora. Só tinha uma pessoa na sua frente. Uma mulher com uma dezena de latas de comida de gato e uma pilha de doces. Criancinhas vorazes se agarravam às pernas da mulher enquanto tentava contar o dinheiro.

E se isso fosse parte do plano?

Uma conspiração da Raposa e de Cherry para que ela a trouxesse ali e ficasse a sós com Sloan e… Para que mais ela teria a faca? As páginas? Até a porta do passageiro quebrada talvez não passasse de uma armação. Podia ser uma mentira.

As mãos de Sloan tremiam. Era agora ou nunca. Ela empurrou os papéis para o bolso do moletom e tirou a faca no chão. Com uma espiada rápida para se certificar de que Cherry ainda estava na fila (estava) em vez de olhando para a picape (não olhava), Sloan silenciosamente abriu a porta do lado do motorista. Saiu lenta, lenta, lentamente, prendendo o fôlego enquanto a fechava com delicadeza.

Cherry estava no caixa agora, ainda desatenta.

Sloan deu alguns passos lentos por trás da picape e então correu. Ela pensou em agarrar uma mulher, que agora colocava suas sacolas no porta-malas do carro, e implorar para que a levasse para um lugar seguro… mas ela estava com crianças. Crianças de verdade. Sloan não podia colocá-las em perigo dessa maneira.

Ela correu para a escuridão na lateral do edifício em vez disso. Não tinha muito lugar para se esconder ali, mas havia uma pilha de pneus e duas caçambas de lixo. O primeiro instinto de Sloan foi pular dentro de uma delas, mas então percebeu que não teria para onde fugir se Cherry a encontrasse. Ela seria pega. Capturada como um animal preso em uma armadilha, apenas esperando o seu fim.

Não, era melhor ficar do lado de fora, com o chão firme sob seus pés. Ela se escondeu atrás da menor caçamba, quase sufocando com o cheiro de lixo podre e de algo mais, algo macabro. Teve ânsia de vômito quando avistou um bocado de pelo escapando para fora da tampa.

Um guaxinim, pensou.

Provavelmente tinha ficado preso.

Sloan se enfiou ao lado dele, de todo o modo. Era necessário. Podia ver a lateral da picape de Cherry de seu esconderijo. Apertou o corpo contra a caçamba de lixo, estreitando os olhos para enxergar, e aguardou.

Não teve que esperar muito.

— Sloan? Sloan! — A voz de Cherry ecoou pelo estacionamento. A mulher, que colocava o cinto em uma das crianças, ergueu o olhar. Sloan prendeu o fôlego, mas a mulher não a entregou. Talvez nem a tivesse visto sair de fininho.

Sloan se afundou ainda mais nas sombras enquanto Cherry girava lentamente, ainda chamando seu nome.

A garota pensou em suas opções. A delegacia do xerife ficava a apenas uns três quilômetros de distância. Se permanecesse no bosque, talvez conseguisse correr de volta para lá sem ser vista. Poderia explicar a eles que tinha encontrado a faca e os papéis. Ela falaria a verdade sobre como se encontrara com Sasha e tinha o livro. As pessoas na delegacia a manteriam segura até Allison, até sua *mãe*, aparecer para buscá-la. Ligaria para a mãe assim que fosse seguro, diria para que a encontrasse no presídio. Rezaria para que atendesse o telefone.

Era um bom plano.

As páginas ardiam em seu bolso. Talvez até pudesse lê-las no caminho. Que mal haveria nisso? Estaria em segurança nos pinheiros se conseguisse se manter fora de vista, e sua mãe estava a horas de distância, no mínimo. Sem contar que Cherry provavelmente conferiria a delegacia de polícia em primeiro lugar. Seria melhor que Sloan demorasse um pouco para chegar, decidiu-se.

— Sloan?! — Cherry ergueu o celular até a orelha e um instante depois Sloan sentiu o seu telefone vibrar em sua mão. Ele zumbiu alto contra o metal da caçamba.

— Merda. — Na pressa de silenciá-lo, acabou perdendo o equilíbrio e seu celular saiu voando. Aterrissou em uma poça, com um respingo silencioso.

Porra, isso era ruim. Sloan se esgueirou ainda mais para a escuridão, ficando mais perto das árvores que as cercavam.

— Sloan? — chamou Cherry. — Você tá... você tá se escondendo? Comprei Red Vines. Está pronta pra ir?

Sloan não se moveu. Ela não respirou. Apenas ficou observando Cherry e desejando ser invisível.

Cherry colocou o celular de novo no bolso e abriu o porta-malas. Ela se encurvou para dentro e começou a escavar a parte de baixo dos assentos. A frequência cardíaca de Sloan se acelerou. Provavelmente estava procurando pela faca. E agora sabia que Sloan a tinha.

— Cacete — gemeu Cherry e deu meia-volta com a lanterna gigantesca. Droga, Sloan desejou ter pensado em pegá-la também.

Cherry ligou a lanterna e iluminou a área próxima às caçambas de lixo, mas Sloan disparou em direção ao limite do edifício. Os tijolos arranharam seu braço enquanto ela observava Cherry vasculhar as caçambas, chegando ao ponto de levantar as tampas. O guaxinim morto caiu no fundo com um ruído nauseante.

— Sloan! — gritou Cherry. — Eu posso explicar! Sei que você encontrou os papéis. Tem uma razão pra eu ter escondido eles. Eu juro. Uma boa razão. Pode só aparecer, por favor? Esse lugar é medonho pra caralho. Essas árvores... Eu só

AS ÚLTIMAS SOBREVIVENTES 321

quero ir pra casa. Qual é! Isso é sério, eu quero ir pra casa. — Sua voz saiu como um choramingo frágil.

Sloan quase caiu na dela. Os dedos se contraíram contra a lâmina em sua mão. Seria tão fácil acreditar em Cherry, tão fácil ceder. Tão fácil acreditar que a garota carregando Red Vines não tinha acabado de procurar por uma faca debaixo do exato banco onde Sloan esteve sentada.

Sloan deu a volta pela outra lateral do edifício e se mesclou com os arbustos no início da floresta. O feixe de luz da lanterna de Cherry varreu a fileira de árvores — quase pegando Sloan —, antes de sua atenção se voltar para a porta de um banheiro na lateral do prédio. Sloan não tinha nem percebido isso. E que bom, porque provavelmente teria tentado se esconder ali.

Cherry girou a maçaneta. Trancado. Ela esmurrou a porta.

— Sloan, isso é ridículo. Sai daí. Sei que está chateada. Me deixa explicar! Você sempre tira as piores con...

A porta do banheiro se escancarou. Um cara com jeitão grosseiro de caminhoneiro empurrou Cherry ao passar.

— Eu não entraria aí agora se fosse você. — O homem riu e afivelou o cinto enquanto andava de volta ao seu caminhão.

Cherry deixou a porta bater depois que ele saiu. Apoiou-se sem forças contra o edifício.

— Sloan — disse, mais baixinho dessa vez. Tão baixo que Sloan precisou se esforçar para ouvi-la. — Se você estiver por aí, me desculpa por arrancar as páginas. Tá bom? Eu só... queria que as coisas fossem diferentes. Eu não queria esse troço na sua mente. — Ela bateu a cabeça no tijolo e então se forçou a retornar à sua picape. — Eu vou voltar pra delegacia. Vou pedir ajuda. Entendo se não quiser me ver agora. Só, por favor, fique onde está. Fique em segurança até alguém...

— Mas Sloan não conseguiu ouvir o restante quando Cherry entrou na picape e fechou a porta.

Sloan mal foi capaz de respirar ou de mover um músculo até o carro dar a ré na vaga de estacionamento e ir embora. Assim que ficou fora de vista, Sloan pegou o telefone, pronta para ligar para a emergência, para a polícia. Não sabia exatamente o que diria a eles, mas pensaria em alguma coisa. Precisava fazer isso, e rápido, antes que Cherry os alcançasse.

Deslizou a mão pelo canto do telefone e clicou na lanterna. Estava escuro, mesmo à beira da floresta de pinheiros, e não queria que nada a surpreendesse ali. Satisfeita de que havia providenciado tanta luz quanto era possível, ela virou a tela do celular para si para desbloqueá-lo.

O reconhecimento facial falhou. Digitou sua senha. Nada. Tentou apertar os botões de emergência nas laterais, mas não tiveram efeito algum. Um raiozinho luminoso dançava pela tela em vez disso, e então ela se apagou completamente.

— Merda — sussurrou Sloan. O aparelho devia ter queimado quando caiu na poça.

O feixe de luz da lanterna resistiu teimosamente, uma pequena consolação para Sloan enquanto ela ponderava suas opções. Poderia voltar para o posto de gasolina e pedir para usar o telefone. Estava bem ao seu lado; só precisaria atravessar o estacionamento. Mas e se fosse isso o que Cherry esperava? Cherry poderia ter mentido, dado uma volta com o carro e estacionado onde não seria avistada. Poderia estar esperando. Não, decidiu-se Sloan, seria mais seguro caminhar os dois ou três quilômetros de volta à delegacia por conta própria. Perceber o blefe de Cherry da mesma maneira que A Raposa havia feito com Sloan.

A floresta a conduziria até lá. Poderia manter-se à distância das estradas e com a luz da lanterna baixa para que ninguém a notasse. Poderia fazer isso. Poderia manter-se em segurança. Tinha uma arma agora.

Era a vez dela de ser o monstro no bosque.

Sloan agarrou a faca com mais força e sorriu.

Trinta e um

O terrível senso de direção de Sloan não ajudou em nada.

A sensação era de que caminhava já havia horas, mas não tinha como realmente saber disso com o seu celular arruinado. Porém, começava a ficar cansada. Muito cansada e com muito frio.

Sloan queria chorar, mas sabia que isso seria inútil. Ainda mais do que se sentia no momento, vagando pela mata, obviamente perdida. Todo som a sobressaltava. Mesmo que provavelmente *fossem* apenas esquilos que ela havia acordado ou algo assim, não conseguia parar de pensar que era ele. A Raposa. Que o homem havia escapado do arame-farpado e a perseguia. Pronto para matá-la. Pronto para completar o ritual.

O ritual.

Sloan tinha ficado tão focada em fugir de início que sequer havia examinado as páginas. Mas agora que estava perdidamente desorientada no bosque, qual seria o problema nisso? Se realmente estivesse caminhando na direção da delegacia de polícia, já estaria lá a essa altura.

Seu pé se afundou na lama com um som úmido nauseante que a jogou no chão e a lembrou muito do ruído de um machado atravessando uma barriga. Por pouco não bateu a cabeça em uma pedra ao atingir o solo. Quase desejou que tivesse. Enfim, um desfecho rápido para um longo pesadelo. Mas não: ainda estava ali. Ainda viva. E ainda tinha trabalho a fazer.

Sloan rolou para deitar-se de costas, deixando que a lama encharcasse suas roupas, fria e molhada contra sua pele, seus cabelos, suas orelhas, seus tornozelos e seus quadris. Estava cansada. Exausta até os ossos. Pegou a lâmina na lama onde a havia deixado cair e engatinhou até uma árvore rebaixada. Finalmente puxou os papéis úmidos de dentro do bolso.

Se ia morrer de qualquer forma, era melhor saber o que estava reservado para ela.

A primeira página continha um lembrete básico do que eram as almas gêmeas, a importância delas e como identificá-las. Já tinha lido sobre isso nos capítulos anteriores.

Mas este era um pouco diferente; ia muito mais a fundo. Os cabelinhos na nuca de Sloan se eriçaram enquanto processava as palavras amassadas diante dela.

O texto dizia que as almas gêmeas se encontrariam em todas as suas encarnações durante o décimo oitavo ano de suas vidas. Cada uma representaria metade do equilíbrio. Eram honradas e reverenciadas pelo Morte Hominus, tipicamente criadas desde o nascimento para que fossem preparadas para o sacrifício a cada geração.

As sobrancelhas de Sloan se uniram enquanto ela corria a luz da lanterna pela página, confusa. Cherry não a tinha sacrificado naquela noite; Cherry a *salvara*. E Sloan com certeza não se sentia reverenciada ou idolatrada pelo Morte Hominus — sentia-se aterrorizada. Tinha dezoito anos, realmente, mas as similaridades acabavam ali.

Uma parte dela, a parte que estava com frio, assustada e exausta, dizia-lhe para parar de ler, para deixar essa história para lá, para decidir que o livro era baboseira como Cherry havia dito. Para tentar refazer o caminho de volta ao posto de gasolina antes que fosse dominada pela hipotermia. Para pedir ao atendente que ligasse para Cherry, que provavelmente estava morrendo de preocupação. Ou para o xerife. Ou para sua mãe. Ou para todo mundo. Para fazer qualquer coisa que não fosse ficar sentada ali, lendo mais a respeito do Morte Hominus e seus planos divinos.

Mas uma parte maior e mais barulhenta queria continuar. Ler mais. *Sobreviver* mais. Confiar menos. Talvez fosse essa a parte que a manteve viva durante o ataque. Talvez fosse essa a parte reprimindo suas memórias e a mantendo em segurança.

Ela olhou novamente de relance para a faca ao seu lado e escutou o som do vento chicoteando as árvores. Posicionou a lanterna do celular de volta sobre a página e continuou a ler.

Cada alma gêmea continha metade da escuridão do mundo. Cada qual possuía metade da receita para o fim do mundo, metade da habilidade de ajeitar as coisas... até que se encontrassem.

Então, lá estava: bem ali na página, em preto e branco. Uma precisava sacrificar a outra — provando sua devoção à causa e reunindo as duas metades, absorvendo e agregando a escuridão em um único corpo — para dar o pontapé inicial no reinício. A alma gêmea sobrevivente funcionaria então como um conduíte para as trevas, algo próximo de uma possessão, que alastraria a vontade da escuridão e a auxiliaria a trazer o fim dos tempos.

Era a fase final. O último ritual antes do Grande Reinício. Também era onde eles falhavam, sempre.

O Morte Hominus havia enfraquecido ao longo das gerações. As almas gêmeas não haviam se encontrado ou não seguiram os planos, e então o equilíbrio do universo continuou a pesar mais e mais para um lado da balança.

Era isso o que A Raposa queria dizer quando falou que os outros membros ainda estavam trabalhando nisso, percebeu Sloan. Quando falharam na vida atual, imediatamente tomaram as providências necessárias para reencarnarem e tentarem de novo, como pequenas bombas secretas armadas para explodirem ao longo dos séculos.

Um dos membros era deixado para trás para observar, para viver sua vida até o segundo final. Seria o responsável por carregar o peso de quaisquer consequências, aprender o que poderia ser aprendido e então, muito mais tarde, depois que os demais já tivessem morrido e renascido, encontrá-los em suas vidas seguintes, mais sábio e pronto para liderá-los. Como Marco os havia encontrado nesta.

O ar deixou os pulmões de Sloan. Então havia sido proposital: a falha na pílula de cianeto da Raposa. Não era para funcionar. Não tinha sido um acidente que todos tivessem morrido menos ele; fora deixado para trás como um observador. Vivo para ver as almas gêmeas falharem. Ou, percebeu, talvez ele pensasse que ainda houvesse uma chance. O tempo de Marco havia passado, sim, mas parecia que o da Raposa tinha apenas começado.

Sloan ergueu o pulso na luz e a encarou: a marca da alma que a conectava a Cherry. Olhou também para a cicatriz irregular que afundava até o centro dela. Estava convencida agora de que isso a marcava como a que deveria morrer. Era a única coisa que fazia sentido. A marca de Cherry estava intacta. Sua namorada tinha corrido pelos mesmos lugares que ela naquela noite — mais, até — e sequer se machucara. Sua marca estava intacta, assim como suas memórias, assim como sua pele.

Não podia ser sorte.

A ardência do aço. A ardência do pinho.

Mas Sloan não morreria esta noite.

E Cherry não seria a sobrevivente.

Isso era baboseira, pensou. Não seria esse o seu fim.

Sloan agarrou a faca.

Sloan agarrou a faca e correu.

Trinta e dois

Sloan correu até não conseguir mais.

Até seus pés ficarem cheios de bolhas e assados dentro de seus tênis molhados. Até seus pulmões arderem e doerem, e ela pensar que poderia desmaiar se tivesse que dar sequer mais um passo correndo.

Então ela andou para mais e mais fundo da mata, que a incitava a prosseguir; convidando-a à segurança, esperava ela. O som farfalhante do que quer que a estivesse seguindo tinha há muito desaparecido quando ela entrou numa clareira, banhada pelo luar e pela lama.

Sloan congelou.

Conhecia essa clareira. Havia beijado Cherry ali. Tinha desejado beijá-la mais, mas Kevin as pegou no flagra e mandou que fossem cada uma para a sua cabine.

Sloan sabia que, se continuasse a caminhar até o outro lado da clareira, encontraria uma trilha e que, ao fim dela, veria a primeira das construções no Acampamento Money Springs: a cabine de Cherry.

Hesitou, mas só por um momento.

Se esse era o lugar onde o universo queria que ela estivesse, então era para lá que iria.

Sua intenção havia sido percorrer a direção oposta, ir à polícia, levar as páginas e provar que não era louca, que estava *certa*. Sempre esteve. Que Cherry estava envolvida naquilo, assim como Magda e talvez até Sasha.

Que elas tentavam matar Sloan, e não a salvar. Que precisavam dela. Que ela era importante.

E seus pais biológicos? Enquanto desbravava a mata, Sloan decidiu que eles a haviam entregado para a adoção numa tentativa de salvá-la, de escondê-la, de guardá-la em um lugar onde o Morte Hominus nunca poderia encontrá-la. Allison estivera lá para pegá-la no colo, assar biscoitos e liderar as reuniões de pais e professores, sem jamais perceber que sua nova filha abrigava metade da escuridão destinada a devorar o mundo. Os seus pais biológicos eram heróis, decidiu ela. Tinham salvado a sua vida.

Você consegue sentir? Está no seu sangue?

Quando Sloan deixou a floresta de pinheiros, a visão da cabine de Cherry imediatamente diante dela fez com que sentisse… nada. Era como se estivesse acontecendo com outra pessoa, como se assistisse a um filme ou se observasse tudo em uma sessão com Beth.

A cabine era exatamente como Sloan se lembrava quando subiu os degraus e empurrou a porta para que se abrisse. O edredom de Cherry ainda estava esticado sobre a cama, seu pôster do Sleater-Kinney continuava colado à parede. A escova de dentes de Cherry ainda pendurada na beira da pia; um tom intenso de roxo que se tornou azul à luz do luar.

Sloan queria se deitar. Dormir. Descansar.

Mas não podia. Não podia se deixar levar pelas memórias felizes — e havia tantas lembranças deste cômodo, mesmo no curto período em que estivera ali.

Precisava manter-se focada. Não havia nada para ela ali agora. Saiu, conferindo as demais cabines, uma a uma. Teve o cuidado de evitar pisar nas manchas de sangue nas varandas enquanto contava mentalmente os fantasmas. Oito deles, todos enfileirados atrás dela.

Ela conseguia senti-los.

Tinham assombrado Sloan desde o momento em que a garota abrira os olhos na ambulância, com a garganta dolorida pelos gritos que não conseguia se lembrar de emitir. Estavam contentes por ela estar ali agora.

A cabine de Sloan, a mais distante da mata, erguia-se sobre ela como um caixão enquanto subia seus degraus.

— Essa aqui é minha — disse aos fantasmas atrás dela. — Essa aqui pertence a mim.

Estava trancada. Não, estava emperrada, mas quando ela deu um empurrão forte, o ombro pressionado contra o pinho, a porta cedeu.

Sloan ficou parada no portal e encarou o eco de si mesma, suas lágrimas silenciosas e joelhos ralados.

— A gente tem que ir, a gente tem que ir — disse Sloan, apressando-se para entrar e se agachando ao lado de…

Ninguém. Não havia ninguém ali.

Sloan, a verdadeira Sloan, era quem estava de joelhos. No chão. Gritando. Tentando não gritar. Um milhão de lembranças revoavam por sua mente de uma só vez, mas tudo o que ela pensou foi: *Então isso é um reprocessamento de memórias*.

Ela riu e não conseguiu mais parar; não quando o aço ardia em seu braço ou o pinho ardia em suas pernas ou nada disso acontecia de fato. Ela riu e lembrou-se da maneira como Cherry a arrastou para fora. A maneira como seus braços caíram flácidos. Não, um lampejo de aço. De Cherry cortando, cortando... não.

Sim.

Cherry havia rasgado seu braço. Provavelmente havia mirado na marca da alma, mas começara muito acima. Sloan, o cordeirinho pronto para o abate. Cherry, tão certa de que seria a sobrevivente conforme rasgava a marca que as conectava. Cherry ia completar o ritual. Ia matar Sloan.

Sloan encarou as páginas amassadas em sua mão. Uma nova onda de medo a inundou. E se o ritual não fosse baboseira? E se nenhum deles fosse? O Morte Hominus nunca havia ido tão longe. Podia haver mais naquela história do que Sloan sequer percebia.

Isso não dizia mais respeito a apenas salvar a si mesma, e sim o mundo todo. Evitar a escuridão. Não podia deixar que Cherry completasse o ritual. Não podia. Não deixaria. Ela...

Sloan deu um pulo quando ouviu o barulho de uma batida. Gotículas de sangue se formavam em seus joelhos ralados quando correu para fora.

A ardência do pinho.

O som de uma porta de carro.

Ela sacudiu a cabeça e deixou a cabine enquanto Cherry saltava de sua picape e corria pela trilha que ia até a namorada. O para-choque do veículo estava todo amassado. As correntes e o portão tinham feito um estrago e tanto. Cherry devia tê-los atropelado com o carro.

— Graças a Deus! Graças a Deus você está bem — gritou Cherry, no exato momento em que uma nuvem se formava sobre elas, lançando uma chuva forte sobre o solo. Sloan

AS ÚLTIMAS SOBREVIVENTES 333

ficou absolutamente imóvel, a faca escondida no cós da calça atrás das costas.

Cherry agarrou uma das mãos da namorada.

— Meu Deus, você esteve do lado de fora esse tempo todo? Você tá congelando. Vamos. Vamos entrar no carro. Com sorte, o aquecedor ainda funciona. Tá todo mundo procurando por você. Sheridan chamou todo mundo, a força policial inteira. Sua mãe está a...

— Eu sei de tudo — disse Sloan, os olhos fixos no horizonte. E seria tão fácil ceder ao calor da pele macia de Cherry. Ao calor e à maciez de suas palavras. Se Sloan não soubesse que eram mentiras.

Cherry queria matá-la. Queria ser a sobrevivente.

— Amor — sussurrou Cherry, puxando a mão de Sloan. — A gente não deveria estar aqui. Não é bom pra nenhuma de nós.

— Quando foi que você decidiu? — perguntou Sloan, finalmente virando a cabeça para olhar para a namorada.

— Decidi o quê? — As mãos dela foram para o rosto, as laterais, os quadris de Sloan, como se estivesse se certificando de que a namorada estava bem. Como se ela mesma não planejasse matar Sloan.

A ardência do aço. A ardência do pinho. Estava tudo tão embaçado.

— Eu li as páginas que você arrancou. Sei dos seus planos.

— De que porra você tá falando? — gritou Cherry. — Sim, eu arranquei as páginas do ritual, e, sim, eu as escondi de você, lá naquela primeira noite quando você trouxe o livro pra casa. Mas foi pra te proteger! Cacete, Sloan, você estava praticamente catatônica quando fui te buscar com o Connor. Assim que li aquela parte... eu soube o que você ia pensar. Você estava muito desesperada pra encontrar uma razão pra tudo o que aconteceu e isso te daria uma. Eu fiquei apavorada com a ideia de que você pudesse acreditar nessa história.

— Você disse que a gente foi feita uma pra outra — falou Sloan. — Você sabia que nós éramos almas gêmeas.

— Porque eu te amo — respondeu Cherry, e sua voz falhou ao dizer a palavra "amo".

Sloan tateou as costas para sentir a frieza tranquilizadora da faca. Porque quase, quase parecia que o coração de Cherry também estava quebrado. E Sloan não podia cair nessa.

— Então por que você estava com isso aqui? — Sloan puxou a faca e a ergueu diante delas, segurando com firmeza, sem oscilar.

Cherry deu um passo para trás.

— Onde foi que você conseguiu isso? Não vejo essa faca há anos.

— Bela tentativa. Estava debaixo do banco da picape. Bem do lado dos papéis que você arrancou do meu livro.

— *Seu* livro? Você não acabou de dizer que ele era meu? — berrou Cherry. — É o livro *deles*, Sloan! Deles! A gente não tem nada a ver com isso!

— Por que você tem uma faca, Cherry?

— Era do meu pai! Ele andava com ela pra conseguir cortar galhos quando eu era pequena. Pra coletar gravetos para fogueiras ou para assar marshmallows. Esse tipo de coisa. Deve ter ficado na picape esse tempo todo.

— E para entalhar?

— Quê?

— Ele usava a faca para entalhar? — Sloan deu um sorrisinho. — Pequenos animais… ou máscaras?

— Você e a porra desses coelhos! Meu pai morreu, Sloan. Você sabe disso. Ele tinha um problema de coração: uma

AS ÚLTIMAS SOBREVIVENTES 335

merda de disfunção na válvula mitral que nunca apareceu em nenhum exame. Ele morreu na porra do posto de gasolina onde trabalhava. Caiu morto e nos deixou sozinhas — soluçou Cherry. — Ele não é o Marco. Ele não está secretamente vivo. E ele com certeza não tirou um cochilo com cianeto. Eu comecei a trabalhar naquele acampamento de férias pra ajudar minha mãe a pagar as contas. E, por algum motivo, não morri. Não tem conspiração. Às vezes coisas ruins acontecem e pronto. É isso. É só uma merda de acaso idiota.

— Mas você leu o ritual. Você sabe sobre as marcas e sobre o décimo oitavo ano de vida. Você cortou a minha marca. Você...

— Não, Sloan. Eu não te cortei. Ninguém te cortou. Você caiu. Não sei se foi um galho ou uma pedra ou sei lá o quê, mas não foi uma pessoa que cortou seu braço. Você tá ficando confusa. Eu escondi as páginas porque você está confusa.

— Não estou.

— Parece até que você tem *tentado* acreditar neles. E isso me assusta demais. A gente não tem marcas da alma; a gente tem cicatrizes. E se você fosse mesmo a minha alma gêmea, você acreditaria em mim, não é? Você saberia que estou dizendo a verdade. Se nós não somos almas gêmeas, então todo esse ritual ridículo não tem nenhuma importância, certo? Vamos logo pra casa.

— Não.

— Voltar pra cá não ajuda a gente nem um pouco. Não ajuda. Sheridan vai chegar a qualquer momento, com os policiais dela ou sei lá o quê. A gente esteve te procurando na mata por horas. Pensa só nisso! Se realmente quisesse te machucar, eu teria saído pra procurar ajuda?

— Isso não faz sentido. Você tinha as páginas. Você tinha a faca. Você...

— Se não acredita em mim — disse Cherry —, então pelo menos pega o meu telefone e liga pra alguém. Pra sua mãe, pro Connor, pra Sheridan... Tanto faz. — Ela atirou o celular no chão e recuou para o carro. — Liga pra alguém e pede para virem te buscar. Não vou chegar perto de você. Não estou tentando te machucar, Sloan, prometo. Vou ficar na picape, com as portas trancadas. Ou, melhor, você entra, tranca as portas e liga o aquecedor, por favor. Você tá gelada, amor. Você precisa saber que eu nunca, jamais te machucaria. Quase morri tentando te manter em segurança. Eu quase morri por você, Sloan Thomas. Agora você quer, por favor, viver por mim, cacete?!

Sloan estava tão confusa. Não era isso... Cherry não havia... Por que a outra garota estava tentando ajudá-la? Ah, caramba, e se Sloan estivesse errada? E se ela estivesse errada a respeito de tudo?

— Cherry? — Sloan sacudiu a cabeça e esticou a mão. — Eu não sei o que tá acontecendo. Me desculpa. Me desculpa. Eu não...

— Tá tudo bem. Tá tudo bem. — Cherry voltou apressadamente. Ela agarrou o rosto de Sloan e beijou seus lábios, suas bochechas, suas pálpebras, sua testa, seu nariz. — A gente vai embora. A gente vai procurar ajuda pra você, e pra mim também. — Deixou escapar uma risada leve e triste de alívio. — A gente vai superar isso juntas. Vamos mesmo.

A testa de Sloan se franziu enquanto as coisas se embaralhavam em seu cérebro. *A ardência do aço. A ardência do pinho. Farpas nos joelhos.*

AS ÚLTIMAS SOBREVIVENTES 337

— Mas, não, espera. E se o Morte Hominus estiver certo? Aí nós não seríamos iguaizinhas a elas? — Observou os olhos de Cherry com atenção. Estava confusa, tão confusa. Nada mais fazia sentido.

— Quem?

— Todas as que vieram antes de nós. Elas não foram até o fim, então as coisas continuaram a se desequilibrar mais e mais. E estão desequilibradas. Não estão?

— Amor, não. Isso é… uma farsa. É tudo uma farsa.

Sloan se enrijeceu.

— Mas é óbvio que você diria isso, não é? Porque era pra você ser a última. Era pra você ser o receptáculo…

— Não. Eu não sou. Nós não somos. — Cherry beijou sua mão e pressionou a testa contra a da namorada. — Eu te prometo.

A chuva ainda caía forte ao redor delas, e Sloan sentia como se o mundo inteiro chorasse. Como se ela mesma chorasse. Inclinou a cabeça para trás e deixou que a chuva — o mundo — lavasse a lama de seu rosto. Estava tão cansada.

— São coincidências demais pra não ser verdade. Nossos pais, as Polaroids, até as marcas… E eu me lembro da lâmina. Eu me lembro de algo…

Cherry sacudiu a cabeça.

— Eu descobri umas coisas sobre os seus pais, Sloan. Os biológicos.

— O quê? — Os olhos dela se arregalaram de repente.

— Eles… eles com certeza não estão envolvidos nisso. Você tá procurando por conexões que não existem.

— Você…

— Um dos clientes da minha mãe é detetive particular. Ela se dispôs a fazer um acordo com ele. — Cherry suspirou.

338 JENNIFER DUGAN

— Eu não estava dando nada por isso, mas ele logo voltou com respostas. O detetive não sabe se os seus pais ainda estão vivos, mas descobriu que eles não desistiram da sua guarda por *livre e espontânea vontade*. Você não tem uma marca da alma. Você nunca nem chegou perto do Morte Hominus. Não li os seus documentos... parecia uma violação da sua confiança... mas o detetive leu. Ele falou que... ele falou que as coisas pelas quais você passou nas mãos deles foram ruins. Ruins a ponto deles terem sido legalmente indiciados por elas. Não é à toa que as suas memórias estejam tão confusas. Você passou por tanta coisa só nesses seus dezoito anos de...

— Como posso saber se qualquer coisa que você me diz é real?

— Porque você me conhece. Você me ama — disse Cherry, se aproximando.

Sloan esfregou os olhos para remover a chuva que caía neles, com a mão livre. A faca balançava na outra. Estava ficando com dor de cabeça.

Cherry pareceu entender isso como um gesto de concordância.

— Eu sinto muito mesmo, amor — sussurrou ela, deslizando a mão pelo braço de Sloan e tentando fechar seus dedos ao redor da faca.

Sloan se lançou para trás com ímpeto, recuando alguns passos. Apontou a faca na direção da namorada, seus olhos faiscando em alerta.

— O que você está fazendo? — disse Sloan.

Cherry ergueu as mãos.

— Solta a faca, Sloan. A gente pode... a gente pode voltar pra delegacia. Vou pedir pro detetive mandar pra gente por e-mail os documentos que encontrou sobre os seus pais

AS ÚLTIMAS SOBREVIVENTES 339

biológicos. Ou quem sabe a própria Sheridan pode encontrar os registros de prisão. O que você quiser. Só solta essa faca, por favor. Solta a faca e me deixa te provar que isso não é real.

— Eu não posso confiar em você. Eu não posso confiar em ninguém agora!

— Tudo bem. — Cherry uniu as mãos como se rezasse, como se implorasse. — Tudo bem, você não precisa confiar em mim então. Que tal essa ideia? Eu te deixo em paz agora se me prometer que vai ficar por aqui até o xerife te encontrar. Você tá congelando, Sloan. Precisa de ajuda. Se não pode ser a minha, então me diz quem você quer aqui, que eu vou lá buscar. Agora mesmo. Porque, porra, eu te amo tanto. Só quero que você supere isso.

— Você me ama? Ainda? — Sloan sacudiu a cabeça.

— Foi o que eu disse, não foi?

— É — disse Sloan, baixinho. Tudo ficou silencioso por um instante, ambas se observando. Sloan ainda a amava também. Amava mesmo. — Cherry? Eu não... eu não sei em que acreditar. Eu te amo. Amo mesmo. Eu só estou tão...

Um dos cantos da boca de Cherry se ergueu no sorriso mais triste que Sloan já vira.

— Sabe, se você não queria Red Vines, você podia só ter dito. Não precisava fazer todo esse dramalhão.

Sloan deixou uma risada lacrimejante escapar e secou o nariz, o rosto, as lágrimas.

— Agora que você mencionou isso, sempre fui mais fã de Twizzlers — disse, com uma voz trêmula.

— Amor. — Cherry respirou fundo. — Solta a faca. Por favor. Essa não é você. A gente pode encontrar ajuda. A gente pode dar um jeito nisso.

Sloan assentiu. Talvez *fosse* mesmo só paranoia. Um desespero de achar o lugar onde se encaixaria, de nunca deixar isso para trás, de encontrar sentido nas coisas que havia passado. Almas gêmeas e profecias e... Ela soltou a faca na mesa de piquenique ao lado delas. Tinha sido o lugar onde Ronnie havia morrido, percebeu, e ela havia ficado parada ali esse tempo todo como se isso não fosse nada. Como se não importasse.

Ela esfregou o rosto com as mãos e se virou para dar uma última olhada nas cabines. Acabou. Ou acabaria logo. Ela só precisava...

Um galho se quebrou atrás dela. Sloan virou-se bem a tempo de ver Cherry apanhar a faca.

— Não! — Sloan correu na direção dela, se sentindo burra por acreditar na namorada, por cair em todas as suas belas mentiras. Ela provavelmente diria qualquer coisa para fazer Sloan soltar a faca. Para garantir que seria *Cherry* a sobrevivente.

— Eu só tô...

Sloan agarrou o braço de Cherry e o empurrou para cima e para trás.

— Eu não vou morrer essa noite! Não vou!

— Para — disse Cherry. — Eu não...

Mas era tudo um grande borrão agora.

A ardência do aço. A ardência do pinho. Um lampejo de metal sob o luar.

Sloan estava ali, se engalfinhando com Cherry, e também estava lá, agachada no piso de sua cabine naquela noite, de novo e de novo, como uma lâmpada piscante. Tudo se chocava em uma linha do tempo confusa em sua cabeça.

Estavam correndo. Sloan segurava a mão de Cherry enquanto disparavam pela mata.

Estavam...

— SLOAN, PARA! — gritou Cherry.

— *Sloan, para* — sussurrou Cherry. — *Para de chorar. Eles vão escutar a gente.*

E Sloan parou. Ficou de pé ao lado dela, quieta feito um rato, ouvindo. Ouvindo os gritos ao redor. E Cherry sorriu para ela. Cherry sorriu. Não. Ela chorou. Chorava.

— *Pra cima — disse Cherry. — A gente precisa subir. — Então elas escalaram. Escalaram e as mãos de Sloan ficaram pegajosas com a seiva, mas as duas se aquietaram como ratinhos na árvore.*

Um galho quebrado. A ardência do pinho. Um lampejo de aço sob as duas. Sob a árvore. O Cervo. O Cervo, arrastando uma lâmina gigantesca atrás de si. Um homem, uma fera, uma ameaça, uma advertência, mas estava lá embaixo e elas estavam ali em cima, e então ele desapareceu. Cherry disse que ficariam bem. Disse que ficariam seguras. Que precisava que Sloan acreditasse nela. Que Cherry precisava dela.

Precisava dela...

— Você precisava que eu ficasse em segurança pra terminar o ritual — falou Sloan entredentes, sua mão ensopada pela chuva estava escorregadia enquanto brigava pela faca que a outra garota segurava. Acabou cortando as palmas no processo, mas mal sentiu. — Você planejou isso esse tempo todo!

— Vai se foder — vociferou Cherry. — Vai se foder por dizer uma coisa dessas!

— Não vou morrer por você. Você não vai vencer. — Sloan se empurrou para a frente. — Eles não vão...

O luar dançou sobre a lâmina quando Sloan avançava usando todo o seu peso.

Não houve qualquer ruído úmido nauseante.

Não houve nada de mais, apenas a sensação de uma lâmina atravessando algo macio e lá ficando. Não lembrou o ato de cortar carne. Não lembrou em nada o ato de cortar carne quando a faca mergulhou na barriga de Cherry. Macia e morna. Morna e vermelha conforme o sangue cobria as mãos de Sloan — sangue, água e lama se misturando em uma pequena poça ao redor delas.

Cherry cambaleou para trás e caiu no chão. Suas mãos se fecharam com força ao redor da faca em seu tronco quando olhou para Sloan com olhos arregalados e perplexos.

— Amor? — engasgou-se ela.

Sloan caiu de joelhos. *A ardência do pinho.* Segurou com delicadeza a cabeça de Cherry em seu colo e se inclinou para a frente para que seus olhares se encontrassem. *A ardência do...* O que foi que ela fez? O que foi que ela fez?

— Eu tô aqui. Eu tô aqui — disse Sloan entre ofegos trêmulos. — Você vai ficar bem. Fica comigo, Cherry. Fica comigo.

— Tá doendo — choramingou ela. — Pega o meu celular... Liga... liga pra delegacia.

Está no seu sangue? Você consegue sentir?

— Shhh, shhh... — sussurrou Sloan para as vozes em sua cabeça. — Acabou agora. Acabou.

— Liga pra...

— Sim, vou ligar. Vou ligar! Cadê ele? Cadê essa porra?! — Sloan vasculhou a lama freneticamente, tentando descobrir onde o celular caiu, mas não adiantou nada. Estava escuro demais e o solo muito lamacento e com a vegetação elevada. Ela engatinhou de volta, soluçando enquanto puxava a namorada para o seu colo. — Ele sumiu. Ele sumiu. Eu não... eu não consigo... — Sloan empurrou os cabelos encharcados de chuva do rosto de Cherry. As garotas afundaram mais na lama, como se o próprio mundo tentasse empurrá-las para baixo.

Enterrá-las.

Misturar-se a elas, tornando-se uma coisa só.

— Você fez isso — disse Cherry. Ela tossiu algo vermelho. *Você consegue sentir? Está no seu sangue?*

Sloan limpou o vermelho do rosto de Cherry e foi tomada pela compreensão. Não havia maneira de obter ajuda. Ninguém sabia que elas estavam ali. Cherry estava morrendo.

Cherry morreria esta noite.

E então, quando isso acontecesse, o ritual estaria completo.

Ao tentar se salvar, Sloan havia perdido. Ao tentar se salvar, havia dado início ao fim do mundo.

Trouxera um fim ao mundo exatamente como o Morte Hominus havia desejado. Exatamente como o livro mencionara. Não. Não!

— Não me deixa — implorou Sloan, espremendo-se sobre ela, puxando Cherry o mais perto que conseguia. — Se você se for, vai estar concluído. Eles vão ganhar. Você vai desencadear a escuridão, Cherry. Você não pode fazer isso. Não pode. Eu estava tentando nos salvar. Eu estava tentando…

— Eu odeio… — Cherry tossiu.

— Me odeia. Por favor, me odeia. Só não…

O rosto de Cherry se contorceu de dor.

— Você me matou… por uma porra… uma porra de conto de fadas.

— Não. Eu não te matei. Você não pode morrer. Não vai. A escuridão. A escuridão vai surgir se você morrer. Me desculpa. Me desculpa. Você precisa viver, por favor. Por favor, Cherry.

Cherry ficava cada vez mais pálida, seus olhos demorando mais e mais para se abrirem a cada piscada. Estava partindo; era óbvio para qualquer um.

Sloan caiu para trás, chocada. A cabeça de Cherry afundou novamente.

O ritual estava quase finalizado. Seu amor morria, morria, morria, e era tudo culpa dela. O peso era esmagador. Era esmagador.

Houve um farfalhar na beira da clareira. Sloan deixou o olhar erguer-se a tempo de ver um coelho branco solitário saltitar sob a luz do luar. Seus olhos circundados por preto a encararam.

— Acabou — choramingou Sloan. — Eu estraguei tudo. Agora a escuridão vai cair sobre todos nós.

Ou será que você salvou tudo?, os olhos do coelho pareciam dizer.

Ou será que *elas* salvaram tudo?

A chuva rugiu nos ouvidos de Sloan após essa revelação. Ela piscou, e o coelho desapareceu.

O Coelho.

Ninguém tinha ido tão longe. Ninguém nunca havia completado o ritual final. Talvez algo de bom pudesse sair de todo este horror. Precisava. *Precisava.* Sloan não deixaria que tudo isso fosse em vão. Não. Tinha que ser destino. Profecia. Sina. Tinha que ser verdade. Precisava ser verdade. Sloan *tinha* que acreditar. Sloan *acreditaria*.

Ela se inclinou para a frente e afastou os cabelos e o sangue do rosto da namorada.

— Tá doendo — engasgou-se Cherry.

— Shhh. Tá tudo bem. Vai ficar tudo bem agora. A gente conseguiu. — Sloan sorriu para ela. — Sei que pensou que seria você, mas eu sou forte o bastante. Não vou te desapontar, prometo. Vou restaurar o equilíbrio. Eu vi o coelho. Eu vi...

— S... Sloan...

— Tá tudo bem. Tá tudo bem. — Sloan se inclinou e gentilmente empurrou as mãos da namorada para longe do ferimento. A garota resistiu a princípio, mas então cedeu, deixando que Sloan entrelaçasse seus dedos e os levasse até sua boca para um beijo ensanguentado.

Não era o primeiro.

Não havia como voltar. Não havia *motivos* para voltar, para desembaraçar o antes do depois, o fato da ficção. Sloan estava presa na cabine e estava presenciando o sacrifício final. Estava em casa e havia partido. Era um bebê renascendo. Era tudo e nada. Ela era.

— O que... você...? — perguntou Cherry, a confusão em seu rosto.

Sloan a beijou de verdade então, longa e intensamente, sob a chuva. Deixou que os dedos descessem e descessem até encontrarem o cabo da faca. Torceu para que Cherry não sentisse o deslizar da lâmina para baixo e para fora. Que não ouvisse o apocalipse rugir dentro dela quando se beijaram. Não escutasse a lâmina cair na lama ao lado delas.

E lá estava, finalmente, o som úmido nauseante da terra recebendo o seu quinhão.

— Eu te amo. Eu te amo — disse Sloan. Ela puxou a outra garota contra o peito, abraçando-a de modo que ambas ficassem imóveis enquanto o sangue de Cherry se misturava com a água sobre elas e com a terra abaixo.

Era tão inevitável quanto as duas.

As sirenes a distância ficaram mais próximas. Lampejos de vermelho e azul entre as árvores, exatamente como antes.

Mas elas estavam a sós com os seus fantasmas, exatamente como antes.

— Você consegue sentir? Você consegue sentir?

— Você me m... — disse Cherry. Seus cílios tremularam contra as bochechas ao se cerrarem silenciosamente.

— Eu te amo — soluçou Sloan. — A gente conseguiu. Estou tão orgulhosa de você. Eu te amo.

Cherry tossiu uma última vez. Havia tanto vermelho. Tanto vermelho que palavras não eram suficientes. Ainda assim, Sloan a abraçou. Escutou cada respiração irregular. A beijou. E beijou de novo e de novo e de novo, até Cherry ficar quieta e imóvel.

Apenas o som da chuva. O som da escuridão roçando a pele delas. Tudo silencioso, até mesmo o vento. A terra aguardava, escutava, ansiava.

Sloan inspirou profundamente, retomando o equilíbrio.

Estava acabado. Cherry estava segura agora. Cherry era *sagrada* agora. Cherry era tudo e nada, assim como Sloan. Era inteira novamente, assim como Sloan. Assim como o universo em breve seria.

E estava tão silencioso.

Silencioso...

Silencioso...

Silencioso...

E então estava barulhento. Luminoso. As sirenes, os faróis de busca, a batida de uma porta. Um homem caminhou na direção delas, com a arma fora do coldre ao ver a faca ao lado das duas, a centímetros dos dedos de Sloan.

— Calma, calma — disse o policial.

Sloan achava lembrar-se dele daquela tarde. Achava ser o homem parado próximo à Raposa quando se encontraram.

AS ÚLTIMAS SOBREVIVENTES 347

Ela sorriu. Ele também era parte disso. Tinha que ser. Ele sabia o que estava por vir.

O policial se comunicou com o rádio em seu ombro. Chamou reforços. Proferiu alguns números. Disse algumas palavras, mas palavras não tinham significado. Não precisariam de palavras no lugar para onde iriam.

— Sloan Thomas? — perguntou ele, com a arma ainda apontada.

Ela sacudiu a cabeça. Porque não era mais Sloan. Ela era a escuridão. Ela era a escuridão e Cherry era a luz, e agora só restava uma delas.

Sorriu.

— A gente conseguiu — disse. E então, mais alto: — A gente conseguiu mesmo.

— É, você conseguiu, com certeza — disse o homem. — Agora, ponha as mãos na cabeça e afaste-se da vítima.

Sloan inclinou a cabeça. Hesitou, mas então percebeu que isso não tinha importância.

Cherry não passava de um corpo agora.

Mesmo Sloan não passava de um corpo agora.

Estava tudo bem. Estava tudo bem. Ela fez conforme lhe foi dito e o homem a conduziu para longe dali. Ela se perdeu em meio à luz vermelha e azul brilhante conforme mais e mais carros de polícia apareciam. Pessoas gritavam; pessoas corriam para o corpo de Cherry, seu corpo tão, tão vazio.

Sloan se deixou ser empurrada para dentro da viatura do policial. Sorriu para a ardência do aço ao redor de seus pulsos. A ardência do pinho nos joelhos. Estava acostumada a esta altura.

Isso havia sido necessário para que pudessem ficar juntas novamente quando as coisas se equilibrassem. Quando nunca mais tivessem que morrer. Para o futuro e o futuro e o futuro. Ela encontraria Cherry lá e nunca a deixaria ir.

Sloan apoiou as costas no banco, a cabeça pressionada contra o couro frio. O rádio era uma cacofonia de estática, gritos e confusão. Mas havia silêncio. Havia tanto silêncio dentro de Sloan.

Porque ela conseguia sentir.

Conseguia sentir em seu sangue.

Agradecimentos

Sou eternamente grata à minha agente, Sara Crowe, por me encorajar enquanto eu explorava o lado mais assustador da minha escrita, e à minha editora, Stephanie Pitts, por acreditar em mim e dar a *As últimas sobreviventes* um lar tão maravilhoso.

E, ainda que tenham sido as primeiras líderes de torcida deste livro, estão longe de ser as únicas! Ele não existiria sem toda uma equipe brilhante por trás!

Têm a minha gratidão eterna:

O maravilhoso Matt Phipps, que sempre mantém tudo funcionando. Toda a equipe da Penguin, incluindo a minha *publisher*, Jen Klonsky, e a minha agente publicitária, Lizzie Goodell, assim como Felicity Vallence, Alex Garber, James Akinaka, Shannon Spann e todo mundo da Penguin Teen. Cindy Howle, Bethany Bryan e Janet Rosenberg, minhas incríveis copidesques e revisoras, e também Natalie Vielkind, editora-chefe.

Michael Rogers e Kelley Brady por ilustrarem e projetarem uma capa tão chamativa.

Joe, Rory e Kelsey, por se juntarem a mim na constante busca pelo filme de terror perfeito, e Dylan, por garantir que esteja sempre tudo tinindo e que eu não acabei sem querer colocando a qualidade em 720p. Erik J. Brown, apesar de você ter exagerado, e MUITO, no hype para *Skinamarink: Canção de Ninar* (mas foi certeiro quanto a *Halloween Ends: O Acerto de Contas Final*; vamos escrever uma fanfic juntos).

Heather Kassner, pela leitura ágil quando eu estava em pânico, achando que não seria capaz de escrever isto.

O Coven, o Zachelor Crew e todos os meus amigos e familiares por me incentivarem todos os dias.

E a todos os leitores e leitoras que se juntaram a mim nesta jornada: eu não estaria aqui sem vocês.

Este livro, composto na fonte Fairfield,
foi impresso em papel Pólen Natural 70g/m² na gráfica Coan.
Tubarão, Brasil, fevereiro de 2024.